千歳《ちとせ》くんはラムネ瓶のなか

3

裕夢 [hiromu]
イラスト／raemz

「ちょっとこつ掴んだかも。見ててね」
「明日姉ネクタイ、ネクタイ締めて！」
「ん？」

「恥ずいから
あんま……見ないで」

おめかし

冒険

contents

水篠和希
【みずしの・かずき】

千歳朔［ちとせ・さく］

学内トップカーストに君臨するリア充。
元野球部。

柊夕湖［ひいらぎ・ゆうこ］

天然姫オーラのリア充美少女。
テニス部所属。

内田優空［うちだ・ゆあ］

努力型の後天的リア充。吹奏楽部所属。

青海陽［あおみ・はる］

小柄な元気少女。バスケ部所属。

七瀬悠月［ななせ・ゆづき］

夕湖と男子人気を二分する美少女。
バスケ部所属。

西野明日風［にしの・あすか］

言動の読めない不思議な先輩。
本好き。

浅野海人［あさの・かいと］

体育会系リア充。
男子バスケ部のエース。

水篠和希［みずしの・かずき］

理知的なイケメン。
サッカー部の司令塔。

山崎健太［やまざき・けんた］

元・引きこもりのオタク少年。

上村亜十夢［うえむら・あとむ］

朔を目の敵にするマウント型リア充。

岩波蔵之介［いわなみ・くらのすけ］

朔たちの担任教師。適当＆放任主義。

プロローグ　あの日のお月さま

帰り道、お月さまを眺めていた。

大きくて、きれいで、明るくて、優しくて、手を伸ばせばかんたんに届きそうなのに、本当はずっとずっと遠い。

お月さまは、生まれたときからお月さまなんだろうか。

ふと、そんなことを考えた。

それって、けっこう大変だ。

だって、真っ暗に見えなくなったり、笑ったり、半分こになったりしながら、最後はまた必ずまんまるに戻らなきゃいけない。

真っ暗に落ち込んでるのに明日は笑わなきゃいけないとか、せっかくまんまるになれたからずっとこのままでいたいのにとか、思ったりしないのだろうか。

そもそも自分で光ってるわけじゃないんだよ、と学校の先生に聞いたことがある。

太陽の光を反射してるんだよ、って。

もしその話が本当なら、べつに望んでもいないのに毎日勝手に自分の形を変えられてるってことだ。それを見た人たちはのんきに満月だ、三日月だ、今日は見えなくて悲しいだなんて言葉を投げつけてくる。

——お月さまは太陽の夢を見るのかな。

自分以外の影響を受けず、ひとりで力強くぎらぎらと輝いて、人間も動物も植物もみんなに元気を与えてくれる。

確かにそれはそれでかっこいいと思うけど、やっぱりお月さまが好きだな。

こんなふうに薄暗くて不安な夜道を歩いているときに、大丈夫だよって行く先を照らしてくれるから。

誰かの光とか、期待とか、祈りみたいなものを全部受け止めながら、それでも涼しい顔で見守ってくれているから。

そういうふうになりたいな。

思いながら、いつもより温かい左手に力を込めた。

きっと、あの空に浮かぶお月さまにはなれない。

それはたったひとつの、最初から決められているものだから。

だから、よくできた真似《まね》っこのお月さまでもいい。

せめて隣に並んでいても恥ずかしくないように。

——ねえ。あなたのようなお月さまに、なれるかな。

一章　雨、ときどき、夢

古いびいどろみたいな雨だった。

教室の窓が連綿としたたる水滴でゆらゆらと波打ち、無人のグラウンドを半透明のやわらかなベールで包み込んでいる。六月に入り、例年より早く梅雨の気配を漂わせ始めた鈍色《にびいろ》の空はずんぐり重く、町全体をぎゅうぎゅうと押し潰《つぶ》していた。

ひと足早く夜が訪れたように薄暗い外の様子とは対照的に、蛍光灯で照らされた教室の中は不自然なほど明るい。まるでここだけ世界からすとんと切り取られてしまったようだ。

ふと思い立って、指一本分だけ窓を開けてみる。その隙間《すきま》からしっとりと入りこんできた空気には濡れたアスファルトや土埃《つちぼこり》の匂いが混じっていて、内と外がまだ繋《つな》がっていることをやさしく教えてくれていた。なぜだか遠い夏のあぜ道が記憶の底からふありと浮かび上がり、またすぐに沈んでいく。

雨の日は嫌いだ、と昔は思っていた。

そうでもないな、といまでは思う。

たかたった、るかたったと、どこかの金属屋根に弾かれた雨粒が陽気なリズムを刻む。ぽんやり耳をすましていると、たとえば真っ赤な長靴で水たまりに飛び込む少女のような、たとえば土砂降りのなかで傘を閉じて素敵に唄い出す紳士のような、そういう不思議な高揚感がこみ上げてくる。

「……せ……とせってば……帰ってこいこらぁッ!!」

「いてぇッ?!」

ずがんと、いい感じに浸っていた俺のこめかみに活きのいいデコピンが打ちつけられた。ずがんてなんだよ、デコピンに許されてる効果音じゃないだろ。

「なーにのぼーっとしてんの」

隣の青海陽《あおみはる》が呆《あき》れたような顔でこちらを見ている。

「あのな。いっぱしのレディたるもの、アンニュイでセクシーな男の横顔見たら優しくキスでもするもんじゃないのか」

「してあげよっか？　ぶっちゅぅー、って」

「ごめんなさい勘弁してください」

「んー？　まだお寝ぼけさんなのかなぁ？　もう一発いっとく？」

「削岩機みたいなデコピンはやめてぇ」

月曜日の放課後、俺たちは七限目が終わっても掃除やホームルームに移らず、そのまま教室で待機していた。

今日は特別授業扱いの八限目がある。内容は三年生の先輩たちによる進路相談会だ。

福井県一の進学校だけあって、藤志《ふじ》高校はこの手の機会にけっこう恵まれている。

まだ二年生の六月とはいえ、人によってはそろそろ大学受験を見据えた勉強を始める時期。さすがに志望校ごとの試験対策なんかは早いが、三年生の先輩たちがどうやって進路を決めたのか、あるいは決めようとしているのかは多くの生徒にとって参考になるはずだ。

「ほら、蔵《くら》セン来たよ。しゃきっとしんしゃい委員長」

陽《はる》の言葉で教壇のほうに目をやると、俺たち二年五組の担任である岩波蔵之介《いわなみくらのすけ》が相変わらずやる気のなさそうな感じで立っている。ぼさぼさの髪をくしゃくしゃとかいてから、だるーんと口を開いた。

「あー、わかってると思うが今日は三年生による進路相談会だ。とはいえ、あんまりかしこまる必要はない。同じ生徒同士だし、聞きたいことは気軽に質問してみろ」

から、からと雪駄《せった》を響かせて教壇から離れ、窓際のパイプ椅子《いす》にどっかり座る。そのままドアのほうに向かって声をかけた。

「おーい、お前ら、頼んだ」

「はいはーい」

なんとなく聞き覚えのある鈴のような響きとともに、ぞろぞろと十人ほどの先輩たちが中へと入ってくる。

その先頭を歩いているのは……って、嘘《うそ》だろ?

反射的に立ち上がりかけ、ひざをがつんと引き出しの底にぶつける。

——先頭を歩いていたのは、明日姉《あすねえ》こと西野明日風《にしのあすか》先輩だった。

まじかよ、聞いてないぞ。

さらさら微笑《ほほえ》んでいる明日姉は、なんというか、それなりに年季の入った学校の教室という場所からぽっかり浮いていた。

どこか神秘的に揺れるショートカットの髪も、左目の儚《はかな》げな泣きぼくろも、長くも短くもないスカートから伸びる真っ白な脚も、そのすべてが作り物みたいに映る。だというのに、当の本人は人なつっこい野良猫みたいににんまり笑みを浮かべていて、そのちぐはぐな印象がまた身にまとう現実感のなさを助長していた。

慣れている俺でさえそんなふうに感じるのだ。

初めて明日姉を間近で見たのであろうクラスの男子連中はあんぐり口を開けて間抜け面《づら》をさらしているし、女子たちはどこかうっとりした表情で見とれている。

三年生が何人か来るとは聞いていたが、まさかそのうちのひとりが明日姉だとは露ほども思っていなかった。多分あの人も、俺を驚かせようとして意図的に隠していたんだろう。

普段は基本的に学校の外でしか話さないから、自分の部屋に初めて好きな女の子を招き入れたような気恥ずかしさを覚えて、思わず目を逸《そ》らす。

逸らした先で蔵センと目が合い、なんかにたにたと意味ありげな笑みを向けられたんだがこのおっさん消しカス丸めてぶつけたろか？

すいと小さく息を吸って、もう一度教壇を見ると、ちょうど三年生たちの中心に立つ明日姉《あすねえ》もこちらを見ていた。してやったりという顔でにんまり笑い、うれしそうにぱたぱたと手を振ってくる。

この空気のなかでそんなことしたら俺がどういう立場に追いやられるかわかってやってるよねこの人？

たはは、と苦笑いで手を振り返すと、案の定あちこちから「ドウイウコト？」「ヤレヤレマタアナタデスカ」「トリアエズクビオイテケ」みたいな視線が飛んできた。

あの、柊夕湖《ひいらぎゆうこ》さん、内田優空《うちだゆあ》さん、七瀬悠月《ななせゆづき》さん、ひときわ鋭い殺気飛ばすのやめてもらっていいですかね？　背中とか頭に刺さってイタイんですけど。

ちらりと振り向くと、夕湖がぢとーっとこちらを睨《ね》めつけていた。優空はいっしょに下校しているとき何度か明日姉に会ってるし、七瀬は先月の一幕がある。けれど夕湖の前で明日姉の話をしたことはないから、あとからあれこれ質問攻めにされそうだ。

ささやかな救いを求めて隣を向くと、陽《はる》はじぃとこちらを見たあと、へっと一笑に付した。

この反応はこの反応で腹立つな。

俺はやり返すように口を開く。

「嫉妬《しっと》とか感じたりしちゃったり？」

「あー感じる感じる。クソったれみたいな意味だっけ？」

「それshitだよね？」

「あの人、誰？　昔の女じゃないでしょうね」

「お前がいまの女みたいに言うんじゃねぇよ」

いつものおばかなやりとりで心を落ち着けていたら、明日姉と隣に立つ男の先輩の会話が聞こえてきた。おそらく運動部系の人だろう。身長は俺より高く、体つきもがっしりしている。さっぱりと短い髪の毛がさわやかに映え、目鼻立ちのはっきりした顔はひと目で「あー、この人モテるだろうなー」という印象だ。

「明日風《あすか》、知り合い？」

「うん、私の後輩だよー」

明日風、という呼び方に少しだけ心がざらつく。

同級生なんだから、俺が夕湖や優空をそう呼ぶように、下の名前で呼ばれていたってなんの不思議もない。けれど、明日姉だなんて呼んではしゃいでいる自分が、妙にガキっぽく感じられた。

返答が求めていたものではなかったのか、その先輩は苦笑して続ける。

「二年なんだからみんな後輩だって。なんの後輩？」

「だから、ただの私の後輩なの」

「へぇ?」

なにか含むところを感じたのか、それともただの後輩という言葉を文字どおりに受け取ったのか、多分後者だろう。まあ、文字どおり以外の意味があるのかは俺にもわからないが。

先輩は口の端を少し吊り上げてこちらを見た。

あー、この人絶対に明日姉《あすねえ》のこと好きだな。いま自分のなかで格付け終わったみたいな顔してるわ。「憧《あこが》れるのはわかるけど、明日風《あすか》には俺がいるから早いとこ諦《あきら》めとけよ後輩くん」的メッセージ受信したわ。

あんだよやんのかこんにゃろう藤志《ふじ》高一のヤリチン糞《くそ》野郎舐《な》めんなよ。裏サイトに悪口百回書かれてから出直してこい。

……なんて、明日姉たちの一挙手一投足にわちゃわちゃと反応している時点で、自分がかなり浮き足立っているのだということを自覚する。

あの人には俺といるよりも遥《はる》かに多くの時間を共有している日常の物語がちゃんとあって、その合間に書き込まれる教科書のらくがきみたいな存在はむしろこっちのほう。

ようするに俺は、そういうごくごく当たり前で単純な事実をごくごく当たり前のようには受け入れがたくて、駄々をこねている。おもちゃ屋さんの前でひっくり返って泣いている子どもみたいなものだ。我ながらみっともないことこの上ない。

——まったく、あの人の前ではいつだって調子が狂うんだ。

男の先輩が、自然な様子でとんと明日姉の腰のあたりを押す。

この場の進行を任せているのだと理解できるがそれはそうと遺灰を撒《ま》くなら海と山どっちがお好みかだけ聞いておいてやるから三秒以内に答えろ。

そんなことを考えていると、明日姉はついと一歩前に出て男の手を離れた。

「よーし。じゃあ君、とりあえず挨拶《あいさつ》」

いや待てよ。なにも丁寧に火葬してやる必要はないか。

グラウンドの隅っこに頭だけ出して埋めて、毎日朝と晩に福井銘菓の羽二重餅《はぶたえもち》（ただしプレーンに限る）を与え続けるというのも手だな一日で飽きるしめっちゃ喉《のど》に詰まりそう。

「おーい、そこの君ー」

もしくはあれだ。

暗い密室に監禁して福井名産セイコガニ（越前ガニのメス）百匹分の脚の身をきれいに取り出すまで帰れませんなにそれ細いから地味に大変だしつらいし途中で心折れちゃいそう。

「ナルシストでかっこつけで私のことが大好きな君ー」

あんだよ誰だよそれ俺かよ。

クラス中に満ちたくすくす笑いでようやく明日姉に話しかけられているのだと気づいた。反応遅れた俺が悪いけど、あとで絶対に爆発する地雷ばらまくのやめてくんない？

「えーと、起立」

がたがたと皆が立ち上がる。

「礼……着席」

お決まりの流れをこなすと、明日姉《あすねえ》はむんむんと満足げに頷《うなず》いて口を開いた。

「はじめまして、三年の西野明日風《にしのあすか》です。今日はよろしくね」

教室の中でぱらぱらと「よろしくお願いしまーす」という声が上がる。

一番元気がよかったのは浅野海人《あさのかいと》だ。お前のそういうとこ、すげえ安心するわ。

明日姉が気負いのない様子で言葉を続ける。

「さーて、どうやって進めようか」

少し冷静になった頭で観察してみると、教壇に立って話している明日姉は他の三年生からも蔵《くら》センからも場の進行を任されているようだ。

先ほどの先輩がそれに応じた。

「あんまり規模が大きいとやりづらいし、適当に仲のいいやつらとグループつくって四つか五つぐらいに分かれてもらえばいいんじゃね？　そんで、俺らが二、三人ずつで各グループを受け持つとか」

ちらりと、明日姉がこちらを見た。

山崎健太《やまざきけんた》や上村亜十夢《うえむらあとむ》の件を知っているから、そのやり方で問題がないか気になったのだろう。俺は軽く微笑《ほほえ》んで頷く。健太はすっかりチーム千歳《ちとせ》のメンバーだし、亜十夢も普通に綾瀬《あやせ》

なずなたちとグループを組むはずだ。

そもそも、リアクラだとかぼちクラだとか言われているこのクラスだが、いまのところべつにギスギスしてるってわけじゃない。

ここ二か月でいつも一緒にいるメンバーはだいたい固定されているし、把握できてる範囲ではあぶれてひとりになりそうなやつもいないから、とくに心配はないだろう。

明日姉《あすねえ》は小さく頷《うなず》いた。

「じゃあそれでいきまーす。人数が確定したら私に教えてくださーい」

案の定、とくにもめることもなく次々にグループが固まり、それぞれが報告しにいく。

明日姉は人数によって座る場所を指示し、それに従ってみんなが机と椅子《いす》を移動させてくっつける。

念のため、チーム千歳《ちとせ》以外の報告が終わったことを確認してから最後に俺も言った。

「うちは八人だね」

「了解。じゃあ、あのへんの余ってるところ使ってー」

それにしても、と思う。

なんというか、こうやって普通に三年生の中心になってきぱき指示を出していく明日姉は新鮮で、ちょっと違和感がある。他の先輩たちの様子を見てると安心して任せているような雰囲気があるし、きっと普段からこんな感じなのだろう。

俺の知っている明日姉はいつもひとりだった。

それは後ろにぼっちのつかないひとりで、孤高という言葉のほうが近いかもしれない。だからなんとなく、学校でもまわりからぷかんと浮いた触れがたい立ち位置なのかと思っていたのだ。もちろん、頭の回転が速いこともつつがなく他人と会話できることも知っているから、クラスの中心にいてもなんらおかしくはない。というか、能力を考えたらそう在って当然だ。

——だけど。

なんだか寂しくて、なにかを失くしたようが気がした。

それは俺がつい最近あいつに諭した幻想の押しつけと身勝手な幻滅で、自分自身の放った言葉に返す刀で切りつけられているような気がした。

けれど同じぐらい、明日姉だって普通の女子高生であるという事実に心からほっとできたような、気がした。

くだらない考えを振り払おうとして、少し曲がったネクタイをきゅいと引っ張り正す。仲間たちのほうへ歩いて行こうとしたら、背後から明日姉の声が追いかけてきた。

「あ、ちなみに私は君たちのグループを担当するからね」

「まじかよ」

「だっていつも話に聞いてる子たちとしゃべってみたいもん」

「わりと針のむしろになると思うけど？」

「私じゃなくて、君がねー」

「わかってるんならやめてよぉ……」

こういうとこ、たち悪いんだ明日姉《あすねえ》は。

＊

がたごとと、俺たちは机と椅子《いす》を向かい合わせに計八セット並べた。こちら側は俺、和希《かずき》、海人《かいと》、健太《けんた》の順で座り、反対側は夕湖《ゆうこ》、七瀬《ななせ》、陽《はる》、優空《ゆあ》の順で座る。

対面の夕湖が待ち構えていたように口を開いた。

「そ、れ、で?」

俺はそわそわと視線を泳がせながら、曖昧《あいまい》に濁そうとする。

「そ、それで……今日はどんな話が聞けるんだろうな?」

夕湖は両手を合わせて頬《ほお》に添え、わざとらしく首を傾けながらにっこり微笑《ほほえ》む。

「ほーんとにねー、どんな話が聞けるんだろう? 朔《さく》がこそこそと意味ありげなアイコンタクト交わしまくってたあの美人で素敵な西野《にしの》先輩から♪」

「ま、まぁ、あの人なら質問すればいろいろ教えてくれると思うぞ」

「あの人、ねぇ。朔もいろいろ教えてもらったんだ、へー、ほー」

うん、逃がす気ゼロですね。夕湖がずいずいと圧をかけてくる。

すると、七瀬がくすっとやわらかく微笑んで口を挟んできた。

「あれ、夕湖まだ会ったことなかったんだ？」

「そーゆー悠月《ゆづき》は？」

「このあいだたまたま、ね。千歳《ちとせ》はただの先輩と後輩だって言ってたよ」

「そうなんだ!?　そっかそっかぁー」

少しほっとしたように夕湖が胸をなで下ろす。

ナイス助け船だ七瀬、と思っていたら「もっとも」と続いた。

「西野先輩のほうは、もう少し危機感高めておかないと私にとられちゃっても知らないよって言ってたけど」

「はいむっかちーん。それを言う西野先輩にもさらっと言われてる悠月にもむかっちーん」

たまらず俺は言う。

「ちょっと待て七瀬。そんな言い方してた記憶はないぞ」

「そう？　行間読んだらだいたいそんな感じだったと思うけど」

しれっと答える七瀬と爆発寸前の夕湖から目を逸《そ》らし、助けを求めるように優空を見た。俺のSOSを察したのか、やれやれといった様子で口を開く。

「私は何回か下校途中に会ってるよ。朔くんから紹介もしてもらった。確かに、先輩後輩以上の会話はしてなかったって印象かなー」

もう大好き優空《ゆあ》ちゃん、と思っていたら「ただ」と続いた。

「西野《にしの》先輩を見つけたときの朔《さく》くん。ぱーって少年みたいに顔が輝いて、もう私のことなんて見えてませーんて感じでぶんぶん尻尾振りながら走っていっちゃうけど」

いままで俺のことそんな目で見てたの？　わりかし一番傷ついたよ？　無害そうな顔で心臓めがけてトマホークぶん投げるのやめよ？

どうしたもんかと口をつぐんでいると、

「ごめんごめん、お待たせしましたー」

明日姉《あすねえ》が自分用のパイプ椅子《いす》を抱えて近づいてきた。

隣にはあの男の先輩もいる。ふたりは俺と夕湖《ゆうこ》の隣、いわゆるお誕生日席に並んで座った。

肩が触れ合うようなその距離にまた少しもやっとしたが、これ以上変な勘ぐりをされてはかなわないと努めて平静を装う。

「それじゃああらためて、三年の西野明日風《あすか》です。それでこっちが……」

「奥野徹《おくのとおる》です。明日風とは一年のときから同じクラスで、まあこう見えて意外とおっちょこちょいなやつだからいろいろサポートしてあげてる感じ」

あ、奥野先輩そこ座ってると危ないですよ。僕の左手ときどき封印されてる悪魔が疼《うず》いて近場の人間に襲いかかっちゃう系のアレなんで。

まったく進路相談と関係ないうえに誰も聞いていないことをぺらぺら語り出したのは、まあ俺への牽制《けんせい》ってことなんだろう。

こうやってマウントをとりにきている時点でたいした間柄じゃないことを自白しているようなもんだが、まんまといらだっているのだから相手を笑えない。とはいえ、やり返すのも同じ土俵に立ってしまうようで癪《しゃく》に障るので、こちらの反応を窺《うかが》うような視線には気づかないふりをしておく。

水面下でぴりぴり行われている腹の探り合いになんてまるで気づいていない海人《かいと》が元気よく手を上げた。

「はいはい、おふたりは付き合ってるんすか!?」

その質問に奥野先輩が応じる。

「ええと、なんていうか……ははっ」

照れたようなスポーツマンスマイルは、見る人が見ればふたりがすでに付き合っているかその直前であるように映るだろう。

だけど明日姉は、

「付き合ってないよー」

あっさりそれを否定した。

「おっしゃー！」

バツの悪そうな奥野《おくの》先輩とテンションの上がっている海人《かいと》を尻目に、明日姉《あすねえ》がふんあり優しいウインクでこちらを見る。

「――ついでにそこの君とも、ね」

この場に流れている空気にけりをつける、とてもらしい対応だった。それは奥野先輩だけでなく、どこか浮き足立っている全員に向けられたものだろう。

遊びに夢中になって大事な花瓶《かびん》を割ってしまった子どものように、俺の心は少しだけしょんぼりした。

明日姉はぱちんと手を打って話し始める。

「じゃあ、さっそく始めようか。蔵《くら》センも言ってたけど、あんまり構えずになんでも聞いてね。私も去年のいまごろは進路なんて全然決まってなかったしさ。ちなみに、みんなはぼんやりとでも考えてたりするの？」

なんとなく探り合うような視線が交錯したあと、海人が切り出した。

「俺は細かいことあんまり考えてないっすねー。まともにバスケできるとこならどこでもいいかなって感じで。ワンチャンスポーツ推薦狙えたらいいんですけど、まぁうちの高校レベルじゃ厳しいかな」

いくら海人が優秀なプレーヤーだとしても、藤《ふ》志《じ》高はけっしてバスケの強豪というわけではない。スポーツの能力だけで進学というのはあまり現実的ではないのだろう。

その回答が俺から聞いていた人物像と重なっておかしかったのか、明日姉はくすくす笑って応じる。

「それなら浅野《あさの》くんは、どの大学のチームでプレーしてみたいかっていうところから考えてみてもいいかもね」

海人は明日姉が自分の名前を知っていたことに少しきょとんとした様子だったが、まあ細かいことはどうでもいいかって感じでうれしそうにへへっと顔を緩ませた。

陽《はる》がそんな海人に続く。

「私も海人とだいたい同じかなー。親に頼むから国公立にしてくれって言われてるぐらいで、具体的にどの大学かってとこまでは全然見えてないです」

あっけらかんと語る様子に、明日姉はにっといたずらっぽい表情を浮かべた。

「国公立を狙うなら、とりあえず青海《あおみ》さんはしっかり勉強かな？」

「なんで西野《にしの》先輩が私の学力知ってるんですか！　千歳《ちとせ》こらぁッ!!」

「て、点数までは言ってないから」

「あんたはあんたでなんで隠してた私の点数まで知ってんの！」

「仕方ねぇだろ。『うげぇー』って叫び声でお隣さんのほう向いたら丸見えだったんだよ」

「うぬぬ……」

そんな俺たちのやりとりを見て、明日姉は本当におかしそうにけらけら笑っていた。

ようやく落ち着いてから話を続ける。

「じゃあ……七瀬《ななせ》さんはどう？」

指名された七瀬は口に手を当て、少しのあいだ考えてから言った。

「私はぼんやり、一度福井を出てみようかなと思ってます。石川、京都、愛知、大阪、あとは東京って可能性もなくはないかも」

「そっか、県外組なんだねー。なんとなく七瀬さんはそうなんだろうなと思ってたよ」

おそらくほとんどの地方がそうであるように、福井の高校生が大学進学を考えるとき、まず最初にぶつかるのは県外に出るか県内に残るのかという二択だ。

県外を視野に入れたとき、藤志《ふじ》高で人気が高いのは隣県の石川や関西の有名大学。福井よりは圧倒的に都会だが、帰ろうと思えばすぐに帰ってこられるほどよい距離感がその理由じゃないかと俺は思っている。

逆に、最初から東京へ出ようと決めている人間はそれほど多くない印象だ。理由はきっと真逆で、あまりにも福井とかけ離れすぎていて、心理的にも物理的にも、遠い。

そんなことを考えていると、水篠和希《みずしのかずき》が七瀬の言葉に反応した。

「俺は東京の私大かな。きれいな女の子いっぱいいそうだし、思いっきりちゃらいサークル入って、毎日『うぇーい』って言いながらキャンパスライフを満喫すんの」

もちろんこういうふうに東京しか見てないって人間も少なからずいる。らしいなとは思ったが、ふと気になったことを口にした。

「なんだよ、サッカーはもうやらないのか？」

和希は少しだけ寂しげに笑って肩をすくめる。

「こう見えて身の程はわきまえてるからね。俺のサッカーはそれだけで食っていけるようなもんじゃないから、素直に高校で店じまいするよ」

「……そか」

多くを聞こうとは思わなかった。小さいころからスポーツに打ち込んできたやつなら、いつかはそういう選択を迫られることになる。本気でプロを目指すのか、趣味程度に続けていくのか、きっぱりやめるのか。

俺から見たら強豪校でもレギュラーを張れそうな和希でさえ、いや、そういうレベルにいる人間だからこそ見えてしまう限界ってやつもあるのだ。

俺たちのやりとりを聞いていた健太《けんた》がおずおずと口を開く。

「俺は多分……普通に福大かな。なんか福井を出る自分て想像できないし」

福大こと福井大学は、県で唯一の国立大学。藤志高生であれば、県内の進学を選択するならかなりの確率で第一志望に挙げるはずだ。

実際のところ、進学しても福井から出たくないというやつはかなり多い。単純に福井が好きな場合もあれば、住み慣れた町から出て行くことやひとり暮らしをすることが恐いって場合もあるだろう。

そして、大学で福井から出なかった人の大部分は、そのまま福井で就職すると聞く。福井で生まれ、福井で育ち、福井で家族をつくって福井で生きていくのだ。それが幸せなことなのかどうか俺にはわからないし、きっと誰にもわからないんだと思う。

健太《けんた》の言葉に優空《ゆあ》が同意を示した。

「私も山崎《やまざき》くんと似たような感じなのかも。自分が都会を歩いてるところってちょっと想像できなくて……」

明日姉《あすねえ》がやさしく微笑《ほほえ》む。

「なにも都会だけが県外というわけでもないよ？　それこそ地方の有名大学だってあるし」

「でも、わざわざ地方に進学するなら福井でもいいんじゃないかって思ったりするんですよね。自分にひとり暮らしできるかも不安だったりして」

それを聞いて夕湖《ゆうこ》が身を乗り出す。

「えーっ！　うっちーはしっかりしてるし絶対に大丈夫だよー。私なんて料理も洗濯もできるかわからないし、実家を出るとか超不安だもーん」

七瀬《ななせ》がひらひら手を振って、いたずらっぽく口を挟む。

「夕湖はまず花嫁修業からだね。私は料理も洗濯もできるからお先に～」

そこで意味ありげにこっち見るんじゃねえよほら夕湖が気づいた。

「むーっ！　今日からやる！　ゆで卵とか作るし！」

「小学校の家庭科でなに学んできたんだよ」

思わず俺がつっこむと、夕湖がぷくーっと膨れる。

それを見た明日姉が言葉をかけた。

「柊《ひいらぎ》さんは県内？　県外？」

「正直、まだなんにも見えてないんです。このままだとなんとなく流されて無難に福大選んじゃいそうなんですけど……逆に先輩たちはもう志望校決めてるんですか？」

少し意外だなと思う一方で、とても納得できるような気もした。

ぎゅんぎゅん我が道を進んでいるように見える夕湖のなかには、とても繊細な部分が潜んでいる。感情ひとつでどこへだって飛んでいけそうなのに、本当に大切な一歩を踏み出すときは慎重になってしまう。だけどそのアンバランスさは弱さじゃなく強さだと、場違いにふとそんなことを思った。

ここまで明日姉に進行を委ねていた奥野《おくの》先輩が口を開く。

「ええと……水篠《みずしの》くん？　といっしょで俺は東京の私大に絞ったよ。慶應を本命にしつつ、MARCHも併願するつもり」

その口調にもう含むところはなかった。純粋に一学年上の先輩として相談に乗ってくれるつもりなのだろう。

進学校の生徒にとって進路の選択は人生の岐路であり、自分勝手な私情を挟んでいい場面じゃない。その切り替えのいさぎよさにはほんの少し好感を覚える。

夕湖《ゆうこ》が質問を返した。

「それって慶應に行きたかったからですか？　というのはえーっと、尊敬している教授がいるとか、将来に繋《つな》がる学部があるとか？」

奥野《おくの》先輩はうーんとしばらく考えてから答える。

「先輩らしいこと言えたらいいんだけど、ぶっちゃけそんなにたいした理由はないんだわ。ただ、ずっと福井で育ってきたから、一度ぐらいは日本一の大都会で暮らしてみたいなって。慶應を選んだのは、まあどうせ東京行くなら慶應ボーイじゃね、みたいな？」

「えーっ、そんな理由で決めちゃってもいいんですか？」

「褒《ほ》められたことじゃないけどな。ただ、自分の学力で行けるなるべく上の大学を選んで、学部学科の選択だけ慎重にしておけば、その先の将来はまた四年間かけて考えればいいかって」

現実的に受験が迫ってきている三年生らしい意見だと思った。

俺自身も含めて、高校生のうちから将来就きたい職が明確に定まっている人間なんて、きっとそんなに多くはない。

だとすれば、あとは住んでみたい場所やなんとなく憧《あこが》れのある大学名、興味をもっている、もしくは得意科目を生かせる分野、単純に就職活動のとき無難な学部学科など、なにかしらの取っかかりをもとに決断していくしかないのだろう。

　ふむふむと頷《うなず》いていた夕湖が、今度は質問の相手を変える。

「西野《にしの》先輩ももう決まってるんですか？」

　その言葉に明日姉《あすねえ》は、ちょっと照れたように笑って頰《ほお》をかいた。

「あははー。偉そうに進路相談とか来てるのに、じつは私もまだ決めきれてないんだよねー。県内に残るのか、東京に出るのか」

「えー、なんか意外！　今日見てた感じだと、西野先輩ってそういうのささっと決めちゃいそうなイメージなのに」

「……そんなことないよ。私も迷ってばっかりだ」

　珍しく、思わず本心が漏れてしまったような声色だった。

　なにか口を挟もうかと思案していると、奥野先輩が先に口を開く。

「俺はいっしょに東京行こうよってずっと明日風《あすか》に言ってるんだけどねー」

　いいですね行きましょう行きましょう僕と行きましょう。東京湾の海底ドラム缶ごろごろ周遊ツアーとしゃれこみましょう。

　明日姉はさして動じた様子もなくそれを受け流す。

「んー、奥野くんが白金台《しろかねだい》にひとり暮らし用のマンション買ってくれるなら考えるよ？」

「せめていっしょに住む用って言ってくれよ」

——っ。

とても普通の高校生らしいふたりの軽口を見て、俺はがっかりしないようにすることで精一杯だった。そのがっかりが明日姉《あすねえ》に向けられたものなのか自分自身に向けられているものなのかもよくわからない。

まるでそんな気持ちを見透かしたように明日姉は優しく微笑《ほほえ》む。

俺はなんだかやるせなくなって、そっと目を背《そむ》けた。

＊

その後、時間いっぱいを使って明日姉たちはみんなの相談に乗ってくれた。

途中、俺だけ進路の話をしていないことに気づいた夕湖《ゆうこ》がそれを指摘したら、あの人が「君はいまじゃなくてもいいしねー」なんて意味深なことを言って場が炎上しかけたことを除けば、それぞれに得るものがあるいい機会だったと言えるだろう。

進路相談会が終わると、チーム千歳《ちとせ》の面々はそれぞれ部活に向かい、帰宅部の健太《けんた》もラノベの発売日だとかでさっさと帰っていった。

——そんで俺は、なにしてるんだろうな。

かれこれ二十分以上、昇降口のガラスドアにもたれかかって、あてどなく雨音に耳を傾けていた。なんとなく、今日をこのまま終わらせたくないような気がしたのだ。

ぱさり、ぱさりと、色とりどりの花が咲いて、次々に通り過ぎていく。

まだ初々しさの残る一年生の女の子がくるくる楽しげに傘を回すと、弾かれた雨粒が紫陽花《あじさい》のようにぱっと広がる。

俺はポケットに手を突っ込み、まだ真新しいスマホケースの革をそっと撫《な》でた。その指先を口許《くちもと》にもってくると、野球のグローブに似た懐かしい匂いがして少し頰《ほお》を緩める。

やがてこんこんと、ちょうど後頭部のあたりがノックされた。

驚いて振り返ってみれば、ガラス越しに明日姉がさらさら微笑んでいる。

「もしかして、私のこと待っててくれたのかな？」

ドアのこちら側に来て、俺の顔を覗《のぞ》き込むように言った。

なにか答えようとするよりも早く、「明日風《あすか》？」という声が割り込んでくる。明日姉に続いて現れたのは、つい先ほどまですぐ隣に座っていた奥野《おくの》先輩の顔だ。

いっしょに帰るところだったのかもしれないと思うと、心臓のあたりがきゅうっと縮んだように言葉が出てこなくなってしまう。

明日姉は、いつもどおりの涼しげな声で言った。

「奥野くん、また明日ねー。私、彼といっしょに帰るから」

「けど……」

「また明日、ね？」

穏やかながら有無を言わせぬその口調に、奥野《おくの》先輩は納得いかないような表情をしてから、フンと小さく鼻を鳴らして校門のほうへと歩いていった。

俺は思い出したように息を吸って、なるべくなんでもないように口を開く。

「珍しいね、俺のことそんなふうに呼ぶの」

明日姉《あすねえ》はくすぐったそうにふふっと笑みをこぼした。

「君、じゃ汲《く》み取ってくれなさそうだったからね」

「七瀬《ななせ》のときは汲み取ってほしかったんだ？」

「かわいくないこと言うのはこの口か」

ぎゅむっと、俺の唇がつままれる。細い指先からは、ほんのり淡い石けんの香りがした。どうにも照れくさくてそっぽを向くと、明日姉はあっさり手を離して言う。

「さ、帰ろうか。入れてくれる？」

「傘、忘れたの？」

もし俺がいなかったら奥野先輩に入れてもらうつもりだったのかと、相も変わらず子どもじみた考えが頭をよぎる。

「今日はそういうことにしようかなと思って」

なんだか、全部お見通しみたいだ。

「そういうことなら、仕方ないね」

「そう、仕方ないの」

俺は自分の安っぽくて面白みのないビニール傘を広げた。

気まぐれな野良猫がすいっと寄り添ってくる。なにも言わずにゆっくり歩き始めたら、ぱらぱら、ぱちぱちと、すぐに雨粒が傘の上で踊り始めた。

「君の傘、水玉模様だ」

ビニール越しの空を見上げながら明日姉が言う。

雨の日は嫌いだ、と昔は思っていた。

そうでもないな、とやっぱり思う。

＊

見慣れた河川敷の道を、ふたりぼっちで歩いていた。

八時間目があったから下校のピークは過ぎていて、前にも後ろにも人の影は見えない。ひとりだとぼっちがつかないこの人なのに、いっしょにいるとぼっちをつけたくなることが、意味もなくおかしかった。

「ねぇ、ちゃんと半分こ」

明日姉《あすねえ》側に傘を傾けていることに気づいたのだろう。

小さな肩でぐいとこちらを押してくる。

俺は傘を真《ま》っ直《す》ぐに戻しながら言った。

「濡れちゃうよ?」

「濡れた女はそそるでしょ?」

「そういえば、この川には水死した女の幽霊が出るという噂《うわさ》があってだな」

「君ってそういうとこあるよね」

明日姉はくつくつ笑ってから続けた。

「よかった、これでいつもどおり」

「……やっぱり、ばれてた?」

「なんだか今日の君はちょっと、遠かったね」

「遠かったのは明日姉じゃないかな」

「そんなふうに思う君が、遠いんだよ」

「女子高生、なんだね」

「女子高生、なんだよ」

知らなかった? と、明日姉はいたずらっぽくスカートの裾《すそ》をつまんだ。いちいち説明しなくても、多分俺が抱えている気持ちなんてこの人には筒抜けだろう。

俺はさっき見た女の子みたいに、傘をくるくると回して紫陽花《あじさい》を咲かせる。

こんな日には、とびきりつまらないジョークが必要だ。

「それで、あの男あなたのなんなのよ」

わざとらしい口調で言うと、隣で明日姉がくつくつと肩を揺らした。

「君が見て、理解したとおりだと思うよ」

「色目なんか使っちゃって、いやらしいったらないわ」

「それを言うなら、君のまわりも色目だらけだったけどね」

意外な反応に隣を見ると、ぷくっと子どもっぽくむくれている。

今度は俺のほうが吹き出す番だった。

「なによぉ」

「いや、あんなに澄ました顔してたのにって思って」

「君だってクールぶってたじゃん」

「ぶってねぇよ。普段からクールなミステリアスガイだっつーの」

こういうのは、儀式みたいなものだと思う。茶化して、誤魔化《ごまか》して、自分や相手のいろんな感情とうまく折り合いをつけていくのだ。

ざあと雨の勢いが強くなって、明日姉がもう半歩分、距離を詰めてくる。

衣替えを終えて半袖《そで》になった腕と腕がひんやりとくっつき、この人は俺よりも体温が低いのだと知った。

「楽しかったなー、進路相談会。まるで君のクラスメイトになった気分だった」

とても当たり前の話だが、俺よりも一学年分早く生まれた明日姉《あすねえ》は、俺よりも一学年分早く大人になって、俺よりも一学年分早く学校からいなくなる。四月から三月という一区切りのなかで生まれなかったふたりは、先に進んでいるほうが無理矢理ブレーキでも踏まない限り、どれだけ望んでも決してクラスメイトになることはない。

そんなことは、誰だってわかっているんだ。

だけど明日姉は続ける。

「柊《ひいらぎ》さんがいて、内田《うちだ》さん、七瀬《ななせ》さん、青海《あおみ》さん、水篠《みずしの》くん、浅野《あさの》くん、山崎《やまざき》くん。どうして私はここにいないのって、思ったよ」

「俺はここにいてほしくないって、思ったかな」

「うん、それもちゃんと知ってるの。だって私は……君の素敵な先輩でなきゃね」

この台詞《せりふ》を言わせてしまっているのは自分だ、と思う。

きっと夕暮れの河川敷で出会ったあの日から、明日姉は俺のために明日姉で在ろうとし続けてくれているのだ。

「ねぇ……」

大丈夫だからそんなふうに優しくしてくれなくていいよ、と取り出しかけた言葉を俺はポケットにしまった。本当はもっとずっと前に返しておかなきゃいけない気持ちだったのに、あとちょっと、もう少しだけと甘えているうちに、すっかり手放すことが恐くなっている。

言いよどんだ俺の言葉をなぞるように明日姉が口を開いた。

「ねぇ……」

触れていた細い腕が、わずかにきゅっとこわばる。

「たとえばふたりが同級生で、たとえば普通に入学式で出会っていたりしたら、毎日こんなふうに帰ったりしていたのかな」

「たとえばふたりが同級生で、たとえば普通に入学式で出会っていたりしたら、明日風は俺なんかに興味を示さなかったかもしれない」

「きっと、朔もね」

だからそんなたとえばに意味なんてない。俺はなんでもないように歩き続けて、なんでもないように話題を変えた。

「明日姉、まだ決まってないんだね。東京か福井」

「……うん」

先月、七瀬を巡るトラブルに巻き込まれていた最中、偶然出会ったときに知ったことだ。そんなに簡単に決断できないことはわかっているが、相談会の場で話題が出たときの明日姉を見ていたら、もう一度ちゃんと聞いておかなきゃいけない気がした。

「なにか、俺に話せることはある？」

できることがあるか、とは言わない。

そんなもの、あるはずもないからだ。

「ないよ」

明日姉《あすねえ》はきっぱり答える。

「君に相談すると、私はきっと揺れちゃうから」

「それは、決意が固まりつつあるようにも聞こえるけど」

「……うん」

俺は深くため息をつく。

「本当に誤魔化《ごまか》したいのなら、もっと上手に嘘《うそ》ついてほしいな」

「……うん」

俺は二度目の深いため息をついた。

そうして、ことさらに軽く、冗談めかして口を開く。

「少しでもなにかの支えになるなら、とびきりキザな約束でも交わしておこうか？　もしも駆け落ちしたくなったら左耳を触るのが合図だ、とかね」

明日姉は少しだけはっとした顔になってから、小さくこくんと頷《うなず》く。

「君は、付き合ってくれるの？」

「その問いには、もう答えたよ」

とんと、明日姉は頭を俺の腕に預ける。

くすぐったくて、じれったかったから、なんにも知らないふりをした。

＊

家に帰り、シャワーを浴びてからソファでうつらうつらしていると、ぴんぽんぱんぽんせっかちな音にたたき起こされた。スマホで時間を確認したら、もう十九時をまわっている。

モニターなんて洒落《しゃれ》た設備はないので魚眼レンズ越しに外を見ると、見慣れた満面の笑みと困り顔がふたつ並んでいた。

おいおいと呆《あき》れながらもドアを開ける。

「こんばんはー、花嫁修業のデリバリーでーす！」

夕湖《ゆうこ》が元気よく言った。

「あ、うちそういうの間に合ってますんで」

いそいそとドアを閉めようとすると、ローファーのつま先をしゅばっと突っ込まれる。それデリバリーじゃなくてただの押し売りだよね。

「まあまあそう言わずに。ご飯まででしょ？　私が作ってあげる！」

「ゆで卵だけの晩餐《ばんさん》は勘弁してぇ……」

仕方なくもう一度ドアを開けると、後ろには申し訳なさそうな顔で優空《ゆあ》が立っていた。

「ごめんね、突然押しかけて。夕湖《ゆうこ》ちゃんが行くって聞かなくて」

手にしたスーパーの袋を持ち上げてみせる。飛び出た庶民的なネギがなんだか妙に似合っていて、思わず笑ってしまった。

「まぁ、優空もいるなら少なくとも放火される心配はないか」

「ひどっ、それどういう意味ー?!」


ふたりを招き入れると、優空はてきぱきと食材を整理し始めた。

この家にはときどき来ているので、手慣れたものだ。調味料をチェックしているどころか、切れかけていただしの素なんかを買ってきてくれたらしい、しかも詰め替え用。主婦力たけぇなさすが優空ちゃん。

一方の夕湖はというと、なにやら紙袋を持って颯爽《さつそう》と脱衣所のほうへ消えた。おい花嫁修業どこいったんだよ。ちゃんと師匠の仕事見てろ。

俺はチボリオーディオの電源を入れ、Bluetoothで繋《つな》いだスマホの音楽をランダム再生する。

GLIM SPANKYの『ワイルド・サイドを行け』が流れ始めたところで、

「じゃじゃーん！」

と、夕湖が脱衣所のカーテンを開けた。その出来すぎた入場曲に、頼むから料理はメインストリートを行ってくれと思う。

やれやれと振り向いて、思わず言葉を失った。

夕湖は見慣れた制服の上に、普通のワンピースみたいなデザインのエプロンを着けている。ややレトロ風と表現すればいいのだろうか。上半身には青を基調とした花柄がちりばめられており、ウエスト部分は大きいリボンのような紐《ひも》できゅっと結ばれている。リボンを境目として、そこから下はシンプルに青一色と控えめなのも、料理に備えてまとめ上げたのであろうポニーテールと相まって品がいい。なにより、ウエストを絞っているせいで半球型のＥカップがこれでもかってぐらいに強調されていた。

率直に言って、めちゃくちゃかわいい。あとエロい。

「どう？　どう？」

ずいずい近寄ってくる夕湖を素直に褒《ほ》めるのも癪《しゃく》なので、軽口を返す。

「料理教室に慌てて通い始めた新妻みたいでよく似合ってる」

「妻!!!!!!」

「褒めてねえから」

「せっかくだから朔《さく》も浴衣《ゆかた》着ちゃう？」

「脈絡ないなレトロ繋《つな》がり？」

そうこうしているうちに、優空《ゆあ》も自前のエプロンを着けていた。

こちらはアウトドアブランドとして知られるチャムスのものだ。デニム地に大きめのポケットがたくさんついており、ワンポイントでブービーバードロゴの赤がきいている。

実用性重視で優空らしいが、その生々しさがかえって本物の妻っぽさを演出していてめちゃくちゃかわいい。あと端的にエロい。

「夕湖《ゆうこ》ちゃんね、わざわざ学校帰りにエプロン買ったんだよ」

優空が微笑《ほほえ》ましいとばかりにくすくすと笑う。

「七瀬《ななせ》に言われたことがそんなに悔しかったのか」

夕湖はぷくーっと頬《ほお》を膨らませた。

「違うもん。ちゃんと家事を覚えておかないと、それが理由で進路選択の幅が狭まっちゃうのはやだなーって思ったんだもん」

「一瞬夕湖もちゃんと考えてるんだなとか感心したが、なぜうちでやる」

「え？　どうせならパパなんかより好きな人のために作ったほうが上達早そうじゃん」

「絶対パパの前でそれ言うなよ泣いちゃうぞ」

俺が苦笑いで優空のほうを見ると、胸の前で小さくごめんねの手をしている。

きっと常識的な意見であれこれ思いとどまらせようとしてくれたのだろう。その場面がありありと思い浮かぶ。

まあちょっと驚きはしたが、これだけの美少女たちがご飯を作ってくれるというのだから、まったく悪い気はしない。

俺は問題ないよと首を振って優空に声をかける。

「それで、今日のメニューは？」

「定番だし、そんなに難しくないから肉じゃがとかに挑戦してもらおうかなって」

「最高かよ。ときにそのエプロンの下は、はだ――ねぇ冗談だから締めるのは活きのいい魚だけにしとこ？」

＊

とんとん、ことこと、ぐつぐつと、部屋のなかが夕飯を支度するリズムに満たされる。俺は手持ち無沙汰でソファに寝転がりながら、その音に耳をすませていた。

子どものころ、友達の家にお呼ばれしたときや、ばあちゃんの家に泊まりに行ったとき流れていた時間と同じだ。

うちの両親は基本的に平日は仕事で帰りが遅くなり、休日でも必要とあらば平気で働きに出るような人たちだったから、あまり家族みんなで食卓を囲んだという思い出がない。高校に入ってひとり暮らしを始めてからは、コンビニや外食で済ませるか適当な自炊だ。

だからだろうか。たとえば学校からの帰り道、路地裏の道でどこからかカレーの匂いなんかが漂ってきたりすると、無性に切なくなることがある。

こんなふうに誰かが作ってくれるご飯を待つ時間というのはいいものだな、とじんわり思った。もしかしたら、俺のそういう部分をなんとなく察し、優空《ゆあ》はときどき理由をつけてご飯を作りに来てくれるのかもしれない。

「夕湖《ゆうこ》ちゃん指あぶない指！」

「大丈夫！　よけるし！」

いつか遠い未来に家庭をもったらこんな感じなのかな、なんて柄にもないことを考えた。

俺はこうやってソファにごろんと横になって、ビールなんか飲みながら音楽を聴いたり小説を読んだりしているのだ。

「夕湖ちゃんそんなに剝《む》いたらじゃがいもなくなっちゃう！」

「えー、まだ剝けるのに」

2DKの部屋を無理矢理1LDKにリノベーションしたこの部屋はカウンターキッチンなんて洒落《しゃれ》た造りではない。

ふと顔を上げると、部屋の端にあるキッチンに立つふたりの後ろ姿が目に入った。

女の子のエプロン姿というとどうしても正面に目がいきがちだけど、個人的には後ろ姿のほ

うがぐっとくる。紐《ひも》を結ぶことで強調されるお尻《しり》がエロいってのももちろんあるが、なんだか見ているとほっと安心できるような気がするのだ。

「夕湖《ゆうこ》ちゃんちょっと待って小さじ一杯って小さじを使っていっぱい入れるって意味じゃないから！」

「かーしこまりー！」

「――ねぇほんとに大丈夫ッ?!」

無視して幸せな気分に浸っていようと思ったのに、我慢しきれずつっこんでしまった。

ソファから起き上がってキッチンのほうへ向かうと、いつのまにやら夕湖はまっさらだったエプロンにいろんな染みをつけて大変なことになっている。

だというのに、本人はノリノリだ。

「ねぇ朔《さく》、お料理って楽しいね♪」

思わず隣で洗い物をしながら指導していた優空《ゆあ》に目をやった。なんだかげっそりしているので、その心中を察してぽんぽんと肩を叩《たた》くと、弱々しい声が返ってくる。

「も……もうすぐできるから、準備してくれる？」

「あいよ」

「あ、ちょっとごめん朔くん。シャツの袖《そで》まくってくれないかな？」

「ほい」

俺は優空の背後に立ち、両袖をくるくると巻き上げた。

「あー、うっちーそれずるーい！」

「いいから夕湖は鍋見てろ、鍋」

俺はキッチンから離れ、三人分のランチョンマットをテーブルに敷き、キッチンペーパーに除菌アルコールをしゅっしゅして拭《ふ》いてから、同じ数の箸《はし》とコップを並べる。

最初はランチョンマットもなかったし、箸もコップも自分の分だけだったが、夕湖と優空のおかげでずいぶんと賑《にぎ》やかになった。和希《かずき》や海人《かいと》はせいぜい食料を買ってくるぐらいだけど、このふたりは気を遣ってあれこれと持ってきてくれる。

炊飯器を開け、ほくほくの福井県産コシヒカリを人数分茶碗《ちゃわん》によそってからテーブルに着いた。ちなみに福井県民は幼いころから「コシヒカリは福井が発祥」と刷り込まれて育ち、事実その裏にはいろんな歴史的背景もあるのだが、このへんを語り始めると新潟県と終わりなき戦争になるのでいい子のみんなは気をつけような。

最近はコシヒカリを超えるお米として「いちほまれ」という品種が開発されたらしいから、俺も近々一度試してみようと思っている。

そうこうしているうちに、優空たちのほうも完成したようだ。メインの肉じゃがと味噌汁、それに副菜っぽいなにかがテーブルに運ばれてくる。

優空がエプロンを脱ぎながら、少し申し訳なさそうな顔でテーブルに着いた。

「ごめんね朔《さく》くん、今日はあんまり作れなくて」

いつもは一汁三菜を基本にしているみたいだから、やや品数が足りないとでも思っているのだろう。理由は聞かなくてもわかるし、作ってもらったこちらにはなんの不満もない。

「いや、すごく美味《おい》しそうだ。これは?」

ひとつだけなんの料理かわからなかったものを指さす。

「お味噌汁に入れた大根の葉っぱが余ったから、鷹《たか》の爪とちりめんじゃこ、かつお節といっしょにごま油で炒めてめんつゆで味付けしてみたの。ご飯に合うかなって」

「発想がベテラン主婦のそれ」

「もう、言い方!」

遅れて夕湖《ゆうこ》がもうひとつ器を運んできた。

「はい、朔。たーんと召し上がれ」

「はいありがとう。できることなら、次から殻剝《む》いて半分に切ったりすればもっと料理っぽく見えると思うよ?」

まじでゆで卵を三つ作ってた。

隣で優空《ゆあ》がおかしそうに笑う。

「夕湖ちゃんが、どうしても挑戦したいって」

「えっへん。うっちーに教えてもらったから、もうゆで卵マスター!」

そうそう失敗できるもんでもないけどな、と思ったが、本人があんまりうれしそうにぶいぶいとピースサインをしているので茶化すのはやめておく。そういえば俺も、ひとり暮らしを始めたころは目玉焼きのひとつもろくに焼けなかった。

「そりゃ楽しみだ。冷めないうちに早く食べよう」

「ねぇ朔、ご飯にする？　お風呂にする？　それとも……」

「メシだっつってんだろ！」

＊

夕湖と優空が作ってくれたご飯はどれも優しい味つけで染み渡るように美味かった。

自分だとどうしても濃くて大雑把《おおざっぱ》な野郎メシになりがちだから、こういう家庭的な料理はやっぱりほっとする。

ところどころに不格好な野菜が混じっているけど、夕湖が頑張ったんだなと思うとそれだけで箸《はし》が進むような気さえした。優空の指導のおかげか野生の勘なのかはわからないが、ゆで卵の半熟具合も完璧だ。

素直に感想を伝えるとふたりともとろけるような満面の笑みを浮かべ、作ってもらったのはこっちなのになんだか申し訳ない心持ちになる。

「優空《ゆあ》、この大根の葉っぱのやつめちゃ美味《うま》い」

「おかわりは？」

「ん」

茶碗《ちゃわん》を差し出すと、ご飯をよそってきてくれた。

「朔《さく》くんお茶？」

「ん」

コップを持ち上げると、とくとくと麦茶を注いでくれる。

「ほっぺた」

「ん」

優空に頰《ほお》を向けると、米粒をとって自分の口に入れた。

「すとっぷううううううう!!」

夕湖《ゆうこ》がいきなり大声をあげる。

「ちょっとうっちーずるい！　なにその正妻感?!　私が入る余地ないし！」

「えと……そう言われても」

優空が困ったように頰をかいた。

うむ、夕湖の気持ちはわかるぞ。なんなんだろうねこの圧倒的包容力。うっかり身も心も委ねてたわ。

「やっぱりすごいなぁ、うっちー。今日の話じゃないけど、すぐにでもひとり暮らしできそう」

「どうだろう。家事はできると思うけど、ずっとひとりだと寂しくなっちゃいそうで……」

「それねー。朔は寂しくなったりしないの？」

夕湖が俺に話を振ってきた。

「寂しいぞ。今日だって本当はふたりと川の字で寝たいぐらいだ」

「泊まるー！」

「泊まりません」

まあ冗談はさておき、真面目《まじめ》に考えてみる。

「両親の離婚が決まってひとり暮らしを許してもらったときさ……」

俺が口を開くと、ふたりは少しだけ神妙な面持ちになった。もちろん、家庭の事情はとっくに伝えている。

「正直に言えば、感じたのは不安よりも安心だったし、怒りよりも感謝だったんだよな。あんまり仲よくは見えなかったふたりだけど、どっちも俺の意志だけは尊重してくれるんだって」

この前七瀬《ななせ》にも語ったことだが、本当に対極な両親だった。

だけど、なんでも「自分で考えて、決めろ」という教育方針だけは共通していたように思う。

もちろんその代わりに「決断の責任も自分でとれ」と言われるが、頭ごなしに否定されるよりはよっぽどいい。

「そういう意味では、自分で選んだこの生活だったから、最初のうちは楽しいって気持ちが強かった。仕送りもらってる身で言うのはちと情けないけど、生活のすべてが自分の責任下にあるみたいな感覚は嫌いじゃないんだ」

夕湖《ゆうこ》と優空《ゆあ》は真剣な表情で耳を傾けている。

「まあ、だからって寂しい夜がないと言ったら嘘《うそ》になる。だからこんなふうに、ときどきみんなが遊びに来てくれるのはうれしいよ」

俺はそう言って微笑《ほほえ》んだ。

夕湖が少し複雑そうな顔をする。

「そっかぁ……。私ね、ほんとのこと言うと今日みんなの話を聞くまで、県外とかひとり暮らしとかちゃんと考えたことなかったんだよね。和希《かずき》や悠月《ゆづき》、福井からいなくなるのかーって思ったらちょっと寂しくなっちゃった」

県内で進学するのか県外に出るのかというのは、間違いなく俺たちの関係にも大きな影響をもたらす。

みんなで福大を選べば、高校を卒業してからもなんだかんだずっとつるんでいそうな気がする。だけど福井の外に出て行ったやつらは、新しい街で、新しい仲間と居場所を見つけて、地元の友達とはきっと盆暮れで帰省したとき集まる程度になっていくのだろう。

もちろんそれは明日姉《あすねえ》であっても、いや、学年も友達グループも違う明日姉だからこそ、東京に行ってしまったら会う機会も理由もほとんどなくなる。

それはどうにも、寂しいな。

優空も似たようなことを考えていたらしい。

「いくら電話やSNSですぐに連絡とれるっていっても、たとえば朔《さく》くんや夕湖ちゃんが県外行っちゃったら、こうやってご飯食べるのも簡単じゃないもんね」

「うっちー哀しいこと言わないで～」

夕湖が半泣きみたいな顔ですがりつく。その頭をよしよしと撫《な》でながら優空が続けた。

「だけど、そういうこと考え始めなきゃいけない年齢なんだよね、私たち。こんなふうにいっしょにいられるうちに、ちゃんと」

なんとなくしんみりし始めた空気を断ち切るように俺は口を開く。

「よぉし、やっぱり今日は川の字で――」

「朔くんは『う』の字で寝てください」

「なにそれめっちゃひとり寂しく横向いてそう！」

＊

それなりに遅い時間になってしまったので、俺はふたりを送ってから家に戻ってきた。

かちゃりと鍵を開けて入ると、さっきまでの賑《にぎ》やかさが嘘《うそ》みたいに部屋の中はしんしんと静まりかえっている。

——やっぱりときどきは、寂しいな。

なんとなく、リビングの照明はつけず、スマホの光を頼りに寝室のほうへ向かった。小さなサイドテーブルに置いてある三日月型のデスクライトをぱちんと点《つ》ける。

冷たい部屋に優しい光が広がり、俺はなんだか安心してベッドに寝転がった。

ぼんやりと天井を見つめながら、明日姉《あすねえ》のことを考える。

あんなふうにうじうじ悩んでいるのはどう考えてもちょっと、変な感じだ。そりゃあ高校生が進路に迷うなんて当然のことだけど、頑《かたく》なに理由を話そうとしないのが気になる。

明日姉は東京か福井かで迷っていると言った。半ば決意が固まりつつあるとも、俺に話したらそれが揺れてしまうかもしれないとも。

自分はただ自分であればいいいと、いま私のいる場所が私のいるべき場所で、私の意志が私の道しるべだと言わんばかりの自由な生き方をしているように見えるあの人に、そういう弱々しさは全然似合わない。

だけど、と思う。

もしかしたらそんな立ち振る舞いさえ、強要してしまっているのは俺なのかもしれない。

幻の女みたいだ、と伝えたことがある。

いつか明日姉は言った。これ以上近づいたら、憧《あこが》れの先輩と素敵な後輩の男の子ではいられなくなるかもしれない、と。

女子高生、なんだね。

女子高生、なんだよ。

たとえば、たとえば。

とりとめのない会話が頭のなかで飛び交う。だんだんと頭のなかにもやがかかり、夢の世界へと滑り落ちていく。

俺は、明日姉に身勝手な幻想を押しつけているのだろうか。

そうじゃない、と信じたい。

あの人の素敵なところを、格好いいところを、きっと自分では気づいていない気高さや美しさといったものを、丁寧にすくい上げて届けてあげられたらいいと思う。

——いつか白いワンピースの女の子が、俺のことを自由だと言ってくれたように。

＊

それから数日後、久しぶりにからっと晴れた昼休み。早々にご飯を食べ終えた俺は、陽《はる》といっしょにグラウンドへと出てきていた。

なんでも、新しく買ったグローブでキャッチボールの練習をするから相手になれってことらしい。なってあげるじゃなくて、なれってところが陽《はる》だなぁと思う。

部活を辞めてからもうすぐ一年が経とうとしている。

そろそろ、遊びぐらいでなら野球をやってもいいころだ。もしかしたら陽は、そういう踏ん切りみたいなのをつけさせようとしてくれているのかもしれない。

「千歳《ちとせ》ーっ、高校野球のボールってこんなに硬くて重いんだね。当たったらやばいじゃん、テンション上がる！　魔球投げるよ魔球ーっ」

……やっぱ考えすぎかもな。単純に有り余ってる体力を発散するための趣味を増やしたかっただけかもしれん。

俺は定期的にメンテナンスだけは欠かしていなかったミズノプロのグローブを左手にはめ、その中心を右手の甲でぱんぱんと叩《たた》く。まだ鮮やかなビターオレンジも、編み上げられたウェブも、鼻につく革の香りも、そのすべてが懐かしい。

すうと息を吸い込むと、むせかえるような土埃《つちぼこり》の気配が飛び込んでくる。

梅雨のまっただ中だというのにぎらぎらと強い日差しは、まるで一足早く夏の訪れを告げているようだ。

——ああ、グラウンドに立ってるんだな。

とっくに準備万端という感じの陽に手で合図をすると、山なりのボールがふんあり飛んできて、ぱすんとグローブに収まる。

その瞬間、フライボールを走りながらキャッチしてバックホームする瞬間の加速感とか、盗塁して次のベースに滑り込むときのひりつくような昂揚《こうよう》とか、相手ピッチャーの決め球をバットの芯で捉えたときのすこんと抜けるような感触だとかがいっぺんに押し寄せてきて、ちょっとだけ泣きそうになった。

それを陽に悟られないように、薄汚れてところどころ毛羽だったボールをきゅっと握る。

心のなかでありがとうとつぶやいてから、優しく投げ返した。

やはり運動のセンスがいいのだろう。陽は自分用に買ったという真新しいグローブにうまくそのボールを収めるが、惜しくもファンブルしてしまった。ころころと転がったボールがこちらに戻ってくる。

「だぁーっ、捕ったと思ったのに！」

「陽、ちょっとグローブ貸してみ？」

「ちっちっ、ミスを道具のせいにするようでは二流だよ千歳くん」

「いいから貸せよルーキー」

俺は陽の真っ赤なグローブを受け取る。

おそらくスポーツショップで安売りされていたものを購入したのだろう。当然ながらガチの野球部が使うような代物ではなかったが、ちゃんと硬式用だったことに驚いた。

まだかちこちに硬いグローブの親指側と小指側をぎゅっぎゅと何回も折り曲げくせをつけていく。多少なりとも柔らかくなったところで、キャッチするのに適した芯と呼ばれる部分にはしばしボールを叩《たた》きつける。

ある程度満足できる型ができたところで陽《はる》にグローブを戻した。

「ほら、はめてみろ」

陽は受け取ったグローブを開いたり閉じたりしようとしている。

「なんかさっきより柔らかくなってる！」

「さすがにこの短時間じゃぱかぱか開くようにはできないけど、折りぐせに逆らわず使ってればそのうち馴染《なじ》んでくる。保管するときはボールを入れて、できればバンドで縛るほうがいい。今度持ってくるよ」

「陽ちゃんにプレゼント？」

「ただのマジックテープついた紐《ひも》だけどな」

俺はそう言いながら陽の背後に回った。

「ちょっと身体触るぞ」

「いやん♡」

「そういう意味じゃねえよ。手取り足取り教えろっつったの陽だろ」

「冗談だってば、好きにしていいよ」

陽のはめているグローブに手を添え、補球面が見えるようにする。

「少し凹《へこ》んでボールの跡がついてるだろ？　基本的にここでキャッチすることを意識するように。ちょっと左手に力入れとけよ――おらぁッ！」

バチィンッ!!

俺はいま教えた場所に力いっぱいボールを叩きつけた。

「イッツッツダアアアアアイ!!!!!」

「よし、その痛みを忘れるな」

「いきなりスパルタが過ぎる！」

「よし次だ」

「まだひっでもん（注：めちゃくちゃ）に痛いんですけど?!」

背後から、二人羽織のような体勢で陽の左手と右手を持った。まあ、男が胸押しつける側ならそんなに問題ないだろう。

陽は一瞬びくっと身体を固くしたが、すぐに力を抜く。俺も、直に伝わる体温は気にしないように努めて言った。

「女の子によくあるパターンだけど、砲丸投げと違ってボールは押し出すように投げるんじゃない。こう身体を捻《ひね》ってだな」

正しいフォームになるよう陽の身体を誘導していく。

「投げる瞬間に反対の手を引くっ」

フィニッシュの形まできっちりつくってから身体を離す。

陽《はる》は少しだけ照れたような顔でじっとこちらを見てから、こらえきれなくなったように突然ぶはっと吹き出した。

お腹《なか》を抱えてけらけら笑う。

「あーおかしい。あんた、今日はやけに積極的なんだね」

「口説いてた覚えはないが？」

「情熱的に口説かれてるみたいだったけどね。そんなに好きなんだ？」

「かみ合わないな、上手なキャッチボールの仕方を教えたばかりだぞ」

小さな陽がこちらの顔を覗《のぞ》き込むように見上げてくる。

「やっぱりそういうあんたが好きだよ、私は」

「……今日はやけに積極的なんだな」

「芯に叩《たた》きつけたほうが、いいんでしょ？」

そう言って、握ったボールを俺の左胸にこつんとぶつけてくる。

俺は逃げるように吐き出そうとした軽口をぐっと呑《の》み込んで、そのボールを受け取った。

いろんな気持ちを詰め込んで、精一杯にっと笑ってから口を開く。

「さて、実践だ」

「おうともよ！」

たたたっと距離をとった陽に、さっきより少しだけ速い球を投げる。

ばしんと、小気味いい音を立ててボールがグローブに収まる。

今度はさっきよりもきれいなフォームでさっきよりも少しだけ速い球が戻ってきた。

あと少し、もう少しだけと球速を上げていくが、陽は面白いようにそれをキャッチして、もっと、もっともっとと投げ返してくる。

楽しいな、と思った。こういう時間が、ずっと続けばいい。

力が入りすぎたのか、五往復目の陽のボールは俺が思いきりジャンプしても届かないほどの大暴投になった。

すとんと着地して、後ろにそらしたボールを拾いに行こうと振り返ると、

「——朔《さく》」


かつて野球部だった頃の仲間たち数人が、そこに立っていた。

ころころと足下に転がっていったボールを先頭の男が拾い、スナップだけでぱしゅんと投げ返してくる。俺はそれをやや横薙《な》ぎ気味に受け、一呼吸置いてからへらっと笑う。

「祐介《ゆうすけ》……悪いな、グラウンド荒らして。ちゃんとトンボかけて均《なら》しとくから」

藤志《ふじ》高野球部の栄えある四番バッター、江崎祐介《えざきゆうすけ》は俺の言葉なんて聞こえていないとでもいうように、どこか哀しげな様子で眉《まゆ》をひそめた。

「野球、続けてるのか？」

俺はへらへらとした顔を崩さずに続ける。

「ただの遊びだよ。スポーツ好きな女の子にアプローチしようと思ってたところだ」

俺は陽《はる》のほうに視線をやり、再開とばかりにボールを投げるが、それは相手の頭上を大きく越えて遠くにころころと転がっていってしまった。

なにかを察したのだろう。陽はボールを追わずこちらに駆け寄ってくる。

「千歳《ちとせ》、誰？」

「元チームメイトだよ」

祐介は軽口を無視して一歩踏み出す。

後ろにいる懐かしい顔ぶれは、心配そうにそれを見守っていた。

「朔《さく》……その、戻ってくる気はないか？」

「まさか、もうすぐ辞めて一年だぞ。とっくに鈍《なま》ってるよ」

「一年程度のブランクで簡単に鈍るたまじゃないだろ」

「お前に言ったことあるだろ。打者の繊細な感覚は、三日もバット振らなきゃ簡単に手から逃げていく」

「けど、さっきの顔見てたらやっぱ……野球、好きなんだろ？」

「――お前たちがそれを言うのか」

反射的に言い返して、しまったと口をつぐむ。

「監督には、今度こそ俺たちからも話してみる。前みたいなことにはしない。朔がいなくなってみてやっと……」

「あのさぁ!!」

ぎりっと奥歯を噛《か》みしめたところで、祐介の言葉を陽の苛《いら》立《だ》った声が遮《さえぎ》った。

「私は事情とか全然知らないけど、あんたたち千歳が辞めるのを止めなかった、止められなかった人たちだよね」

ポニーテールの小さな女の子が、まるでかばうように、守ろうとするように俺の前に立つ。

「この千歳が野球辞めたんだ。なにかがあったことはわかる。そのなにかに加担してたのか見ないふりしてたのかは知らないけど」

陽は胸の前でバチンとグローブを叩《たた》いた。

「――ひとつだけ言えるのは、いまのキャッチボール相手は私ってこと」

思わずその華奢《きゃしゃ》な肩に触れようとしたところで、

「おい、千歳《ちとせ》」

背後からよく通る声が俺を呼んだ。

振り返って目に入ったワインドアップのピッチングモーションを見てすぐ、反射的にたたっと二、三歩前に出る。

――ブオンとうなりを上げて、キーンと糸を引くようなものすごい速球が胸元目がけて飛んできた。

スパァアンッッッ。

グローブの芯でそれをキャッチすると、身体を突き抜けるようなしびれと心地よさが駆け抜ける。

「ナイスボール……亜十夢《あとむ》」

投げた当人はなんでもないことのようにざっざと歩いてきた。

「愉快な面子《メンツ》じゃねえか。俺も混ぜろよ」

闖入者《ちんにゅうしゃ》の登場に祐介《ゆうすけ》は怪訝《けげん》な表情を浮かべたが、すぐにはっとして口を開く。

「お前……陽光中の上村《うえむら》、か？」

「ふん、興味のない相手には知られてるもんだな」

「地元で中学野球やってて知らないやつのほうが少ないだろ」

「千歳《ちとせ》はさっぱり覚えてなかったぞ」

亜十夢《あとむ》がへっと自嘲《じちよう》気味に吐き捨て、「それで」と続ける。

「そんな鼻につく天才くんをおめおめ逃したマヌケな野球部が揃《そろ》ってなにやってんだ？」

祐介《ゆうすけ》はイラッとしたように目を細めた。

「お前に関係あるか？」

「ねぇよ。俺は女とちゃらちゃらキャッチボールなんかしてる千歳が見えたんでからかいに来ただけだ」

ふたりはしばし無言で睨《にら》み合い、やがて祐介がフンと鼻を鳴らして背を向ける。

「朔《さく》、またな」

俺はおう、と歩き出すその後ろ姿に向かって手を上げた。

祐介たちがグラウンドからいなくなるのを見届けて、口を開く。

「キャッチボール混ぜてやろうか、亜十夢」

ボールを差し出すと、それを受け取ってしげしげと俺の手を眺めてから、ばちんと叩《たた》きつけるように返してきた。

「冗談だろ。青海《あおみ》にまともなボールの握り方ぐらい教えとけ」

「……あ」

そういえば、フォームばかりに気を取られて基本的な握り方を伝えてなかった。遠くから見ててよくわかったなこいつ、さすがは元ピッチャーってとこか。

「お前もいつまで未練がましく素振りなんか続けてんだ」

「……」

興がそがれたのか、そもそも別の理由で割り込んできたのか、亜十夢はそれだけ言うとこちらに一瞥《いちべつ》もくれずさっさと歩き去っていった。

「まったく、変なやつだ」

俺は伸ばした中指と人差し指を縫い目にかけてボールを握り、陽《はる》のほうへと突き出す。

「これが正しい握り方だ。それと……」

ぱすんと、相手のグローブにボールを収める。

「ありがとうな。俺のキャッチボール相手になってくれて」

陽はちょっとだけ照れくさそうにしてから、にっと笑った。

「芯に響いた？」

「ど真ん中に、な」

昼休みの終わりを告げる予鈴が鳴る。俺たちはなんとなく漂う気恥ずかしい間を埋めるようにがりがりとトンボをかけてグラウンドを均《なら》し、教室へと走った。

＊

その日の放課後、ホームルームを終えた二年五組では、それぞれが部活なり帰宅なりの準備をしていた。俺もチーム千歳《ちとせ》のメンバーとだらだら話をしながら教科書や筆記用具をグレゴリーのデイパックに放《ほう》り込んでいく。

先に荷物をまとめた夕湖《ゆうこ》がどこか楽しげな口調で言った。

「朔《さく》、今日の放課後は予定ある？」

「ないけど？」

「またご飯作りに行こうかなー」

「花嫁修業の次は押しかけ女房のデリバリーか」

「女房!!」

「褒《ほ》めてねえよ辞書引け」

エナメルバッグを肩にかけ、部活に向かおうとしていた七瀬《ななせ》が近寄ってくる。

「千歳、予定ないなら練習でも見てく？　美咲《みさき》ちゃんもまた連れてこいって言ってたよ」

「やだよ美咲先生こわいもん」

「ちゃんと責任とらせろってさ」

「なんのだよ」

「私をあんなふうにシタこと？」

「誤解を招く表現はやめろぉッ!!」

ストーカー問題が解決してから、俺たちは千歳と七瀬の関係に戻っていた。なんとなくその距離感を察したクラスメイトからは、軽く腫《は》れ物《もの》に触るような扱いを受けている。

ちなみに学校裏サイトには、「五組の千歳がまたヤリ捨て!!!!!」と書き込まれていた……ぐすん。

そんなやりとりをしていると、がらりと教室前方のドアが開き、

「ねぇ君ーっ、いまからお姉さんとデートしよ？」

明日姉《あすねえ》が大声でそんなことを言いながらにこにこと飛び込んできた。

俺は思わず、すぐそばに立っているふたりに目をやる。

まぁ素敵な笑顔！　お願いだから目も笑ってね！　朔くんちびっちゃうゾ！

ふわふわと体重を感じさせない足取りで明日姉が近づいてきた。

「ね、デート」

俺の机の前でしゃがみ、両腕の上にあごを乗せていたずらっぽくこちらを見上げてくる。

「なんでまた急に」

「言ったでしょ？　予定を立てるのは苦手なの」

「確か、デートみたいなことはやめといたほうがいいとも聞いたけどな」

「そんな昔のことは忘れてしまったよ」

「今日じゃないとダメなの？」

「明日のことはわからない」

「『カサブランカ』かよ」

古い映画で見たようなやりとりを交わしてから、明日姉《あすねえ》はすっくと立ち上がった。

「というわけで、柊《ひいらぎ》さん、七瀬《なせ》さん、借りてもいい？」

「むむむむー」

夕湖《ゆうこ》がなんとも言えない複雑な表情を浮かべる。

このあいだの進路相談会で初めて会った相手だからどうしても先輩という印象が強く、いつものようには振る舞いづらいのだろう。そもそも自分はこれから部活に向かうから、止めるための理由も用意できないといった感じだ。

対して七瀬は余裕がある。ひらひらと手を振りながら口を開いた。

「どうぞどうぞ、私のお古でよろしければ」

「おい誰がお古だコラ、することさせてもらった覚えはねえぞ」

「……意気地なし」

「意味深な間を空けるなァッ!!」

そのとき、きゅっと、俺の手が握られた。

明日姉は意味なんてないと伝えるように、明るい声を出す。

「はいはいそこまでー。じゃあ、君のこともらっていくねッ」

ぐいっと俺の手が引かれた。

なされるがままに席を立つと、「行っくよー」と言って明日姉が走り出す。

「「ちょっと、あげるとは言ってない!!」」

夕湖と七瀬の声を置き去りにして、俺たちは教室を飛び出し廊下を駆け抜ける。何事かと道行く生徒たちが振り返った。何人かの教師が投げつけてくるありがちな台詞《せりふ》もぽおんと跳ね飛ばして、走る。

なんだかおかしくなって、ふたりとも大声でからから笑った。

＊

どこに行くかもわからなかったので、男バスの部室に寄って海人《かいと》からママチャリの鍵を借りて学校を出た。とりあえずはそれを押しながら、いつもの河川敷を歩いている。

「そんで、これはどういう冗談？」

俺がそう言うと、少し先を歩いていた明日姉《あすねえ》がうれしそうに振り返った。

「ちまたで噂《うわさ》の制服デートってやつです」

「そういうことじゃなくてだな」

「あのね……」

歩調を緩めて、隣に並ぶ。

「三年生になるとさ、進路のこととかいろいろ考えるじゃない？　君の教室で君たちを見てい て、あの帰り道で思ったんだ。私たちが互いに高校生なのはいましかなくて、十年後にどれだけ求めたってこのいまはもう戻ってこないんだって」

「だから制服デート？」

明日姉はちょっと恥ずかしそうに頰《ほお》をかく。

「ほら、私と君ってこの河川敷で偶然会って、話して、さよならばっかりだったでしょ。互いの電話番号もLINEも知らない。そういう関係はとても詩的に素敵だったけど、そういう関係をきれいな思い出としてアルバムに挟んで、タイムリミットの迫ってる私の青春に後悔はないかなって、さ。思ったの」

それは、ともすればチープに過ぎる感傷なのかもしれない。

十人の高校生がいたら、八人か九人ぐらいは同じことを考える瞬間があるだろう。

だけど、もうすぐいなくなる明日姉とまだしばらくここにいる俺では、きっと流れている時間の早さみたいなものが違う。

俺にとってはいつもどおりの今日が、明日姉にとってはもう数えられるほどに残り少ない今日なのだ。

「意外だな。いつか我慢できずにそういうことを言い出すのは俺のほうだと思ってたよ」

「私もそう思ってたんだけどねー。興味本位で君のクラスの進路相談会なんか行かなきゃよかったかな。なにも知らなければ、私は幻の女のままで君の前からふっと消えられたのに」

どこか弱々しく、寂しそうな声だった。

「……明日姉は、やっぱり俺の憧《あこが》れたお姉さんだよ」

俺はなるべく強くそう言い切る。

だって本当は、こっちが言い出さなきゃいけないことだったんだ。

そういう振る舞いを強いたのは弱かったあの頃の、いまでも弱いまんまの俺だから。結局、またこの人に大人をやらせてしまった。

「たとえばね。君が奥野《おくの》くんとのやりとりを見て感じたようなことを、君と柊《ひいらぎ》さんや七瀬《ななせ》さんを見ていると、やっぱり私も感じるわけですよ」

俺は先ほど握られた手の感触を思い出す。

「じつは進路相談会の日、なかなか眠れなかったんだ。だから、まるでからから振って缶の中に残ってるドロップの数を確認するみたいに、ベッドのなかでごろごろしながらその理由を考えた。それで最後に心の蓋《ふた》を外してみたら、ころんで答えが出てきたの」

明日姉《あすねえ》は顔をくしゃっと崩し、どこまでも透き通るような笑顔を浮かべた。

「ああ。ただの高校生、西野明日風《にしのあすか》として君と青春してみたかったんだって」


初めて見るその表情に思わず胸が張り裂けそうになって、冴えない返答が口をつく。

「たとえば、ふたりが普通の先輩と後輩だったなら」

「普通はお嫌い？」

「いや、ちょっと想像ができないだけだよ」

「たとえばこういうたとえばなら、試してみる時間と理由は残されていると思わない？」

その言葉に、俺は肩の力を抜いて笑う。

「そっか、明日姉って思ったよりも俺のこと気に入ってたんだ」

「知らなかったの？」

明日姉はいたずらっぽく言った。


「――私はずっと前から、君のことが大好きなんだよ」

ひとときの空白が生まれる。

まるで明日に向かって吹いているような風が通り過ぎていった。ふたりの前を野良猫がのんきに横切り、遠くのほうでカラスがかあと鳴いて、とぽとぽと川の水音が響く。

俺たちは見つめて、見つめて、見つめ合っていた。

明日姉は目を逸《そ》らさない。俺も目を逸らせない。

これまでずっと、互いの関係に線を引いてきた。

いや、引かせてしまっていたというほうが正しいのだろう。

だからこれは愛の告白なんかじゃなくて、この不思議で不自然なお芝居を終わりにしようという、明日姉からの優しいさよならだ。

それを拒否する権利なんて、俺のどこを振ったって転がり出てはこない。

ふたりはもう一年も経たないうちに高校の先輩と後輩ではなくなって、ひょっとすると二度とすれ違うことのない距離が開いてしまうかもしれないのだ。

だから俺は、精一杯のありふれた台詞《せりふ》を口にする。

「とりあえず、高校生っぽい遊びでもする？」

「うん！」

俺たちは、多分出会ってから初めて、どこにでもいる普通の高校生みたいに笑い合う。明日姉はどこか吹っ切れたように、ネクタイをしゅっと引っ張って緩めた。

*

ショッピングセンターのエルパと同じ国道8号線沿いには、たまに和希《かずき》や海人《かいと》と遊ぶゲームセンターと漫画喫茶が、わりかし近い距離に立っている。俺は明日姉《あすねえ》を自転車の後ろに乗せて漫画喫茶のほうへと来ていた。

漫画喫茶とはいっても、カラオケやダーツ、ビリヤードなんかもできる複合的な施設だ。とりあえずはそれぞれに個室を確保して漫画でも読もうかと提案するも、

「デートで分けていいのは夏の日のパピコとチューペットだけ！」

と、あっさり却下。

せめてもの抵抗でペアソファ席を選ぼうとしたら、明日姉は店員さんに迷わずペアフラット席と告げていた。

ふたりでベッドに座ってる感ありありのフラット席で俺は精一杯壁際に張り付いているのに、ぐいぐいと距離を詰めて自分のオススメを語ってくるのには本当にまいってしまう。狭い空間に満ちた明日姉のラベンダーみたいな香りで息ができなくなり、一時間も経たずして俺はギブアップを宣言した。

店員さんに申告し、ダーツマシンとビリヤード台の並ぶ部屋に入ったところで、ようやくひ

と心地ついて大きく深呼吸をする。広い空間に、俺たち以外の人はいなかった。

「まったく、勘弁してくれ」

ぼそっとつぶやくと、うきうきした様子でビリヤードの細長いキューを触っていた明日姉が振り向いた。

「君はもっと、平然としているのかと思ってたよ」

ほんの数秒前が嘘《うそ》みたいに、大人びた微笑を浮かべる。

それは間接照明でほんのり薄暗いこの空間にとてもよく似合っていた。

鮮やかなブルーのラシャが張られた台に色とりどりの球を転がしながら俺はため息をつく。

「突然訪れた憧《あこが》れの先輩との初デート。どぎまぎしない男がいるのなら教えてほしいな」

「慣れてるでしょ？　女の子とのあの程度の距離感は」

「慣れてねぇよ、明日姉とのああいう距離感は」

「心地よかった？　鬱陶《うっとう》しかった？　それとも……どうすればいいかわからなくて困った？」

「それはなんというか、野暮な質問だ。生まれたての赤ん坊に『この世界はどんなふうに映る？』って尋ねるみたいに」

明日姉はくすっと笑ってしゅらりとスマートにキューを抜いたが、勢い余ったのかそのまますっぽ抜けてしまった。

まぬけに転がっていくそれをわたわたと慌てて拾ってから、「見たな？」って感じで振り向いて、てへへと頬《ほお》をかく。

「ねえ、君は気づいてる?」

そうして、はにかむように言った。

「素敵な後輩との初デートでどぎまぎしない女の子も、いないんだよ」


ビリヤードは初めてだという明日姉《あすねえ》に、俺はナインボールのルールを教えた。

ざっくりと言えば、1から9の数字が書かれた球を並べ、先に9番をポケットに落としたほうが勝ち。基本的にはまず手球を撞《つ》いて台上にある一番小さな数字に当てなければいけないが、それが跳ね返って9番を落とした場合なども勝ちとなるシンプルなゲームだ。

というか、ぶっちゃけ俺はそれ以外の遊び方を知らない。

1番の球を頂点に、9番の球を真ん中に隠し、あとは他のボールで適当にまわりを囲ってダイヤモンドの形に並べた。ブレイクショットと言って、まずは先頭の1番に手球を当てて他の球を散らばらせるところからゲームがスタートする。

そうこうしているうちに、明日姉はさっそく白い手球を撞く練習をしていたが、あまりのぽんこつっぷりに思わず吹き出してしまった。

「フェンシングじゃないんだから、片手で撞こうとしても無理だって」

俺がそう言うと、ぶうと唇をとがらせる。

「こういうとこ来るの、初めてなんだよ」

「福井の高校生がこういうとこ来ないのも珍しいね。たいていはどこかのタイミングで誰かが行こうって言い出すと思うけど」

「うちってさ……」

明日姉はそう言うとビリヤード台にとんと腰を預け、なにかを思い出すように天井を見た。

「けっこう、厳格な家庭なんだよね。母が中学校、父は高校の教師。どっちも絵に描いたような堅物で、たとえばお祭りの屋台で食べ物を買っちゃ駄目とか、友達の家に泊まりに行っちゃ駄目とか、こういう場所に子どもだけで来ては駄目、とかね」

正直に言って、それはちょっと思いがけない告白だった。

俺にとって明日姉は自由の象徴みたいな人で、べつに親に反抗しているとは思わないが、かといってそういう家庭のルールみたいなものに縛られている姿も想像できないからだ。

もちろん、子どもの行動をどこまで制限するかというのは親によって千差万別だと思う。高校生のひとり暮らしを許してくれている俺の家なんかはかなりの放任主義だし、部活や塾でなければ門限は十九時っていうやつだっている。

だけどなんとなく、明日姉の家はうちと似たような感じかと思っていたのだ。

どう答えたものか、と迷う。

単純にこれまで言う機会がなかっただけなのかもしれないし、いまこの瞬間だからこそ言う気になったのかもしれない。

迷った末に、当たり障りのない言葉を口にした。

「屋台のおっちゃんやおばちゃんが作る大雑把《おおざっぱ》な焼きそば、○○《まるまる》焼き、それをラムネで流し込む美味《おい》しさを知らないなんて、人生の半分は損してるね」

「それって、君がこのあいだ七瀬《ななせ》さんとしたことじゃんか」

いじけたようにちょっとそっぽを向いてから、「だけど……」と続ける。

「本当は遠い昔に一度だけ、連れて行ってもらったことがあるの」

「ご両親に？」

「……さあ？」

なんだか意味深な笑みが返ってきた。

明日姉《あすねえ》はよっとビリヤード台から離れ、キューを手に取る。

「だから君に教えてほしいな、悪い遊び」

「んなビリヤードぐらいで大げさな」

「私にとっては初体験なんだもーん」

「こんな男に大事なものを捧げていいのか、不良娘」

「こんな男だから、いいんだよ」

不意の一言に、思わず言葉に詰まってしまう。

「それは……」

明日姉は、にたあっと意地悪な笑みを浮かべた。

「だって、もしもいい記憶にならなくても、犬に噛《か》まれたと思って忘れられそうじゃない？」

「上等だコラそこへ直れ。足腰が立たなくなるまで仕込んでやる」

たとえば相手が夕湖《ゆうこ》だったら、優空《ゆあ》だったら、七瀬だったら、陽《はる》だったら、日常の延長で気軽に口にできるだろう、あまりお上品とは言えないジョーク。この人とはきっと一生することのないと思っていた、清く正しく高校生の俗っぽいやりとり。

だけど不思議ともう、俺のなかの明日姉ががらがらと崩れて落ちたりはしなかった。

俺はほっと息をついて、自分のキューを引き抜く。

「とりあえず、左手でこの形作ってみて」

基本的なブリッジ、つまりキューを支える手の形を作ってみせた。

明日姉は見よう見まねで自分の指を動かす。

「……コン？」

「きつねさんの影絵じゃねぇよ人差し指で輪っか作れ小指は下ろせ」

ああでもないこうでもないと指を組み替えているのにじれったくなって、俺は思わずその手をとる。

「だぁーッ!!　こうだってば！　そんでこの形のまま左手を伸ばして台に置く。人差し指の輪っかにキューの先っぽを通して、反対側を右手でしっかり——」

ふと、鼻先に触れる雨粒みたいに滑らかでやわらかな明日姉《あすねえ》の髪の毛と、その細い首筋から立ち上る女の子の匂いに気づいて、ぱっと後ろに飛び退いた。

ッぶねぇ。陽《はる》にキャッチボール教えたときのノリで思わず手取り足取り指導するところだった。つーかわりかしもうしてた。

いったん自分の行動を自覚してしまうと、眼前にあったうなじの繊細なうぶ毛や小ぶりな耳たぶ、うっすらと浮かび上がる頸椎《けいつい》の突起なんかがありありと脳裏によみがえってくる。

「それで……次は？」

キューを構えたまま振り向いた明日姉の頰《ほお》は、ほんのりぽあんと赤く染まっているような気もしたが、とうていまともに見られず目を逸《そ》らした。

「あとは……そのまま右脇を締めて手球の中心に真《ま》っ直《す》ぐキューを突き出すだけだよ」

視界の端でこくりと頷《うなず》き、集中するようにぐっとテーブルと向き合う。

「こう？」

その言葉で視線を戻すと、思いきり前傾になっているせいで、小ぶりだがぷっくりと丸みを帯びたお尻《しり》がきゅっと突き出されており、それほど短いわけではないスカートの後ろ側が普段よりも十センチばかりずり上がっていた。

そうしてあらわになっている太ももの裏側は、中性的な明日姉の印象からは想像できないほどのやわらかさと目眩《めまい》がしそうなみずみずしさに満ちていて、憧《あこが》れの先輩である前にひとりの女の子なんだということを強く意識させられてしまう。

思わず他に男の視線がないか振り返るが、入ってきたときと変わらずに俺たち以外の人影はない。

「そ、そんな感じ」

たどたどしく答えながら、俺はテーブルを回って明日姉の正面側に移動した。

これがたまたま居合わせた名前も知らない女の子なら、あるいは夕湖《ゆうこ》や七瀬《ななせ》だったなら、ラッキーと思って凝視するのかもしれない。けれど、どうにもこの人を性的な目で見ることには抵抗がある。

かつん、と明日姉が撞《つ》いた球はうまく中心を捉えられなかったようで、サイドのクッションに当たってからころころと転がってきた。

俺はそれをキャッチして戻す。

「惜しいよ、さっきよりはずっとよくなった」

「ちょっとこつ摑《つか》んだかも。見ててね」

明日姉はふたたび手球を置いて前屈《まえかが》みにキューを構える。

その瞬間、シャツの胸元がふぁさりと広がり、ターコイズブルーのリボンがあしらわれた布地と真っ白な膨らみが目に飛び込んできた。

しびれるような感覚が下半身から背中をつらぬき、とっさに顔を背《そむ》けるものの、脳裏には生々しい肉感がべったりと焼き付いて離れない。

「明日姉《あすねえ》ネクタイ、ネクタイ締めて！」

「ん？」

きょとんとした声が返ってきたが、三秒ほどの空白の後、慌ててざばっと背を向ける気配が伝わってくる。それでようやく安心して俺も背けていた顔を戻す。

わたわたとネクタイを直しながら、明日姉が口を開いた。

「……見ました？」

「見なかったことにしようと懸命に努力しています」

「どこまで見えました？」

「明日姉ってターコイズブルー好きですよね」

「──ッ」

大げさに顔を隠してしゃがみこみ、ビリヤード台の影に隠れて見えなくなる。

その様子が無性におかしくて、かわいらしくて、俺はけらけら笑った。

「うぅ、もうお嫁に行けない」

いじけた声が聞こえてくる。

「責任とってあげようか？」

「……ハラキリ？」

「もちっと穏便にすませらんないかな？」

ビリヤード台に手をかけて、明日姉がひょっこり顔を出し、少しうつむきがちにつぶやいた。

「じゃあ、君の歌を聴かせてよ。とっておきに心を込めて。はじめましてのあいさつみたいに、いつかさよならするみたいに」

「それならお安いご用だ。唄うよ、ここから始まるみたいに、いつまでも終わらないみたいに」

かみ合っていないことを知りながら、俺はそんな台詞《せりふ》を口ずさむ。

かつん、ともう一度明日姉が撞《つ》いた手球はうまく1番に当たってばらばらと広がり、ころんと9番がポケットに落ちた。

＊

ビギナーズラックのブレイクショットでいきなり9番の球を落とした明日姉はすっかり調子に乗って、そのあと三ゲームほど続けた。

結果はこちらの一勝三敗。ええ、完全に負け越しましたがなにか？

「腑《ふ》に落ちぬ」

ドリンクバーの前で俺が言うと、明日姉《あすねえ》がにしし と笑う。

「なぜだ。毎回圧倒的にこっちのほうが球を落としてるのに、どうして都合よく明日姉は9番を落とすんだ」

たとえば俺が1から7番までの球をすべて落としても、次に明日姉が手球を当てた8番がへろへろ転がって9番に当たり、ちょうど近くにあったポケットにぽとんと落ちる。同じく俺がブレイクショットでかっこよく球を散らせた直後、明日姉がぽすんと撞《つ》いた手球を2番に当て、ひょいと9番を落とす。

そんな感じの負けが続いたため、最後の一戦はめちゃくちゃ大人げないガチバトルを繰り広げ、なんとか一勝だけもぎとった。

明日姉は自分のグラスにメロンソーダを注ぎながら涼しい顔をしている。

「だって9番を先に落としたほうが勝ち、でしょ?」

「そうなんだけど、そうなんだけどぉッ! 毎回落とした本人が一番驚いてたやんけ!」

「こらこら。言い訳は男らしくないぞ、少年」

「フンヌぅーッ!! 肩ぽんぽんすんなぁーッ!!」

俺も自分のアイスコーヒーを注ぐと、ふたりでカラオケルームへと向かった。

中はコの字型にソファが並べられておりそれなりに広かったが、明日姉は迷わず隣に座る。

言われるがままに俺は何曲か唄い、そのたび唄ってよと頼んでみるのに頑《がん》として自分でマイクを握ろうとはしない。

明日姉は俺が使い方を教えたタッチパネル式のリモコンを楽しそうにいじりながら言う。

「次はあれがいいな、『ギルド』」

「明日姉が俺のことを思い出すって言ってた曲だね」

「正確に言うとあの頃の君を、ね」

あの頃というのは多分、俺が野球を辞めて腐っていた時期。

そして、この人に初めて出会った去年の秋のことだろう。

「君はまだ、覚えてる？」

「忘れるわけ、ないさ」

だって、明日姉と出会っていなかったら、俺はいまでも抜け殻みたいなままだったかもしれないから。


——小学校のときから自分の精一杯を捧げていたものが両手から滑り落ちて、そうさせたまわりの環境に、人間に、なにより諦《あきら》めて受け入れてしまった自分自身に、どうしようもなくやるせなさと憤りを覚えていたあの頃。

夕暮れの河川敷で出会った明日姉は、まるで俺がずっと憧《あこが》れて手を伸ばしていた月そのものみたいに美しく見えた。

事実だけを並べるのならば、ちょっとおふざけがすぎた子どもたちの輪にまざってばかをやって、仲間はずれができそうだった雰囲気をうやむやにしたっていう、ただそれだけ。

だけどただそれだけが、あのときの俺には痛いぐらいに眩《まぶ》しかった。

誰かの目や、誰かのずるさや、誰かの弱さや誰かの汚さなんか相手にしないで、自分が正しいと信じた道を当たり前のように歩く。

それも、誰かさんみたいに強固な鎧《よろい》を身にまとって踏ん張っているのではなく、自分はこれでいいのだと、自由気ままに吹く風みたいに、悠々と大通りを歩く野良猫みたいに、コンパスすら見ないでてくてくと進む。

――もしも自分がこんなふうに在れていたのならば、こんなふうにはならなかったのに。

だから俺はそれ以来、登校中でも、学校にいるときも、そして放課後の帰り道も、なんとなく明日姉《あすねえ》の姿を探すようになった。見つけたらほとんど駆け寄るようにして声をかけたし、時間が許す限りは話そうとした。話していたいと思った。

正直に言って、誰かに自分からこれほど積極的に関わろうとしたのは初めてだったと思う。

だってそういうのは、いつだって勝手に寄ってきて勝手に離れていくものだったから。

急になついてきた後輩に最初は少し戸惑っていた明日姉だったけれど、やがて受け入れてくれたというよりは慣れたという感じで俺の存在を日常の一部に置いてくれるようになった。

そうして少しずつ時間を重ねていくなか、あの人の繊細な感性で紡がれる丁寧な言葉にどれだけ救われただろうか。

たとえばこんな会話をした。


「明日姉。格好よく生きるために格好悪くならなきゃいけないときって、どうすればいいんだろうね」

「結局は誰にとっての格好よさなのかという問題なんじゃないかな。君にとっての格好悪いが、外から見ても格好悪いとは限らない」

「野良猫が近所のおばあちゃんに媚《こ》び売って餌《えさ》をもらっていたら格好悪いと思わない？　それはもう飼い猫みたいなものだ」

「違うよ。野良猫で在り続けるために、そうしているの」

「在り続けるために、在ることをやめる？」

「そのうち思い出すよ、きっと君なら」

たとえばこんな会話をした。

「明日姉《あすねえ》。どうせ裏切られるのなら、最初から信じなければいいと思う？」
「どうせの数に反比例するように、人生はモノクロになっていくんじゃないかな。どうせ将来使わないなら勉強なんてしなくていい、どうせ別れるなら付き合わなければいい、どうせ勝てないなら戦わなければいい」
「美しく生きられないのなら、死んでいるのとたいした違いはない、か」
「そっちのほうが、ずっと君らしいよ」

たとえばこんな一筆箋《せん》をもらった。

『君へ
　言葉には力があると思っています。
　心が疲れているときは、自然と染み入るような音楽とともに。

どうか君の隙間《すきま》を埋めるられるピースが見つかりますようにと、願いを込めて。

明日風《あすか》』

──その手紙とともに貸してくれたのが、BUMP OF CHICKENの『ユグドラシル』というアルバムだ。

家に帰って古いポータブルプレーヤーで聴きながら、ぽろぽろと泣いた。

音楽や歌詞が素敵だったことはもちろんだが、明日姉が俺のためにこの言葉を見つけて、届けてくれたのだという事実が、どうしようもなくあたたかかった。

あの頃を思い出し、俺は明日姉の持っていたリモコンでリクエストとは違う曲を入れる。

『バイバイサンキュー』

故郷を離れ、憧《あこが》れの街へと旅立つ歌。

どんなに遠く離れても、いつだって帰ってこられる場所はここにあるよ、同じ空の下からあなたのことを想っているよ。

そんなふうに祈りながら、かつて俺がそうしてもらったように、教えてもらった借り物の言葉とやり方だけど、いまの明日姉《あすねえ》に届くようにと。

＊

漫画喫茶から出ると、あたりはちょうど空を半分に割るように夜色のカーテンがかかり、気の早い三日月がつんとすました顔で浮かんでいた。すっかり夢中になって、ずいぶんと長いこと遊んでいたらしい。

二人乗りで送ろうかと提案したら、明日姉は少し歩きたいと言った。

自転車を押しながら小さな公園と田んぼを通り過ぎ、福井のあちこちを走っている用水路沿いの道をのんびりとなぞる。

「それで、初デートは何点でしたか？　先輩」

俺が言うと、隣でくすりと微笑《ほほえ》んだ。

「そうだなー。九十点だよ、後輩くん」

「そこは満点とか百二十点って答えてほしかった」

「生意気にも最後の曲でうるっとさせたから減点でーす」

明日姉はかわいらしくちょこんと舌を出してから、すいと真面目《まじめ》な表情に戻る。

「ねぇ、ちょっとらしくないこと聞いてもいいかな？」

俺は小さく頷《うなず》いて先を促した。

「君には夢がある？」

「世界を股《また》にかける美女美女ハーレム王」

「もう、真面目に！」

「去年まではメジャーで活躍する野球選手、だったよ」

はっと息を呑《の》む気配が伝わってくる。

「……ごめんなさい、やっちゃった」

「そんな声出さないで。明日姉がいなかったら、こうやって過去として語れていたかも怪しいんだから。当面はそうだな、新しい夢を見つけることが夢、かな」

多分この人はいま、語りたがっているんだと思う。

だから、さらりと受け流して質問を返した。

「明日姉は？　って聞いてもいい？」

まるでその言葉を待っていたかのように、こくんと明日姉が頷く。

「言葉を届ける仕事に、就きたいの」

「小説家、ってこと？」

今度は首を横に振る。

「まあ、小さい頃はちょっと考えたこともあるけど、そうじゃなくてね。やっぱりどこまでいっても私は読者でいたいと思うし、イチ読者でありながら本をつくることにも携われる……小説の編集者になりたいんだ」

編集者、と俺は口のなかで繰り返す。

ぼんやりとした知識ぐらいならある。小説家や漫画家を担当して、原稿を催促したり、上がってきたものに修正を入れたりする仕事という印象だ。

明日姉《あすねえ》が小説好きであることは知っているからべつに驚きはしないが、なんとなくそういう人はまず自分で書くほうを目指すものだと思っていた。

俺の考えていることを察したのか、明日姉が続ける。

「小さいころからいろんな物語とそのなかで綴《つづ》られる言葉に囲まれていたの。楽しませてもらったし、悲しませてもらったし、勇気をもらって、励まされ、支えられ、救われてもいたと思う。たとえ私のヒーローには手が届かなくても、それに近いものに触れることはできた」

「ちょっと、わかる気がするな」

「だからね、そういう物語を生み出して、届けるためのお手伝いがしたい」

そこまで言ってから、少し恥ずかしそうに頰《ほお》をかく。

「こういうのって、チープかな?」

俺はゆっくり、はっきりと首を横に振った。

「とても明日姉らしいいし、向いてるんじゃないかと思うよ」

本心からそう口にする。

だって俺自身、この人が届けてくれた言葉に救われたから。

「だけどね、一冊の小説と出会ったことで命を救われたとか、ある編集者との出会いで人生が一変したとか、そういうんじゃないんだよ」

黙って先を促すと、明日姉はどこか居心地が悪そうにうつむいた。

「つまりその、単純に本が好きだからそれに関わる仕事に就きたくて、だけど私が好きなのは書くことよりも読むことだから編集者、って。なりたい気持ちは強く持ってるけど、なんかぼんやりしてるというか、安易というか……」

しょぼしょぼ小さくなっていく声で、なにを気にしているのかがわかった。


——夢ってやつを語るためには、もっと大仰で説得力のある理由が必要なんじゃないか。


高校生になって、明確に将来の夢をもっている人間はどのぐらいいるのだろう。

幼い頃ならよかった。

仮面ライダーになりたい、プロスポーツ選手になりたい、漫画家になりたい、宇宙飛行士になりたい、アイドルになりたい。

それがどれだけ荒唐無稽な文字通りの夢物語だろうと、誰ひとり眉《まゆ》をひそめたりなんかしないし、鼻で笑われることだってないから。

だけどこのぐらいの年齢に差し掛かると、将来の夢とはすなわち将来の仕事、あるいは生き方という意味合いを帯び始め、多くの人はその言葉を口にしなくなる。

夢を語る者は、少しずつ孤独になっていくのだ。

実際のところ、俺が周囲の人間に「いつかメジャーでプレーする」と公言していたときは、どこかしらけたように、嘲笑《ちょうしょう》まじりに呆《あき》れたように、あるいは生暖かい目で、「いつまでも子どもみたいなこと言ってないで……」というニュアンスの言葉を向けられた。

編集者はメジャーリーガーほど現実離れしてはいないと思うけれど、とはいえ望めば誰でも就ける職業じゃないことは確かだろう。

だから明日姉《あすねえ》は、きっと引け目みたいなものを感じているんだ。

自分も周囲も納得できるような、できれば劇的でドラマチックな、この歳になってまだ夢を語るに足る根拠を用意する必要があるんじゃないか、と。

そういう気持ちは、わからなくもない。

だからなるべく真摯《しんし》に聞こえるよう、丁寧に言葉を紡ぐ。

「俺だって野球が好きだからプロを目指していた。小説が好きだから小説に携わりたいという気持ちは、充分夢を追いかける理由になるんじゃないかな?」

明日姉はほっとしたように顔を緩めた。

「そっか……ありがとう。本当は少し、自信がなかった。自分の好きがただの趣味レベルなのか、仕事にできる好きなのかもわからなくてさ」

俺はそれを見て、もうひとつの疑問を口にする。

「上京を視野に入れてるのは、それが編集者を目指す上で必要な過程だから？」

「……うん」

明日姉はぎこちなく頷《うなず》いてから、言葉を続けた。

「さっきも言ったように、私って普通の人たちが当たり前のように経験していることを経験してなかったりするんだ。だけど、友達とお泊まりする楽しさも、ああいう場所で遊ぶ雰囲気も……初めてのデートだって、なんとなく知ってるつもりになっていた」

「小説で描かれていたから」

「そう。だけどね、実際に体験してみたら、思い描いていたよりもずっと楽しくて、興奮して、幸せで……確信したの。小説家でも編集者でも、自分で知ってるのかどうかはすごく重要なんじゃないかって」

「田舎にいるだけじゃ体験できない世界もある、ってことか」

「だから東京、っていうのもちょっと安易だってわかってるんだけどね。でも、まだなんにも知らない私は、まずはそこからかな」

多分、それはとても正しい夢への一歩目なのだと思う。

誰かに物語や言葉を届けたいと思うのなら、その意味を、重みを、価値を、優しさや強さを、まず自分が信じられなければいけないはずだ。挫折《ざせつ》を知っている人の言葉は知らない人の言葉よりも挫折している人に届くように、正しい握り方を知っているほうが遠くまでボールを投げられるように。

明日姉《あすねえ》は照れくさそうに笑った。

「なんて語ってみたけど、東京のほうがマスコミ系の就職に強い大学があるって現実的な理由もあったりして。それにどの道、本気で出版社で働きたいならいつかは行かなきゃいけない場所だから」

それはそうだ。福井にも新聞社やタウン誌ぐらいはあるが、小説の編集者になりたいのなら、たとえ福井の大学を選んだとしても就職先は東京ってことになる。だったら大学のうちから上京しておいたほうがなにかと都合がいい。

つまり進学先を福井にするか東京にするのかは、編集者を目指すのか諦《あきら》めるのかという選択に近しいのだろう。

明日姉がふとつぶやく。

「私がこの町を大好きで大嫌いって言ったの、覚えてる？」

「うん」

先月、駅前の書店で偶然会ったときのことだ。

「福井ってとても温かい場所だよね。近所に住んでいる人のことはだいたい知ってるし、スーパーで友達のお母さんに声をかけられたり、子どもたちが危ない遊び方してるとちゃんとしかってくれる頑固なおじいちゃんがいたり、さ」

「俺も小学校のころは、毎日登下校を見張ってる名物じいちゃんがいたよ。帰り道に給食の残りのパン食べてると、『コラッ、行儀が悪いッ！』って怒鳴られたりすんの」

「そうそう」

明日姉はくすくすと笑った。

「なんていうかね、この町って昔といまがずっと繋《つな》がってる気がするんだ」

「福井駅にはとうとう自動改札機が導入されたよ」

「もう、そういう表面的なことじゃなくて！」

ぽすんと、肩を叩《たた》かれる。

「営みが続いてるっていうのかな？　たとえば自分たちの両親も、祖父母も、おんなじ空気を感じながら、おんなじように生きてたんじゃないかってさ」

言いたいことはわかる気がした。

俺の家はちと変わり者ばかりでそのご多分からは漏れてしまうだろうが、それでもこの場所で生きていると同じような印象を抱く。

明日姉の言葉が続く。

「ゆっくり時間が流れている、っていうのは手垢《てあか》のついた表現かもしれないけれど、オンとオフって言葉があるじゃない？　ライフワークバランスとかさ。だけど福井の人って、仕事も、家庭も、平日も土日も全部が地続きの日常で、変わらずに続く穏やかな流れに身を委ねて暮らしているような気がするんだ」

「概念的にぎすぎすしてないんだよね。いい意味でも悪い意味でも『このへんで』っていう空気があるというか、まあまあのんびりいこっさ（注：いこうよ）みたいな」

それは決して、福井の人が頑張っていないとか、手を抜いているということではない。

みんなちゃんと働いているし、ちゃんと生きている。

だけど、テレビや映画、小説なんかで見る都会の人たちは、どうもひりひりしすぎているような気がするのだ。

彼ら、彼女らは、夕暮れに染まる河川敷でぼんやりと音楽を聴くような時間があるのだろうか、帰り道の路地裏に流れるいろんな家庭のごちゃっとした空気を知っているのだろうか、季節の変わり目をふと、夜の匂いで知ることがあるのだろうか。

「だけどね」

明日姉《あすねえ》が言った。

「そういうこの町が、大好きで大嫌い。私、ずっとここにいる自分は簡単に想像できるんだ。藤志《ふじ》高卒業っていう肩書きを背負って福大に行って、公務員、テレビ、新聞、銀行……そういうところに手堅く就職して、まだ名前も知らない誰かのお嫁さんになるの」

ずくんと胸が痛んだが、気にしないふりして先をうながす。

「子どもは二人か三人。ちゃんと育児休暇をとって、両親や親戚、ご近所さんたちに見守られながら、福井のお母さんになる。ありふれているけど、自分にとっては特別だと思えるような人生を送る」

「それも幸せのカタチだとは、思うな」

上っ面《つら》の浅い台詞《せりふ》を吐く。

「もちろん。否定する気なんてさらさらないし、そういう人たちを尊敬もしている。だけど、だけどね。ここにいたら、私は予定調和から抜け出せないんだよ。嫌な言い方に聞こえるかもしれないけど、田舎町に染められていく自分が……こわい」

おそらくそれは、明日姉の思い描く編集者という職業とは対極に位置する在りようなんだと思う。

名前の知らない誰かに届けと願う生き方、すぐそばにいる大切な誰かを大切にする生き方。

もちろん、そのふたつを両立している人はたくさんいるだろう。

仮にいま福井を選んだところで、四年間でゆっくり考えてからあらためて選択するという逃げ道だってある。

だから現実的にできる、できないではなく、進学というこのタイミングで福井に残ってしまったら、夢を追いかける熱そのものが薄れて穏やかな日常に消えていってしまうんじゃないかと、そういうことを恐れているんだ。

俺は自分自身に確認するような気持ちで言った。

「じゃあ、このあいだ決意が固まりつつあると言ってたのは東京だ?」

「その答えは……もうちょっとだけ保留にしておきたいかな」

「そっか」

それ以上聞かずに、よっと自転車にまたがる。

明日姉《あすねえ》もちょこんと荷台に横座りし、まるでいまのふたりの距離を推し量るような慎重さで、腰に手を回してきた。

お腹《なか》の前にできた小さな手の小さな結び目にそっと触れてから、ペダルを踏み出す。

「俺もいつか、小説家を目指すとか言い出すかもよ」

「そしたら担当編集者は私だ?」

「かも、ね」

「私が東京に出て距離が遠くなって、いつしか会わなくなってしまうんだけど、ある日君がまったく別のペンネームで書いた小説を見つけるの。そうとは知らず素敵な物語にさめざめ涙して書籍化を打診したら、打ち合わせ場所に君が現れる」

「まるでおとぎ話だ」

「おとぎ話みたいな現実だってあるんだよ、本当はすぐ近くに」

気づけばあたりは夜に包まれていた。

街灯の少ない裏道は田舎らしい静けさで、車も人通りもない。

前輪についているダイナモライトのレバーをつま先でがちゃんと下げると、タイヤが重くなり、じいじいと安っぽい音を出しながらほんの数メートル前までを照らし出してくれる。

きっと、きっと俺たちの将来も、こんなふうに一歩、二歩前を確認しながら、行く先の暗がりを手探っていくしかないいんだろう。

「明日姉っ」

「なーにーっ？」

俺は大きく息を吸ってから言った。

「もしも東京に行くなら、それまでにここでしか見られないものをもっと見よう。ここでしかできない会話をして、ここでしか流せない涙を流そう。遠く離れたとしても、心はいつだってこの場所に帰ってこられるようにッ」

「――うんッ‼」

俺はばかみたいにペダルを回し、明日姉もばかみたいにしがみついてきた。

まるで、そのままふたりで月までかっ飛ぼうとしているように。

二章　幻にドロップキック

明日姉《あすねえ》と初デートをした週末の日曜日、俺は海人《かいと》、夕湖《ゆうこ》、陽《はる》というちょっと珍妙な面子《メンツ》で、みんな大好きショッピングモールのエルパに来ていた。

そもそもは練習が午前中だけで終わるという陽が、「打つほうもやってみたい」と言い出したことが始まりだ。じゃあバッティングセンターでも行くかという話をしていたところ、その情報をキャッチした夕湖が「私も朔《さく》とデートしたい」と割り込んできて、近くにいた海人もそれに乗っかった。

じゃあなんでエルパなのかというと、夕湖がどうせなら少し買い物もしたいと言ったから。陽はそんなに興味なかったようだが、とくに断りもしなかった。

待ち合わせ場所に現れた夕湖は、グレンチェックが上品なゆったりジャケットとショートパンツのセットアップ。今日は長い髪の毛をざっくりとした三つ編みにまとめ、肩の前に流している。

陽はチャンピオンのだぼっとしたパーカーだ。その鮮やかなマリンブルーの裾《すそ》は太ももの半分ぐらいまでしかなく、健康的な生脚がすらりと伸びている。思わず「そんな格好で動いて大丈夫か？」と聞いたら、「ばーか、ショーパンも履いてるに決まってるっしょ」とぺろりめくってみせた。

不覚にもどきっとするからやめれ。

そんなわけで俺たちはエルパ内を適当に冷やかし、いまは夕湖たちが服を見るのに付き合っていた。というか、男ふたりは後ろで所在なく佇《たたず》んでいるだけだが。

夕湖が花柄のワンピースを手に取りながら口を開く。

「陽って普段からそういうカジュアルな服ばっかりなの？」

「だねー。動きやすいほうがいいし」

「えー、こういうのも着てみればいいのに。絶対似合うって！」

「そういうのは夕湖やうっちーみたいな女の子らしい子のための服でしょ。まあ、悠月《ゆづき》なら普通に似合いそうだけど」

「そんなことないよ！　私が保証する！　好みもあるから毎日そうしろとは言わないけど、トクベツな日のために一着ぐらいは持っておいたら？」

「特別な日って？」

「好きな男の子とデートするとか」

「ないないないない。夕湖、私のことなんだと思ってんのさ」

「かわいい女の子だけど？」

「まじな顔で言われると反応に困る！」

よくよく考えてみると、このツーショットはけっこう珍しいな。

なにげにふたりだけで話してるところを見るのは初めてかもしれん。

くるりと夕湖《ゆうこ》が振り向いた。

「ねー、朔《さく》と海人《かいと》はどう思う？」

海人は両手を頭の後ろで組みながら答える。

「や、普通にないっしょ。陽《はる》だし」

「あんだとこらァッ!!」

お約束とばかりに、だけどどこかほっとしたように怒る陽を見て、俺は思わずくすりと口角を上げる。

そういや、自覚してても人に言われると腹立つって前に言ってたな。

俺の笑いを勘違いしたのか、陽が投げやりに言う。

「はいはい、どうせ旦那《だんな》も同意見でしょ。すいませんねーちんちくりんの色気なしで」

「いや……」

こほんと咳払《せきばら》いをして続ける。

「ぶっちゃけちょっと見てみたいぞ、陽の女の子らしい格好」

「――なッ」

陽は顔を赤くして、一、二歩、下がった。どっちかっていうと、どん引いてるっていうほうが正しいかもしれない。

「あんた、ネットでエロい動画見すぎて変な性癖に目覚めたんじゃないでしょうね」

「オーケー。もうあと四重ぐらいのオブラートに包もうか、レディ」

いま言ったことはわりと本心で、べつに気を遣ったってわけでもないんだけどな。

そもそも陽は、見た目だけで言ったらチーム千歳《ちとせ》の女の子たちにまったく引けを取らないのだ。本人のさばさばした性格でなんとなく男友達みたいな扱いになっているだけで、少なくとも自虐《じぎゃく》する容姿じゃないことだけは間違いない。

まあ、普段はそんなこと言ったら互いに照れくさいだけだから避けてるが……じゃあ、なんだって今日はそんなことを口にしたんだろうな、俺は。

自分でも持て余した気持ちを押し流すように軽口を叩《たた》く。

「というわけで夕湖ちゃん、べっぴんさんにしてあげて〜♪」

「かーしこまりーっ！」

「ちょ、ちょっと待ってぇーッ!!」

逃げだそうとする陽を、夕湖がずるずると店の奥に引っ張っていった。

＊

「はいはいちゅうもーっく、見て見てー」

広めの更衣室にふたりでいっしょに入っていたが、どうせならと自分の服も見繕《つくろ》っていた夕湖《ゆうこ》がカーテンの端をちょっとだけ開けて先に出てきた。

ぱちっとモデル立ちを決めてみせる。

隣で海人《かいと》が「うおーッ！」と感嘆の声をあげた。

ホットパンツとまでは言わないものの、限りなく丈がそれに近いダメージデニムのショートパンツに、先ほどの陽《はる》みたいなゆったりシルエットをしたグレーのトレーナーをイン。加えて、深くかぶったネイビーのベースボールキャップとレンズに薄い紫の入った丸いサングラス。

夕湖にしては珍しいボーイッシュな格好というだけでも充分にギャップ萌《も》えだが、だというのに程よい肉づきの太ももやメリハリのあるヒップ、バストがばっちり主張していて、ハリウッドセレブの休日お忍びスタイルみたいだ。隠しきれない女性らしさが全面に押し出されていて逆にエロい。それはもうエロい。

「どう？　どう？」

夕湖が尻尾をふりふりするワンコみたいに聞いてくる。

間髪入れずに海人が両手を上げて叫んだ。

「うぉおお最高ぉーッ！　超エロいい！　超かわいいい！　結婚して!!」

「えへへー、たまにはこういうのもいいでしょ？」

そう言いながら、こちらの反応を窺《うかが》ってくる。

べたにサムズアップで応えると、うれしそうににへらーっと表情を緩めた。

「でもねー、今日のメインはこれから。きっとびっくりするよー。陽、いい？」

夕湖が更衣室に向かって話しかける。

「よくないッ！」

「じゃあ五秒数えたら開けるね。五、四……」

「なんで聞いたし!!」
三、二、一とカウントして夕湖がカーテンに手をかけた。
「ゼロっ！」

しゃっとカーテンが引かれる。

――ッ。

俺は思わず息を呑《の》んだ。

陽が着ていたのは透け感のある青いワンピース。同系色の小ぶりで繊細な花柄がちりばめられており、思わずこれから近づいてくる夏を連想させる。つるんとした肩が覗《のぞ》くオフショルダーで、透けない生地が逆に輪郭を強調する胸元や、内側のミニスカートから透ける生地越しに見える脚がどうしようもなく女性らしい。

アレンジされた髪型は、夕湖と同じようなゆるい三つ編みをうなじのあたりでお団子にしており、そこから頭頂部にかけてやわらかな黄色地のスカーフが巻かれていた。多分、唇にもオレンジ系のリップか口紅が塗られている。

当の本人は、普段とうってかわり両手を組んでうつむきがちにもじもじとしていた。

「恥ずいからあんま……見ないで」

海人《かいと》がのんきに応じる。

「夕湖《ゆうこ》マジックやっべー！　陽《はる》じゃないみてぇ、女子だ女子」

俺は海人の脇腹に肘《ひじ》を、夕湖は脳天にチョップを入れた。

「なんでッ?!」

陽はちらりと一度俺を見てから、にかっと笑って海人に言葉を返す。

「それねー、やっぱ私は男っぽくて動きやすい格好のほうが性に合ってるわ。ぶっちゃけ自分で見てもウケるし」

「──陽」

俺は言った。

「すごくきれいだ」

「はァッ!?　あんたここぞとばかりにからかって──ッ」

多分、こちらの表情から本心だということが伝わったのだろう。陽は真っ赤な顔で口をつぐんで背を向けた。

夕湖は優しく微笑《ほほえ》んで、とんとんと俺の背中を叩《たた》く。こういうところが男女問わずにみんなから好かれる所以《ゆえん》なんだろうな、と思う。

俺は言葉を続けた。

「いや、本当に似合ってるよ。いつもの格好もらしくて好きだけど、たまにはそういうのもいいんじゃないか？」

陽がこちらに背を向けたままで答える。

「や、やめて、ほんとちょっと……なんなんもう」

隣にいた夕湖が会話を引き継いだ。

「せっかくだから買っちゃいなよ！　リップもあとでいっしょに選んであげるし！」

「うぅ……」

「買わないの？」

おずおずと振り返った陽がちらりとこちらを見てからすぐにまた目を逸《そ》らす。

「……買う」

「そうこなくっちゃ！」

俺は夕湖と目を合わせて、互いににっと笑う。

海人はなにがなんやらという感じで置いてけぼりになっていた。

＊

「うるあァッ!!」

ガギーン。

「だっしゃァッ!!」

パキーン。

「こんにゃろォッ!!」

カキーンッ。

「バットに怨念《おんねん》乗せて打つなよ、陽《はる》」


エルパでの買い物を終えた俺たちは、自転車で十分ほどの場所にあるバッティングセンターへと来ていた。

親に車で送ってもらったという夕湖《ゆうこ》は海人《かいと》と二人乗りで移動。例によって後輪のハブステップに立ち、「遅いおそーい！」とばしばし背中を叩《たた》いていた。海人はまんざらでもない様子で「やーめーろーよー」と言いながらにやにやしていたが、端から見てるとけっこう気持ち悪いから勘弁してほしい。

俺は女の子ふたりにざっとバッティングの基本を教えた。

待ちきれないとばかりに打席に立った陽が、早々にこつを掴《つか》んで七十キロのボール相手に鬱《うっ》憤《ぷん》を晴らしていまに至る。

ちなみに購入した服はショップバッグの中で、格好はもとの動きやすいパーカーとショートパンツ、髪型もいつものショートポニーテールだ。ついでに言うとリップもトイレで拭《ぬぐ》ってきたっぽい。

「あー、すっきりした。バッセンって楽しいね、千歳《ちとせ》」

「ったくこの運動神経お化けめ。おかげで陽が全然当てられなくて『まあ見とけよ』ってかっこよく打ってみせる俺の計画が台無しだ」

「陽チャンに♡　いいとこ見せたかったのカナ？」

「さっきいいとこ見せてもらったお礼にな」

「次そのネタ口にしたら君のハートにフルスイングだゾ♡」

「大事なことをひとつ教え忘れていた……バットを人に向けるのはやめようネ？」

そんなやりとりを交わしていると、自販機に飲み物を買いに行っていた夕湖たちが戻ってきた。海人がほいほいっと二本のポカリを投げてきて、俺と陽がそれぞれに片手でぱしっとキャッチする。

「朔《さく》、打たねぇのかよ」

「あいにく今日はコーチ役なんでな。夕湖、打ってみるか？」

「うん！」

元気よく答えると、やる気満々といった感じでブースに入っていく。上品な服装とおんぼろな赤いヘルメットのミスマッチ感が妙に愛らしい。小学生用の軽いバットをへっぴり腰でぎこちなく構えると、なんだかファッション雑誌の撮影みたいに見えてくる。

『今日は野球部の彼と初デート。大人めコーデでギャップを狙え♡』みたいな。

ちなみに陽《はる》は無料レンタルの軍手をはめて大人用をぶんすか振り回していた。

ウィーン、ガタガタン。

バッティングマシンのアームが回り、山なりのボールがぽよんと飛んでくる。

「えいっ！」

威勢のいいかけ声とともに振ったバットは空を切り、勢い余ったのか夕湖《ゆうこ》はそのままくるっと一回転して尻餅《しりもち》をついた。少しサイズが大きかったのだろうヘルメットがずれて、コミカルな感じでてへへと頬《ほお》をかく。

その様子がどうにもかわいらしくて俺はくすくす微笑《ほほえ》んだ。

「なあ、陽ちゃんよ。女の子というのはだな……」

「みなまで言うな。私もいままったく同じこと思ってたから」

隣に立っていた陽が大げさに顔をしかめてみせる。

俺は夕湖に声をかけた。

「もうちょっとバット短く持って、肩の上から素直に出す感じで。あれだ、テニスといっしょで身体を捻《ひね》るようにして打つ」

「かーしこまりー！」

テニスを例に出したことでちょっとイメージが摑《つか》めたのか、さっきよりは大分ましな構えになる。

ウィーン、ガタガタン。

チンッ。

バットをかすめたファールチップが後方に飛ぶ。

「当たった！　当たった！」

「惜しい惜しい。ちょっとだけバット出すのが早いな。あと、気持ち上から叩《たた》きつけるように打ってみ？」

「おけりーん！」

ウィーン、ガタガタン。

パコンッ。

今度はうまくバットの芯で捉えたボールがマシンの頭上を越えていく。

「やったー！　見た見た？　朔《さく》」

「バッチリ」

「えへへ、愛の力〜」

きらきらと満面の笑みでVサインする夕湖《ゆうこ》を見て、俺はもう一度隣の陽《はる》に言った。

「なぁ、陽ちゃんよ……」

「だァーっ、うっさいうっさい!!」

そう言ってぷりぷりしながら、さっきより速い八十キロのブースに向かっていった。

……そういうとこだゾ？

＊

満足いくまでバッティングと的当てピッチングゲームを楽しんだ俺たちは、例によって近くの8番らーめんに、少し早めの夕飯を食べに来ていた。どんだけ8番好きなんだよ福井県民ほかにメシ食うとこねーのかよ。

俺はいつもの唐麺《からめん》二玉ネギ増しと8番餃子《ギョーザ》のダブル、夕湖は野菜らーめんの塩バター風味、陽は野菜らーめんのとんこつと炒飯《チャーハン》、海人《かいと》は野菜ちゃあしゅうめんのとんこつ大盛りに鶏の唐揚げをつけたCセットだ。ちなみに餃子はもともと普通のサイズを頼もうと思っていたが、陽と海人の注文を聞いてダブルに変えた。絶対にくれって言われるからな。

それぞれの注文が届き、食べながら適当に雑談をする。案の定、陽と海人に餃子を三個ずつ奪われた。

「そういえばさ」

陽が言った。

「あんたって西野《にしの》先輩のこと好きなの？」

「「えぇー!?」」

——ぶフゥッッ。

「げほっ、げほッ、ごほッ」

予想外の相手からの予想外な言葉に、俺は飲んでいた水が思いきり気管支に入ってむせた。

「あーあー、きったないなぁ。ほれ、口許《くちもと》拭《ふ》きんしゃい」

陽がおしぼりでごしごしと俺の顔をこする。

「雑巾《ぞうきん》でしつこい汚れ落とすみたいな拭き方やめてくれません？」

「で、どうなん？」

「珍しく食い下がるんだな」

こうなると、当然他のふたりも黙っていない。

「なんでなんで？　そんなの私聞いてないし」

陽の隣に座っていた夕湖がぐいと身を乗り出す。

俺の隣にいる海人はそんな夕湖を見て、やたら真面目《まじめ》な顔で詰め寄ってきた。

「おい。まじなのかよ、朔《さく》」

「まじになってんのはお前だ。落ち着けよ、まだなにも言ってない」

俺はあらためて水を飲み、人心地ついてから陽《はる》に言う。

「なんだって急にそんな話を？」

陽は俺から奪った餃子《ギョーザ》をタレにつけながら答える。

「なんとなくだけど、あんなにきれいな知り合いの先輩が目の前にいるのに、しょうもないジョークのひとつも飛ばさないなんてらしくないいなって思って」

「しょうもないは余計だな？」

「それに、去年から何回か見てるんだよね。放課後の河川敷で親しげに話してるの。あんたのああいう顔って、他で見たことないからさ」

そういうことか。まあ、べつにお忍びで会ってたってわけじゃないから見られていたって不思議ではない。

身を乗り出していた夕湖《ゆうこ》がしょんぼりしたように肩を落としてうつむく。

海人《かいと》が身体ごとこちらを向いた。

「おい、朔ッ」

「——ちょっと黙ってろ。話がややこしくなる」

まあ、頃合いといえば頃合いかもな。

こいつらにもいろいろ心配かけたし。

「去年、俺が野球部辞めたあとに偶然知り合った人なんだよ。、みんな気を遣って理由とか聞いてこなかっただろ」

俺の言葉にようやく夕湖が顔を上げる。海人はそれを見てほっとしたのか、体勢をもとに戻して答えた。

「だって朔、なにも話さないってオーラむんむんだったぜ」

「そのとおりだ。なんつーか、お前たち相手に弱ってるところを見せたくなかったんだよ。それでなくても夕湖なんて毎日泣きそうな顔してたしさ」

当時を思い出してふっと微笑《ほほえ》むと、夕湖がちょっとむっとした表情を浮かべる。

「だって！　あの頃の朔いつもと全然違ったもん。でもなんにも教えてくれないし、どういうふうに接したらいいのかわからなくて……」

「わかってるよ。その優しさがうれしかったし、やっぱり聞かれてもはぐらかしていたと思う。俺にとってみんなは日常だったから。だけど、やっぱりどこかで『王様の耳はロバの耳』って叫びたい気持ちもあったんだ」

陽はテーブルの下で、自分のつま先をこつんと俺のスタンスミスにぶつけた。

「その相手が西野《にしの》先輩だったたってこと？」

「あの人はさ、俺にとって非日常だったんだよ。先輩だったってこともあるんだろうが、普段より少しだけ子どもでいられた」

つまりは甘えてたってことなんだろうな。

なんでも話すことができて、ひとつひとつをちゃんと聞いてくれて、そのたびはっとするような言葉を返してくれるあの人に。

陽《はる》は窓の外を見ながらどこか切なげな表情でぽつりと相づちを打った。

「なるほど、ね」

その隣で夕湖《ゆうこ》も複雑な顔をしている。

「なんか悔しいけど、でもそのおかげで朔《さく》が元気になれたってことだから西野《にしの》先輩には感謝しなきゃね、うん」

みんなが納得したところで、俺は唐麺《からめん》の残りをすすり始めた。

*

夕湖は近くのコンビニまでお母さんが車で迎えに来てくれるということだったので、俺たちは8番の前で解散することにした。

帰る方向の違う陽とはその場で別れ、俺は海人《かいと》と並んで自転車を漕《こ》ぐ。

なんとなくの無言が続き、先に海人が切り出した。

「悪かったな朔、さっきはちょっと熱くなって」

「暑苦しいのはいつものことだろ」

「ちょ、ひどくねッ?!」

「なあ海人」

俺は言った。

「お前から言い出さない限り、俺はなにも知らないってことでいいんだよな?」

言葉の意味を推し量るような間が空き、やがて海人は真っ赤に焼けた遠くの空を見ながらどこかしんみりと、嚙《か》みしめるように口を開く。

「知らねぇのかよ、朔。誰かがよーいどんのピストルを撃たなきゃ、レースは始まんねぇんだ」

「スタートラインで構えてないと、合図があっても走り出せない」

「このレースでそこに立つ権利があるのは、最初からひとりしかいないぜ」

「熱くなるのは得意だろ?」

「暑苦しい男はいまどき流行《はや》んねぇの」

俺たちの分かれ道が近づいてくる。もう少し進んだこの先の突き当たりで、お互い「じゃあな」と言って反対方向だ。

確かめるように、もう一度口を開く。

「いい人ばっかかやってると、そのうち都合のいい人になるぞ」

「あいつが俺を都合のいい人扱いするようなやつだと思ってるなら、いますぐぶん殴るぜ」

「だな。いまのは言葉選びが悪かったよ」

「あっちよりもこっちの、ためにそれ選んでくれた言葉だってことはわかってる」

「なあ海人《かいと》。お前って俺のこと好きなんだな」

「お前ら、のことがだよ」

「きもいぞ」

「へっ」

そう言って俺たちはげらげら笑った。

「じゃあな、朔《さく》」

「じゃあな、海人」

T字路で背を向けたあとはもう振り返らない。

来た道、俺の行く道、海人の行く道。いつかそれがまた重なるのか、ぶつかるのか、それ以上は考えないことにした。

＊

週明け月曜日の放課後、とくに予定のなかった俺は屋上へと足を向けていた。

べつになにをするわけでもないのだが、あそこで寝転がって広がる青空を眺めていると、まるで海の上にぷかぷかと浮かんでいるようで、心にまとわりついた埃《ほこり》みたいなものが洗い流されていく気がするのだ。

などとのんびり考えていたが、ドアノブを捻《ひね》ってみると鍵がかかっていなかった。どうやら先客がいるらしい。

蔵《くら》センか、明日姉《あすねえ》か。

そう思いながら扉を開けると、答えは両方だった。

塔屋のへりの定位置で蔵センがぷかぷか煙草《たばこ》を吸っており、その隣に明日姉がちょこんと所在なさげに座っている。一年のときの担任だったということは知っていたが、こうしてふたりで話しているところを見るのは初めてだ。

こちらに気づいた明日姉が、どこかぎこちない表情で手を振ってくる。

蔵センはいつもどおりのマイペースだ。

「よう、二代目屋上掃除係」

「なんか、大事な話してた？　もしあれなら引き返すけど」

「いや、大方終わったところだ。上がってこいよ」

俺は言われるがままにはしごを登り、明日姉の隣に座る。

蔵センは携帯灰皿にぐりぐりと煙草を押しつけた。

またすぐに胸ポケットからくしゃくしゃになったラッキーストライクを取り出し火を点《つ》けて、なんでもないことのようにつぶやく。

「明日三者面談をするんだがな、福井に決めたそうだ」

一瞬、その言葉がなにを意味するのかわからなかった。

俺が戸惑っているあいだに、明日姉が反応する。

「ちょっと、蔵セン！」

「遅かれ早かれだろう。それともなにか、自分に憧《あこが》れを抱いてる後輩には聞かれたくない決断だったのか？」

「……そういうわけじゃ」

そのやりとりでようやく理解が追いついた。つまり明日姉は、進路として東京ではなく福井を選ぼうとしてるってことなんだろう。

蔵センが言葉を続ける。

「国語の教師を目指すんだとよ。まあ、福井で生きていくなら間違いのない選択だ」

「間違いの権化みたいな国語教師に言われてもな」

とりあえず俺は軽口で応じた。

なぜ蔵センはこの話をしたのか、なぜ明日姉は押し黙っているのか、俺に求められているのがどういう立ち振る舞いなのかがわからなかったからだ。

「千歳《ちとせ》、お前はなんて聞いてたんだ」

明日姉《あすねえ》のほうを盗み見るが、うつむいた表情は髪の毛に隠れて読み取れない。

このあいだ聞いた夢の話を思い出しながら、どうしたものか、と考える。

俺が勝手にべらべらと明日姉のことを語ってもいいのだろうか。

普通に考えたら当然ノーだ。

それを蔵《くら》センに話すかどうかは明日姉自身が決めるべきことだし、もしかしたら俺にだけそっと手渡してくれた大切な気持ちなのかもしれない。

だけど、と思う。

それならどうして明日姉はこの質問を止めようとしないのか。教師に、ましてやそれなりに付き合いの長い蔵センに反論できないなんてタイプじゃないだろう。

そもそも蔵センはどうして俺にそんなことを聞く？　どうしようもないおっさんだが、生徒の心情を慮《おもんぱか》れない人間では絶対にない。

多分、なんらかの事情で明日姉も蔵センも行き止まりにぶつかり、身動きがとれなくなっているのだ。

だとすれば、俺に求められている役割は、

「東京、行きたいんでしょ。小説の編集者になるために」

こう口にすることだろう。

明日姉はぴくりと肩を震わせ、蔵センはため息まじりの紫煙を吐いた。

「やっぱり、か」

煙草《たばこ》を消して立ち上がり、そこらへんに脱ぎ捨てていた雪駄《せった》を履く。

「いいか、西野《にしの》。俺は生徒が自分で決めたことなら口は出さない。自分で決めたことなら、だ。ここの鍵を渡したときに言っただろう。誰よりも自由で誰よりも不自由なお前に預けると。その意味をもう一度考えてみることだな」

明日姉がこくんと頷《うなず》くと、蔵センは一瞬だけ俺に意味があるようなないような視線をよこし、なにごともなかったようにはしごを下りていく。

誰よりも自由で不自由。

俺はその正解に触れることができるだろうか。

いまはただ、寂しげな風に吹かれている明日姉の背中をそっと支えた。

＊

いつもの河川敷でいつもの水門のそばに、俺と明日姉は並んで座っていた。

無線のイヤホンを片っぽずつはめて、なじみのある曲を聴きながら。

ここでこんなふうに時間を過ごすのは、なんだか久しぶりな気がする。海人《かいと》たちに明日姉は非日常だったと伝えたが、いつの間にかとっくに日常の一部になっていたのだと、置かれている状況を忘れてふと実感してしまう。

そのことがおかしくて、愛《いと》おしくて、俺はくすくすと笑った。

明日姉《あすねえ》がイヤホンをはずして、すねたような顔でこちらを見る。

「どうして言っちゃうかなー、蔵《くら》センに」

「言ってほしそうにしてたからだよ。明日姉も、蔵センも」

「生意気ー、でも」

すぽんと、俺のイヤホンが抜かれる。

「……君がいてくれてよかった」

弱々しい響きには気づかないふりして言葉を返す。

「それにしても、なんで蔵セン？」

「あの人、君たちの担任しながら三年生の進路指導も受け持ってるんだよ」

「あんなんでも優秀なんだよなぁ。蔵セン見てるとさ、たとえどんな道を選んだとしてもそれなりに楽しくやっていけるんじゃないかって思うときがあるよ」

明日姉は上手に笑った。

俺は下手くそな芝居を見ているような気分になった。

「そうなんだよね。なんか、大学ぐらいであれこれ迷ってることが……」

「でも」

続きを言わせないように口を挟む。

「どういう理由であれ、それは蔵センがちゃんと自分の決めた道を歩いているからじゃないかな。あのおっさん、多分教師って仕事が好きだし、全力で向き合ってる」

「……うん」

「なにか、俺に話せることはある？」

「……うん。もう、聞かれちゃったしね」

明日姉は大きくぐいと背伸びをした。

「率直に言うとね、両親、とくにお父さんに反対されてるの」

「東京に進学すること？」

「そう。前に言ったじゃない？　けっこう厳格な家だって。女の子がひとり暮らしをすることも、編集者なんて職を目指すことも、そもそも福井を出て行くことも、ね」

ただそれだけを聞くと、まあどこにでもありそうな話だ。

だからこそ難しい、と思う。

結局俺たちはまだまだ子どもで、子どもがなにかを決めるとき、親の意向を完全に無視することはできない。

「明日姉の意志はどうなの？」

「君なら、わかるでしょ？」

それはそうだ。そもそも自分の考えを伝えなきゃ反対されることだってない。明日姉《あすねえ》はどこか投げやりに続けた。

「どうしようもないよ。ここまで育ててもらった恩もあるし、本当に頑《かたく》なだもん。ど、どうせこれ以上話し合っても無駄なら、早いうちに気持ちを切り替えたほうがいいかなって。ほら、福井に残ってたらいつでも君とデートできるしさ」

無理に明るく振る舞おうとしているのを見て、俺は大きなため息をつく。

「そんなデートは死んでもごめんだな。俺はなにかを諦《あきら》めるためのだしじゃない。やっぱりいまの明日姉はらしくないよ」

そう言うと、明日姉は少ししゅんとしてから、ぽつりとつぶやく。

「私らしさって、なんだろう。それは君が私に重ねていた幻の名前なんじゃないかな」

まるで俺から距離を置こうとするように、明日姉が立ち上がった。

一歩、二歩と前に出て、じいっと川を見つめている。

らしさって、なんだろう。

確かに俺は、この人に自分の理想を押しつけていたところがあるのだろう。

自分よりもずっと大人びていて、まるで名前そのものみたいに自由で、優しくて、強い。

本当の明日姉は、悩んだり、迷ったり、落ち込んだりもするひとりの女子高生なのだ。

「言ったでしょ、君は私を美化しすぎている。もっと普通なんだよ、西野明日風《にしのあすか》は。まるではりぼてのお城みたいに。家ではお父さんにも逆らえないただのいい子ちゃんなの。いつかこういう日は来ると思ってたし、どうせ君にがっかりされちゃうなら……」

だけど、たったいま確信した。

俺は立ち上がり、まだ話を続けようとしている明日姉にそっと近づいていく。

そうしていまにも折れてしまいそうで、消えてしまいそうで、儚《はかな》い背中を、こんなふうに在りたいと憧《あこが》れた美しい背中を、

――ばふんと、蹴飛ばした。

「ひゃあッ」

バッシャーン。

かわいらしい声をあげて、派手な水音を立てて、明日姉が川にダイブする。

溺《おぼ》れるような深さじゃないが、あまりに突然のことでパニックに陥ってるのだろう。たいそうまぬけな様子でじたばたばちゃばちゃともがき、ようやく落ち着いて立ち上がったころには

全身がみごとにずぶ濡れの泥だらけになっていた。

「え、なに？　なに？」

明日姉《あすねえ》はわけがわからないといった表情でこちらを見上げている。

俺は思いきり息を吸い込んでから言った。

「ぐだぐだうるせーんだよ！　なにが幻の女だ。うじうじうじうじあーでもないこーでもないと、いまのあんたは水死した女の地縛霊のほうがお似合いだっつの」

明日姉は珍しく、本当に珍しく怒りの滲《にじ》んだ声で言い返してくる。

「なによ、最初に幻の女とか言い出したのはそっちじゃんか。自分の理想を押しつけて、勝手に憧《あこが》れて、最後は幻滅？　それは君が一番嫌っていたことじゃないの？」

「――違うね」

俺はきっぱりと言い切った。

そう、たったいま確信したのだ。

「そもそも俺は、この場所で、そうやってぐしょ濡れになりながら子どもたちを笑顔にしていたあんたに目を奪われた。最初からこの憧れは地に足がついてるんだよ」

「そんなのたまたま……」

「そうだよ、偶然だから偶然じゃない。べつに俺の目があろうがなかろうが、憧れの先輩であろうがなかろうが、最初からそういうふうに生きていた。自由で、優しくて、強いんだ」

「違うよ。私がそう在れたのは……」

「理由なんかどうだっていいさ。明日姉はいろんな言葉を俺に届けてくれた。心の穴ぼこを埋めてくれた。そのあんたが、どうせなんて言葉を簡単に使うなよ」

「……人生がモノクロになっていく、か」

俺はにっと笑いかけた。

「幻想の押しつけと憧れの違いは正直まだよくわかんね。ただひとつ確かなのは、きっと俺は明日姉のいいところを明日姉よりもずっとたくさん言えるってこと」

明日姉に向かって手を伸ばしながら言う。

「それじゃ駄目かな?」

きょとんとした瞳《ひとみ》が俺を見て、やがて花が咲いたようにきらきらと笑い始めた。川の水だか笑いすぎてこぼれた涙だかわからないものをごしごしと拭《ぬぐ》いながら明日姉が口を開く。

「やっぱり君って人は、どこまでいっても私のヒーローなんだね」

「なにわけのわかんないこと言ってんだか。明日姉が俺のヒーローなんだよ」

差し出した俺の手がしっかりと握られて、

「えいっ」

思いきり引っ張られた。

「どわッ」

バッチャーン。

俺も力いっぱい川にダイブした。

「あのな」

「あ、口開けてるとあぶないよー」

じゃぶじゃぶと明日姉《あすねえ》が水をかけてくる。

「げふぉッ、きたねぇ！」

「だから言ったのに」

「かける前に言おうネ！」

「意外と反射神経鈍いんだ？」

「ようしそこ動くなよ。いますぐホンモノの幽霊にして藤志高《ふじ》七不思議（仮）に加えてやる」

そうして俺たちはひとしきり水をかけ合って、暴れ回った。

ばちゃばちゃ、げらげら。

ばちゃばちゃ、げらげら。

ばかみたいにはしゃいで、子どものように駆け回る。

舞い上がった水滴に光の粒が乱反射して、きらきらとこの瞬間を彩っていく。

あの日に帰るように、明日へと向かうように。

「ねぇッ！」

明日姉《あすねえ》が満面の笑みで言った。

「君のこと抱きしめてもいいかな?」

「――は?」

それ以上なにかを言い返す暇もなく、俺は真正面からぎゅうとおもいきり抱きつかれた。それはロマンチックな大人の抱擁というよりも、小さな女の子がお父さんに飛びつくみたいに無邪気なものだった。

だから俺も、その頭をぽんぽんと叩《たた》く。

ぷーんと、子どものころザリガニ釣りをしていたときの匂いがしてきた。

「明日姉、くさ〜いよ」

「君だって、くさ〜いよ」

「体操服、ある?」

「ない!」

「俺もねぇよ。どうやって帰ろうか」

「風に吹かれながら」

「それはまあ、悪くない」

いつまでもしがみついて離れない明日姉を無理矢理引っぺがすと、吹っ切れたような笑顔がぴかぴかと眩《まぶ》しい。

「美しく生きられないのなら、死んでいるのとたいした違いはない、だよね？　君のようにやってみるよ。ラムネの瓶《びん》に浮かんだビー玉みたいに」

「俺のようにじゃなくて、いまの明日姉らしくやればいいよ。言葉を届ける仕事に就きたいなら、まずは明日姉の言葉をお父さんに届けるんだ」

それからふたりで、全身からぽたぽたと水滴をたらしながら帰った。

歩いたあとには、まるでヘンゼルとグレーテルみたいな道しるべができていく。

町行く人たちはみんな振り返って怪訝《けげん》な表情を浮かべていたが、俺も、明日姉も、そんなことはどうでもいいとばかりにけらけら笑い続ける。

すかっとした表情で家の中に入っていく姿を見て、この人はもう大丈夫だと思った。

そう、思っていた。

＊

「——ちょっと待ってください、それどういうことですかッ！」

翌日の放課後、俺はクラス委員長の仕事で回収したアンケートを届けるために職員室を訪れていた。

時刻はもう十八時。提出期限をすっかり忘れていた俺も悪いけれど、未提出の運動部連中を捕まえるのにけっこう時間を食ってしまったせいだ。

蔵《くら》センがいなかったので机の上に置いて帰ろうと思ったのだが、隅の応接ブースに座っているのが見えたので、もし立て込んでなければひと声かけようと近づいていったところ、こんな会話が耳に飛び込んできた。

「明日風《あすか》は福大に進学させて公務員にすると決めている」

それで思わず飛び込んで叫んだのがさっきの台詞《せりふ》だ。

ブース内にいた三人の視線が俺に集まる。向かい合ったソファの片方に蔵セン、反対側には明日姉《あすねえ》と、かっちりスーツを着込んだ男性が座っていた。

すらりとした長軀《ちょうく》にしゃんと伸びた背筋。ネクタイは隙《すき》なくびしっと締められており、いかにも仕事のできそうな大人といった印象だ。

銀縁のスクエア眼鏡《めがね》越しに、知的で冷たい瞳《ひとみ》がこちらを見ている。

明日姉は、まるでなにかを恥じるようにうつむいた。

「あー、千歳《ちとせ》」

向かいの男性とは真逆といっていい風体の蔵センが言う。

「ご苦労さん。アンケートを置いて帰れ」

「けど……」

「帰れと言ったぞ。お前はいったいどういう立場でこの会話に加わろうとしてるんだ」

「──ッ」

有無を言わせない口調だった。

そして、こういうときの蔵センは絶対的に正しい。

どう考えてみたって、俺がここでなにかを言う資格なんてないのだ。

ぎゅっと唇を噛《か》み、きびすを返そうとしたところで、

「そうか、君か」

向かいの男性が言った。

「明日風に妙なことを吹き込んだのは」

人差し指でくいと銀縁眼鏡を正し、まるでじっと観察するような視線を向けてくる。

「いいじゃないか、岩波《いわなみ》先生。もしその気があるなら座りなさい」

「お父さんッ」

今日は三者面談があると言っていたからそうだろうとは思っていたが、明日姉の言葉で関係性が確定した。普通は空き教室なんかで行われるはずだけれど、時間をオーバーしたのか、それ以外の理由があるのか、まあいまはどうでもいい。

「失礼します。明日風《あすか》さんにお世話になってる後輩で、千歳朔《ちとせさく》と言います」

俺は迷わず蔵《くら》センの隣に座った。

向かいの男性がぴくりと眉《まゆ》を動かし、まじまじとこちらを見る。

先ほどの発言はどう考えても納得がいかない。

明日姉《あすねえ》はますます恥ずかしそうに顔を伏せ、隣の蔵センがこれみよがしに大きなため息をつく。俺はどちらも無視して明日姉のお父さんを見ていた。

ここで目を逸《そ》らしてしまったら、二度とこの人に面と向かってなにかを言えそうにない気がしたからだ。

蔵センはもう一度ため息をついてから口を開く。

「あのなぁニッシー」

「西野《にしの》さん、だ。公私を混同するな。いまのお前は明日風の進路指導を担当する教師だろう」

「ったく、昔からこまけぇんだから。それじゃあ西野さん。その決定は娘さんとよく話し合って決めたことですか」

「話し合う必要はない。明日風のことは私が一番よく知っているし、どうすれば幸せになれるかもちゃんと考えたうえでの決定だ」

「――はッ」

俺が鼻で笑うと、明日姉のお父さんがこちらに顔を向けた。

「千歳くん、だったか。なにか言いたいことがありそうだな」

ごほん、と咳払《せきばら》いをしてその言葉に応じる。

「失礼しました。明日風さんがどうして東京に行きたいのかは聞かれたんですよね？」

「編集者になりたいそうだな」

「その夢を無視して幸せになれるんですか？」

俺が話しているあいだ、明日姉はうつむいたままだ。

ひざに乗せた手はぎゅっとスカートを握りしめている。

明日姉のお父さんはつまらなそうに答えた。

「夢、か。便利な言葉だ。君たち若者は、それさえ掲げておけばまるですべての選択が許されるかのように振る舞う。明日風から理由は聞いたか？」

「言葉を届ける仕事に就きたい、と」

「それでは私から君に質問だが、国語教師じゃ駄目なのか？　図書館司書では？　どちらも物語を、言葉を届ける仕事だ。そして、福井でも実現できる」

「それ、は……」

とっさに反論できず、思わず俺は押し黙る。

「仮に編集者を目指すとして、どのぐらいの倍率なのか知っているか？」

「そりゃあ、それなりに狭き門でしょうが」

「名の知れている大手なら倍率が百倍はざらだ。千人以上が新卒で応募して採用されるのはほんの数人。好きだからなりたいが通用するような甘い世界じゃない」

「……まずは小さいところに就職して、ステップアップしていくという手もあるんじゃないですか？」

「他の志望者が同じことを考えないとでも？　どこを受けたって渋滞だよ。そもそも、明日風《あすか》が思い描いているような理想を体現するためには、小説の部署がちゃんと利益を出していることが最低条件で、そういう出版社は限られている」

「それでも……」

「目指した時間は無駄にならない、か？　小さな編集プロダクションに所属して、安月給に激務で心と身体を壊し、もう転職の需要もなくなったころに後悔しても遅いんだぞ。千歳《ちとせ》くんはそのとき責任をとれるのか？　君が明日風を養ってくれるのか？」

甘かった、と俺は痛感した。

この人は親の身勝手だけで明日姉《あすねえ》を縛っているわけじゃない。どうすれば幸せになれるかを考えているというのは、決して嘘《うそ》じゃないのだろう。

「好きなことを仕事にしないほうがいいというのは手垢《てあか》のついた言葉だが、ひとつの真理でもある。そういう生々しい現実に打ちのめされて大好きなものを大嫌いになってしまうぐらいなら、これまでどおり趣味で読書をしているほうがずっといい」

反応のない俺を見て、明日姉のお父さんは淡々と続ける。

「福井に残ればなにかあっても実家がある、私たちがいる。公務員の試験も明日風ならまず問題ないし、あとはいい相手を見つけて家庭を築けば長い幸せが約束されるだろう。親がそれを願うことは間違いか？」

だけど引けない。

いまここで俺が屈したら、明日姉の未来が決まってしまうかもしれないのだ。

なんでもいいから言葉を紡げ、会話を続けろ。

「俺は、自分がどん底にいるとき、毎日がどんより曇り空に見えていたとき、明日風さんが届けてくれた言葉に救われました。その倍率をくぐり抜けられる力は充分にあると思います」

「同じように『自分なら受かる』と信じてこの藤志《ふじ》高校に落ちた受験者がいったいどれほどいると思う？　自分ならプロになれると信じて志半ばで諦《あきら》めた野球少年は？　具体的な根拠のない自信は妄想と大差ない」

「――ッ」

その言葉は、深く俺に刺さった。

なぜなら去年のいまごろ、まさに俺はそういう自信に満ちていたからだ。こんなふうに野球を辞めている自分なんて想像もしていなかった。

「いいかな、千歳くん。子どもの意志を尊重するのが親の責任なら、子どもを教え導くのも親の責任だ。いま君としたような会話は、とっくに明日風《あすか》とのあいだで終えているんだよ。そして、君も明日風もそれをはねのける言葉を持っていなかった」

この人の言っていることは、親として正しい。

俺はそう、思ってしまった。

もちろん、唯一の正解ではないだろう。

だけどこの言い分も正解のひとつであることは間違いない。

複数の正解があるとき、それを選ぶのは誰か。

選択の責任を負うことになる当事者たちだ。

屁理屈を並べることはできるが、「君になんの関係がある?」と言われたらそれまで。

――お前はいったいどういう立場でこの会話に加わろうとしてるんだ。

「それなりに賢い男だな、君は」

明日姉《あすねえ》のお父さんは言った。

「この会話の行き着く先が見えたか。明日風も昔から賢い子でな、論理的に筋が通っていれば一度も私に逆らえなかった。だから今回この子が食い下がったことには少し驚いたんだよ。おそらく千歳《ちとせ》くんの影響なんだろう?」

違う、と言いたい。

俺はもともと明日姉のなかにくすぶっていた気持ちを後押ししただけだ。

明日姉のお父さんは続けた。

「そうだな。もし千歳くんと千歳くんのご両親での話し合いだったなら、君にももう少し違う言い分があるのかもしれない」

そこで言葉を切り、先ほどから黙り続けていた明日姉を見る。

「けれどこれは、うちの家族の問題だ」

それ以上、俺に返す言葉はなかった。

蔵《くら》センが、ぽんと俺の肩に手を置く。

「それでは、現時点での第一志望は福大としておきます」

その言葉に、明日姉のお父さんがふっと口角を上げる。

「最終決定として伝えたつもりだが？」

「あんまりガキの成長速度を舐《な》めないほうがいいと思うけどな。ニッシーもよく知ってるだろうに。さなぎがひと晩寝たらライオンになってたりするんだ、こいつらは」

「西野《にしの》さんだろ、蔵。変わらんな、そういうところは」

「あんたは変わったな。理屈だけの堅っ苦しい親父《おやじ》になった」

「教師を続けてれば、そのうちお前にもわかるさ」

そう言って明日姉のお父さんがソファから立ち上がり、ブースを出て行く。

明日姉もそれに続き、

「ごめんね」

すれ違いざまにつぶやいた。

「やっぱり君の見ていた私は、幻だったみたい」

――ふざけんなよ。

遠ざかっていく足音を聞きながら、その言葉だけが頭のなかでリフレインし続けた。

＊

なかなかソファから立ち上がれなかった俺に、蔵《くら》センが声をかけてきた。

「千歳《ちとせ》、今日はこのあと予定あるのか？」

「……空いてるけど」

「なら、一杯付き合え」

「は？」

さすがに学校の敷地内で教師の車に乗り込むのも世間体が悪かろうと、少し離れた場所で待機していた。

まるで俺の心を映し出すように、朝から続くじめじめと鬱陶《うっとう》しい雨が全身を濡らす。

昨日はあんなにきれいに見えた水滴が、今日は世界を雑に塗りたくろうとしている墨汁みたいだ。いっそのことざあざあと大降りならば諦《あきら》めもつくのに、手ぶらで歩くにはやや強く、かといって傘を差すのはおっくうに感じる、どうにも中途半端な空模様だった。

ぷっぷーと、間の抜けたクラクションが響く。

音のほうを見ると、蔵センの青いラシーンがハザードランプを点《つ》けて停車するところだった。

助手席のドアを開けると、シートの上にはごみの詰まったコンビニの袋がどすんと鎮座しており、俺はその口を縛って後部座席にぽすんと放る。それは同様の過去を持つのであろう他の袋に当たってかさりと音を立てた。

「いい加減、掃除してくれる彼女のひとりでもつくりなよ」

「まだまだ小僧だな。そんな女がいたらそもそもこんな惨状にはしない」

「こんな惨状を放置してる自堕落なおっさんだから女性が寄ってこないのでは？」

「ふむ……鶏が先か、卵が先か」

「車を掃除すんのが先だ！」

サイドブレーキを下ろし、ギアをドライブに入れ、ハザードを消してラシーンが走り出す。

もしかするとカスタムしているのかもしれない。内装もボディカラーと同じ青で統一されている。アクセルに合わせて、クラシックな三つ目のメーターの針が動いた。

五分ほど走って、蔵《くら》センは福井駅前の適当なコインパーキングに車を駐めた。ふらふら歩く後ろをついていくと、青いネオンに赤い提灯《ちょうちん》の見慣れたロゴが見えてくる。

俺は呆《あき》れたように言った。

「生徒連れて秋吉かよ」

「福井で一杯と言ったらここに決まってるだろ」

秋吉は、8番らーめんやソースカツ丼、おろし蕎麦と並んで県民のソウルフードとして知られる焼き鳥のチェーン店だ。福井はときどき焼き鳥の消費量日本一なんて謳《うた》っているが、その真偽はともかくとして、間違いなく秋吉の存在は大きいだろう。

自動ドアを抜けると、店員さんが威勢のいい声をかけてくる。

「はい社長さんいらっしゃーい！」

ちなみにこれは秋吉名物。小学生からおじいちゃんおばあちゃんまで、男は全員「社長さん」だし、女性はみんな「お嬢さん」だ。

俺と蔵センは案内されるがままカウンター席に座った。

「蔵セン、俺制服なんだけど」

「心配すんな、兄弟だと思われるさ」

「せめて親子だろおっさん」

胸元が大きくはだけた制服にねじりはちまきの男性店員さんが注文をとりにくる。

「なんにしますかッ？」

「生をひとつと、お前も飲むか？」

「あんた教師だろ、そして車だろ」

「心配すんな、さすがに帰りは代行使う」

「じゃあ、ジンジャエールで」

「つまらんやつだな。じゃあそれと、とりあえずしろを十、純けい十、串カツ十、ねぎま十、ピートロ十。あとキャベツの塩と……」

蔵センがこちらを見た。

「俺はミックスで」

「あいよーッ」

店員さんが元気よく返事をしてカウンター内にある焼き場の人たちに注文を伝える。

これだけ聞くととんでもない量に聞こえるが、秋吉の焼き鳥は女性でもひと口で食べられるようなサイズが特徴なので、何十本単位で頼むのが普通だ。

ちなみにしろはやわらかい豚のホルモン、純けいは歯ごたえのあるメス鶏、ピートロは豚トロだ。キャベツはただの串に刺さった生キャベツだが、塩、ソース、マヨネーズが選べて、俺が頼んだミックスはソースとマヨネーズが両方かかっている。

ビールにジンジャエール、キャベツがすぐに運ばれてきたので、俺たちはなんとなくグラスを合わせて乾杯した。

蔵《くら》センはジョッキのビールをぐびぐびと美味《うま》そうに半分ほど流し込み、ぷへぇっと間抜けな声を出してからラッキーストライクに火を点《つ》ける。

「それで」

気持ちよく煙を吐いてから言った。

「どんな気分だ？　憧《あこが》れてた先輩の父親から『娘はやらん』と言われて」

「結婚のあいさつした覚えはねぇよ」

「どんな気分だ？　ヒーロー気取りの勇み足で返り討ちにあって」

「……負けてねぇよ、まだ」

「そりゃあいいな、上等な答えだ」

蔵センはぱりぱりとキャベツをかじる。

店員さんがきて、カウンターの前にある銀色の保温台にしろ、純けい、ピートロを十本ずつ並べていった。

それに合わせて、肉タレ、からし、みのタレの小皿を渡される。これも秋吉の特徴で、たとえばしろやねぎまは秘伝の肉タレ、純けいはからし、ピートロはみのタレなど、それぞれの焼き鳥に合ったタレにつけて食べるスタイルだ。ちなみに俺は串カツとピートロ以外はだいたい肉タレにつけてしまう。

卓上のにんにくなんばを入れた肉タレにしろをつけてひと口で食べる。ホルモンというわりにまったく臭みはなく、ぺろっと腹に収まってしまうので、そのまま二本目に手を伸ばした。気を張っていたからか、けっこう空腹だったらしい。

昔はちょくちょく家族と来ていたが、高校生だけでメシを食うような場所でもないため、なんだかんだで三年ぶりぐらいだ。

蔵センは純けいをからしにつけてこりこりかじっている。

とりあえず純けいとピートロもひと通り食べてから俺は口を開いた。

「蔵センは明日姉《あすねえ》のお父さん……西野《にしの》さんの言い分に納得してんの？」

「してるように見えたか？」

「というか、面識あるんだよね」

面談中に掘り下げる話ではないと思って流していたが、ふたりは明らかにただの保護者と教師といった様子ではなかった。

「ニッシーは高校時代の担任だったんだよ」

「なるほど、それであの会話か」

夏の甲子園ではお決まりのように「全国で二番目に予選参加校が少ない」なんて紹介される福井において、かつての担任が教師になった元教え子と再会するのはさして珍しい話じゃない。娘の担任が元教え子になるというのも、まあ普通にあり得る範疇《はんちゅう》だ。

「俺ぁいまでこそ進学校の教師なんてやってるが、学生のころはわりと荒れてたんだよ。ヤン高とまでは言わないが、当時はどこの学校にでも落ちこぼれのヤンキーくずれみたいなのがいてな。その有象無象のひとりだったたってわけだ」

「おっさんの昔はワルだった自慢はださいっすよ」

「なんか言ったか、弟よ」

「だから見えねぇって」

いまの飄々《ひょうひょう》とした態度からは想像できないが、七瀬《ななせ》のストーカー絡みで協力を頼んだときに柳下《やなした》の蹴《け》りを平然と止めてたから、荒れてたってのは本当なんだろう。

あんまり茶々を入れても仕方がないので、話を戻す。

「もしかして、そのとき蔵《くら》センを更生させたのが西野《にしの》さんてこと？　昔はもっと情に厚い熱血漢だったみたいな？」

「前半は正解で後半は不正解だな。真面目《まじめ》に生きるきっかけになったのは確かだが、ニッシーは昔っから正論の暴力で逃げ道塞《ふさ》ぐタイプだったよ」

「交渉の取っかかりになるかと思ったのに、イメージまんまやんけ」

「ただ……」

蔵センは串カツにカツタレとからしをつけながら言う。

「あんなふうに誰かの決断を自分の理屈で否定する人じゃなかったんだよな。このままだと俺の人生がどれだけ悲惨なことになるかを重箱の隅つつくように延々と聞かされるんだが、それでも最後に大事なのはお前の意志だって、よく言ってたよ」

「意志、か」

「あの頃はまだニッシーも若かったからな。単に歳を重ねて考え方が変わったのか、娘かわいさのあまり厳しくなるのか、それともべつの理由があるのか」

「でも、言ってることは間違ってなかったよね」

俺がそう言うと、にやりとした笑みが返ってきた。

「ちっとは広い視野ってやつが生まれてきたな。てっきりあの場で一席ぶつのかと思ってたぜ。まあ、そんなことしたらつまみ出してたが」

「できないよ。娘の幸せを考えてるという言葉に、嘘《うそ》はないように思えたから」

「同感だ」

蔵センは店員さんに追加でしろ五、純けい五、タン五、みの五、ししとう、あげおろし、焼酎《しょうちゅう》のロックとジンジャエールを注文してから話を続ける。

「教師ってのは難儀な仕事でな」

「その話、もうちょっと説得力あるシチュエーションのときにできねぇかな?」

「まあ聞けよ」

店員さんから受け取った焼酎をぐびりと飲む。

「普通に生きてたら、まだけつの青いガキの人生に責任もつなんて、てめぇに子どもができたときだけだ。けどこの仕事してるとな、毎年何十人、何百人のそれを背負うことになる」

「それはまあ、そっすね」

「全員が全員、健やかに卒業して自分の夢を叶えてくれるなら万々歳だが、あいにくこの世界はそんなふうにはできていない。成功したやつの影にある数え切れないほどの挫折《ざせつ》、失敗、後悔……そういうのをすぐそばで見続ける仕事なんだよ」

「だから教師の言うことは信じろって？」

「はッ、まさか」

蔵《くら》センは鼻で笑ってまた焼酎《しょうちゅう》をあおった。

「俺も含めて、とうてい子どもを教え導くような人生経験も能力も持ち合わせていない教師なんざ掃いて捨てるほどいる。ただな、お前や西野《にしの》が小説を読んで誰かの人生を知った気になっているように、教師は自分の生徒を見て人間を知った気になってるってことだ」

普段は間違っても口にしないが、俺はわりかしちゃんと蔵センのことを信頼してるし、尊敬もしている。この人ほど生徒をよく見ている教師はなかなかいないだろう。

事実、こういう言葉はいまの俺にちゃんと刺さる。

ふと、思いついた疑問を口にした。

「蔵センはなんで高校教師を目指したの？」

「ぴちぴちの女子高生が毎年出荷されてくるなんてもうこの世のヘブンだろ」

「本当にヘブンに行くまで二度と口にすんなよ？　……ったく、やっぱ西野さんに影響受けたの？　人生変えてくれた人に憧《あこが》れて、とか」

「いんや」

ラッキーストライクに火を点《つ》けて小さく笑う。

「まっとうに生きようとは決めたが、べつにそんときは教師になりたかったわけじゃない。ただ結果として、俺のまわりにはニッシー以外にまっとうなお手本がいなかったのさ」

「そんなもんか」

「そんなもんだな、人生なんて。劇的なできごとばかりで彩られてるわけじゃない」

「教師になって、後悔したことある？」

「あるに決まってんだろ。小賢しさばっかり先に立つくせに性根は小学生の頃から成長してないスカしたガキや、能力はあるくせに自分を過小評価し続けるガキ。どいつもこいつも、青春こじらせててどうしようもない」

「前者は僕じゃないよネ？」

「ただ、不思議なことに目指さなきゃよかったと思ったことは一度もないな。てめぇで選んだ未来だ。てめぇの責任で正解にするさ」

このおっさん、やっぱかっけぇなと思ったが、口には出さなかった。

どうせ酔っ払ってて、明日には覚えてもいないだろう。

「よし千歳《ちとせ》、興が乗った。二次会は片町の『ブレザーを脱がさないで』につれてってやる」

「最近美人ＪＫの生チラ胸見たばっかかだからけっこうス」

「焼き鳥の串鼻の穴に刺さって死ね」

「言葉選びに気をつけような、国語教師」

それから俺たちは下世話なトークで盛り上がり、締めに秋吉名物のこんがりと香ばしい焼きおにぎりと赤だしの味噌汁を食べて店を後にした。

＊

次の日も、その次の日も、明日姉《あすねえ》と話す機会はなかった。

俺は学校でもなるべくその姿を探していたし、いつもの河川敷で本を読みながら待ってみたりもしたから、もしかしなくても意識的に避けられていたのだろう。

三者面談から数えて三日後の今日、俺はいつかと同じように昇降口のガラスドアにもたれかかり、最近駅前の書店で買った藤田宜永の『愛さずにはいられない』を読みながら明日姉を待っていた。

あの日と違うのは、からからと空が晴れており、うっすらと夕暮れの気配が滲《にじ》み始めていることぐらいだろうか。

かれこれ二時間以上は経ったはずだ。誰かがずっと見てるわけじゃないから気にする必要もないが、俺もストーカーみたいなもんだなと自嘲《じちょう》する。

「千歳？」

ふと名前を呼ばれて顔を上げると、だぼっとしたTシャツにハーフパンツという練習着姿の七瀬《なな せ》が不思議そうにこちらを覗《のぞ》き込んでいた。

心もち乱れた髪とほてった頰《ほお》に運動部然とした服装。

妙に非現実的で思わず目を奪われる。

「なにしてるの、こんなところで」

俺は読んでいた小説に栞《しおり》を挟んで閉じ、なんでもないように応じた。

「ちょっと、人を待っててな」

「へぇ？」

「そっちこそどうした？　練習終わるにはまだ早いだろ」

「陽《はる》との１ｏｎ１に負けた罰ゲームでスポドリの補充ー」

二重にして両手にぶら下げたコンビニの袋には、五百ミリサイズのポカリがどっさり入っている。

「部活中にそういうお遊び許してくれるんだな、美咲《み さき》先生」

「勝負事はライバル意識を高めるためにも気分転換にもちょうどいいって」

「にしたって、でかいサイズの二、三本買ってくれれば充分じゃないか？」

「だから罰ゲームなのよ……陽《はる》め」

にやにやしながら細かく指定する姿を想像して、俺は思わずぷっと吹き出した。

「まあ、体育会系の掟《おきて》だ。負けたやつに文句を言う資格はない」

「ふん、次は隙《すき》を突いて確実に仕留める」

「バスケの勝負だよね？」

七瀬《ななせ》は俺の隣にとんともたれかかって袋を地面に下ろした。

がさごそ中から一本を取りだし、俺の頬《ほお》に押し当てる。

「ほい、お裾分《すそわ》け」

「ふたりで汗かく運動しようというお誘い？」

「まさか。元カレが泣きそうな顔で突っ立ってたから、武士の情け」

「そんなふうに見えたか？」

「――あなたは私だから」

いいいいいいい、
聞き覚えのある台詞《せりふ》が返ってきて、俺は苦笑した。

「まったく、別れなきゃよかったかな」

「なくして後悔しないように、大切な気持ちとはちゃんと向き合いなさいってことだね」

まるですべてを見透かされているようだ。

「あのさ、悠月《ゆづき》っていい女だよな」

「ありがと、朔《さく》」

そう言うと、七瀬はよっこらせと袋をふたつ提げて体育館のほうへ消えていった。

手元に残ったポカリをごくごくと飲んでいると、

——こんこん。

後頭部のあたりがノックされた。

振り向かなくてもわかる、明日姉《あすねえ》だ。

だけど実際にそうしてみると、想像していたのとはずいぶんと違うぷくっとむくれ顔をしていた。

露骨にそっぽ向きながら明日姉が言う。

「話が違う！」

「なにが?!」

「下駄箱に来たとき、君の背中が見えた。恐くて、切なくて、どこかほっとして、だからこんなふうに想像してたの」

『——こんこん』

『明日姉《あすねえ》』

『さすがに逃げられない、よね。私も、君とはもう一度ちゃんと話しておかなきゃって思ってた。いつものとこ、行こっか』


「みたいに！」

「知らねぇよ」

俺がそう言うとますますむくれていく。

「なのにどうした⁉　君ね、憧《あこが》れの先輩を待ってるのに同級生のワケありかわいい女の子といちゃいちゃしてどうした⁉　おかげで出て行く機を逸して指くわえて見てましたがなにか⁈」

「落ち着け明日姉キャラがバグってる」

けふんと、明日姉が咳払《せきばら》いをして儚《はかな》げな表情を浮かべた。

「さすがに逃げられない、よね。私も、君とはもう一度ちゃんと話しておかなきゃって思ってた。いつものとこ、行こっか」

「いまさらシリアスに持ち直せねぇかんな？」

＊

そうしていつもの河川敷で、明日姉は言った。

「ごめんなさい、君に迷惑かけた」

「自分からかぶりに行ったんだよ、明日姉が気にすることじゃない」

うつむくその人を横目に俺は続ける。

「どっちかっていうと、こっちがごめん。正直に言って、なんの覚悟もなく勢い任せであの場に飛び込んじまった」

「それが君の素敵なところだよ」

「いや、駄目だめだ。明日姉を愛情もって育ててきた親御さんに、俺はいったいどんな立場でもの申そうとしたんだろうな」

明日姉が恥ずかしそうに笑って、うつむく。

「悪い人じゃ、ないの」

「わかってるさ。ただの悪者なら、きっと俺はあそこで引いたりしなかったと思う。明日姉のお父さんは、正しくいいお父さんだよ」

「君が言うなら、本当にそうなんだろうね」

多分、この人だってとっくにわかってるんだ。

わかってるからこそ、一線を引いてしまう。

素直にガキでいられたならよかったのだろう。細かな理屈なんかすっ飛ばして自分のわがままを押し通すやつなんてきっとたくさんいるし、それを仕方ないと受け入れる親だって同じぐらいいるはずだ。

だけどこの人はそうじゃなかった。

これまで育ててもらった恩だとか、向こうの言い分の正当性だとか、金銭面なんかの現実的な問題だとかを正しく考えてしまうのだ。

「だけどさ」

俺は言った。

「やっぱり諦《あきら》めちゃ駄目だよ、夢」

明日姉《あすねえ》はこちらを見るが、言葉はない。

「確かに明日姉のお父さんが言ってたとおりだと思う。大半の人間はいつかどこかで諦めなきゃいけないときがくる。だけど、自分以外の誰かに諦めさせられることだけは、あっちゃいけないと思うんだ」

「君にそれを言われたくは、ないかな」

自然と漏れたその言葉に、俺はできるかぎりの優しさを込めて笑った。

「俺だから言うんだよ、明日姉」

明日姉ははっとしてうつむき、小さく「ごめんなさい」とつぶやく。

「……最低だ、私」

俺はゆっくり首を横に振った。

「大丈夫、きっと少し疲れてるだけ。いまは俺よりも自分に気を遣って」

「もっと君みたいにやれると思ってたんだけどな」

なんだか申し訳ない気持ちになる。

俺のように、なんて言ってくれるけれど、この件に関してうちの家庭ではそもそも問題が発生しないのだ。高校生のひとり暮らしをあっさり認めてくれるような人たちだから、進学先だって理由を説明すれば福井だろうが東京だろうがきっと口は出さないし、当然のように援助もしてくれるだろう。

だから本当の意味で明日姉の悩みに寄り添うことはできない。

夢を落っことして宙ぶらりんになってる俺には半端な自由が残っていて、夢を追いかけようとしている人の手もとにはそれがない。

なんだかとても、不公平な気がした。

だけどきっと、誰もがそういう不公平のなかで自分なりに泳いでいくしかないのだろう。

俺が押し黙っていると、明日姉が続けた。

「本当はね、君が私に頼ってくれたとき、自由な生き方に憧《あこが》れるって言ってくれたとき、すごくうれしかったの。ずっとそういう人間になりたいと思っていたし、少しは自分の理想に近づけたのかなって、認めてもらえたような気がして」

なにか言おうとしたが、「だけど……」と遮《さえぎ》られる。

「やっぱりまだまだ。いまの私を、これ以上見せられないや。もっともっと辛い状況からしゃんと立ち直ってみせた君を、いつまでもこんなことに付き合わせたくない。私はそのための明日姉だったんだから」

どこまでも寂しい笑顔を浮かべて、明日姉《あすねえ》が立ち上がった。

さあと、夕焼け色の風が吹く。

通り過ぎてしまった昨日へ連れ戻そうとしているのか、明日に向かっているのかもわからない、風が吹く。


——明日姉はなびく髪を左耳にかけながら言った。


「だからね、君とはさよならだ」

「明日姉……」

「過ごした時間、忘れないよ。この場所で話したことも、いっしょに聞いた音楽も、最初で最後のデートも。素敵な後輩の男の子と過ごした淡い青春の記憶として、いつまでも私のアルバムに挟んでおくから」

たっと、俺の憧《あこが》れた背中が遠ざかっていく。

――ふざけんなよ。

同じ言葉が何度もリフレインする。

鈍い痛みとともに固く握りしめた拳《こぶし》を開いたころ、俺はすっかり夜のなかに迷い込んでいた。

＊

翌日はなんだかへにょへにょと空気の抜けた風船みたいな状態でどうにかこうにか一日をやり過ごした。

図書室で一度明日姉を見かけたが、奥野《おくの》先輩と勉強中だったので余計に気分が落ち込んだ。

隣の陽《はる》や夕湖《ゆうこ》たちには何度も「どうしたの？」と聞かれたけれど、仲間たちに相談するようなことでもなかったし、そもそも俺自身がこれ以上なにかをすべきなのか、なにもすべきでないのか途方に暮れている。

本来、明日姉からそうしてほしいと頼まれでもしない限り、俺が助けになるだなんて首を突っ込むべき問題ではない。

――この手もとに残されているのは、相手が覚えているのかさえ不確かで小さな約束の名残だけだ。

ホームルームを終え、なんでもいいから一度頭をリセットしたいなと思っていたところで、なにやらうきうきと帰り支度をしている健太《けんた》が目に入った。

俺は机にでろんと突っ伏しながら声をかける。

「なーに幸せそうな顔してんだよ。デートの約束でもあるのか？」

健太はばっと振り向き、テンションの高い様子で近づいてくる。

「デートっていうかもはやマリッジですよ、神！　嫁を迎えに行くんです！」

「ちょっとよくわからないですねぇ」

「俺の最推し作品の発売日なんすよ！　しかもアニメイト限定特典つき！　神も読んだでしょ、ほら……」

そういって口にしたタイトルは、確かに俺も持っているライトノベルだった。引きこもっていた健太を説得するとき、会話のとっかかりとして既刊を全部読んだのだが、なんだかんだで続きが気になっていたのだ。

なんとはなしに、ぼそっとつぶやく。

「俺も、付き合おうかな」

すると、健太の目がぱあっと輝いた。

「マジすか!?　行きましょう行きましょう！　まだ神が読んでないので面白い作品もいっぱいあるんでそういうの教えますしもしイラストとかで気になったやつあったら俺が持ってるので

あれば布教用とかも全然貸しますしなんなら一巻プレゼントするんで!!」

「お、おぉう」

これがあれか、噂《うわさ》に聞くオタク特有の早口というやつか。

つーか読んだり保管したり飾ったりするのとは別に布教用も買うって都市伝説じゃなかったんだな。いや飾る用の時点ですでに俺の理解を超えてるが。

健太の圧にたじろいでいると、和希《かずき》がうさんくさい笑みを浮かべながら寄ってきた。

「なになに、なんの相談?」

「いや、健太がアニメイトとやらに行くらしいから、俺も付き合おうかなって」

「そうなの？　じゃあ俺もついてくから帰りにメシでも食おうよ」

「あれ、今日部活ないのか?」

「そ、なんか顧問が外に出ちゃうらしくってね」

俺たちの会話を聞きながら、また目を輝かせてるやつがいる。

「マジで!?　行こう行こう水篠《みずしの》も行こう！　ラノベとか普段読まないだろうからまずは絶対はずさない俺の初心者向けおすすめセット貸すけどやっぱイラストとかあらすじ見て直感で選んで名作引き当てたときの感動には変えられないから――」

「「はいはいわかったわかった」」

まだなにかしゃべり続けようとしている健太を、俺と和希がずるずると引きずっていった。

そんなわけで、俺たち三人は駅前のアニメイト福井を訪れている。

これまで和希《かずき》や海人《かいと》とこのへんをぶらついたことは何度もあるが、たいてい目当てはメシか百貨店の中に入っているロフト、無印良品、和希好みの洒落《しやれ》たセレクトショップ、もしくは近くにある一般書店なので、正直こういう店があることは初めて知った。

正確に言うとその青い外観に見覚えぐらいはあったが、「なんかガチャポンがいっぱい並んでるとこ」ぐらいの認識だったのだ。

健太《けんた》の行きつけというぐらいだからもっと濃くてえぐい店なのかと思っていたが、俺や和希が読んでいる少年漫画なんかも普通に置いてあって、オタクの店というよりも「漫画とかラノベ、アニメに強い書店」という感じだ。

全然オタクっぽく見えない女子高生も普通にいる。

前に健太の読んでたラノベを探そうとしたときは四カ所ぐらいの書店を回ってめちゃくちゃ苦労したが、ここには全部揃《そろ》っていた。

思わず「こんな場所があんなら先に教えとけ」と元凶の頭をはたきそうになる。

当の健太は早々にお目当ての品をゲットしたようで、俺をラノベコーナーに引きずり込んであれやこれやと語り始めた。

ちなみに危険を察知した和希はさっさと逃げて漫画の試し読みをチェックしている。

「神、神、これなんかどうですか？　『引きこもりだった俺がいつのまにかリア充グループの仲間になってたんだが!?』」

「非リア成り上がり系は当分もう勘弁」

俺はげんなりしながら答えた。

「じゃああえての逆パターンなんてどうです？　『最初からスペックカンストリア充の俺が美少女に囲まれながら高校生活を無双する』」

「なんだその鼻につきそうな話は。んなもん誰が読むんだよ」

「作者もあんたにだけは言われたくないと思いますよ」

＊

なんやかんやで二冊ほど健太のおすすめを購入し、俺たちは店を出た。

デイパックに本をしまいながら言うと、和希が答えた。

「なに食う？」

「8番かカツ丼？」

「この町にはその二択しか存在しねぇのかよ。たまにはなんか違うもん食おうぜ」

なぜか一歩後ろをついてくる健太《けんた》が続いた。

「じゃあ、バーキンでも行きます？」

「ああ、いいね。駅前来ないと食えないし」

和希《かずき》が同意し、俺もとくに異論はなかったので駅の真横にある商業施設ハピリンを目指す。

ほどなく、どこぞの有名なテレビ局を連想させる球体が特徴的な建物の下に着いた。俺はまだ行ったことがないが、なんでもあの球体は８Ｋだとかの超高解像度プラネタリウムになっているらしい。

一瞬、明日姉《あすねえ》を連れていったら気晴らしになるかなという考えがよぎったが、まずは自分の気晴らしをしなきゃ始まらないと頭を切り替える。

二階のバーガーキングに入り、俺はベーコンチーズワッパーのセット、和希はダブルチーズワッパーのセット、健太はテリヤキワッパージュニアのセットを注文した。

ガラス張りで駅のロータリーが見えるソファ席が空いていたので座り、各人が適当に食べ始める。

フレンチフライをひょいと口に運びながら和希が言った。

「なんというか、変な面子《メンツ》だね」

「それな」

すかさず反応したのは俺じゃなくて健太だ。

和希がくすくす笑って続ける。

「まさか健太とこんなふうに放課後メシ食うようになるとは」

「いやほんとそれ。水篠《みずしの》とか引きこもり以前の俺だったら脳内抹殺対象だし」

「まあ、俺も健太のことは軽蔑《けいべつ》してたからね」

その言葉を俺が引き継ぐ。

「そうだぞ健太。このスカしフェイスの隠れヤリチン腹黒王子、お前のこと『末永くうちのグループでやっていけるタイプじゃないから、差別はしないけど区別しろ』とか言ってたんだからな」

「そうなんすか⁈　話してみたら心もイケメンじゃん惚《ほ》れるわとか思ってたのに！」

和希はひょうひょうとしている。

「まあ俺は自分がよければそれでいいってタイプだから。優先するなら次にかわいい女の子で、その次が気の合う男友達。わざわざ引きこもりのオタクを連れ出してグループに加えるなんて、どう考えてもメリットないでしょ」

「わかる」

「わかってんじゃねぇよ」

あっさり納得する健太に俺がつっこんだ。

「でもまあ」

　スカしフェイスが続けた。

「いまの健太《けんた》は仲間だと思ってるよ。ちゃんと努力して前に進もうとしてるやつは嫌いじゃないんだ」

「え……好き♡」

「健太、このあとちょっと休憩できるところ行く？」

「行く♡」

「まんまと惚《ほ》れてんじゃねぇよそいつの手口だぞ」

　再び俺がつっこみ、三人でけらけら笑った。

　ふと思いついて話を変える。

「それはそうと、和希《かずき》。反抗期ってあったか？」

「ないよ、コスパ悪いし」

「お前らしいな」

「それが一日中ふてくされてた理由ってわけ？」

　俺の無言を肯定と捉えたのか、くすっと笑って和希が続けた。

「なんというかさ、俺たちぐらいの年齢って大人とまでは言わないけど、それなりに自分で考え、行動できるし、したいわけじゃん。朔《さく》の家なんかはそのへんを最大限尊重されてる珍しいタイプだけど、ほとんどの親は小学校ぐらいで子どものイメージ止まってるんだよ」

「小学校男子と高校生男子なんてなめことなまこぐらい別もんだろ」

「そ、毛が生えてオナニー覚えて人によっちゃセックスまで済ませてる。だけど親にとってはいつまでも自分が面倒見てあげなきゃいけない手のかかる坊やなんだよ。そのずれを埋めない限り、まともな話し合いにならない」

健太《けんた》が申し訳なさそうな顔で会話に入ってくる。

「それを言われちゃうと、俺なんかはまさに面倒見なきゃいけない手のかかる坊や状態だったからなんも反論できないっすね」

確かに、と思いながら応じる。

「そういや、反抗期の申し子みたいな男がここにいたな。当然、最初はご両親も学校に行けって言ってたわけだろ？　それでも引きこもってるってどんな気持ちだったんだ？」

俺がそう聞くと、恥ずかしそうにうつむきながら口を開いた。

「大前提として単純に俺が行きたくなかっただけですけど……冷静になったいま、あえて親がどうこうという文脈で話をするなら、やっぱり自分の気持ちは自分にしかわからないって思ってたんじゃないっすかね」

「まあ、そうだよな」

「大人にしたら一瞬で正解が見えることでも、俺たちはあれこれ悩んだり、迷ったり、苦しんだりするわけで。結局たどり着くところはいっしょなのかもしれないですけど、その過程をすっ飛ばして正解だけを押しつけられたくはないんですよね」

「ひとつの失恋が世界の終わりみたいに思えるお年頃だからな」

健太はますます小さくなっているが、べつにからかってるわけじゃない。

いまの言葉には正直はっとさせられるところがあった。

大人たちにとって俺たちは過去で、俺たちにとってはいまであり未来。

きっと、そういうことなんだと思う。

「結果論かもしれないですけど」

健太が続ける。

「間違ったやり方だったとしても、ああやって自分の気持ちと真っ正面から向き合ったからこそいまがあるし、こうやって神たちとも会えたし、ぶっちゃけ後悔はしてないんすよ。なんていうか、結局どんな選択であったとしても、ちゃんと自分が決めたことであれば未来の自分をつくってくれるというか……うまく言えてないですね」

「ふられて引きこもってただけのくせに壮大な哲学に目覚めたな」

「それを言っちゃあおしめえだ！」

その会話を聞いていた和希《かずき》がにやにやと笑う。

「やっぱ面白い男だな、健太って。朔《さく》の目は確かだった」

「だろ？」

俺がそう答えると、ふと、真面目《まじめ》な表情になった。

「俺は君らよりずっと器用で頭もいいからさ」

「『ら』で健太《けんた》とくくるんじゃねぇよ」

「早めに線を引くんだよね。プロにはなれないだろうからこのへんで、引きこもりがいまさら変われないだろうからこのへんで、本気で惚《ほ》れても惚れてはもらえないだろうからこのへんで。だから傷つかないし、迷わない。この先もうまく人生をやっていける自信がある」

「熱くなるタイプじゃないもんな」

和希《かずき》は少しだけ寂しそうに笑う。

「そういう自分が間違ってるとも思えないんだよね。熱いやつらを見てるのは好きだけど、自分が熱くなって足下見えなくなるのはご免だ。俺は手に負えないハイリスクハイリターンよりも手の届くローリスクローリターンを選ぶ」

俺は明日姉《あすねえ》のお父さんを思い出していた。

三者面談のときは納得しきれないもやもやが残ったが、こうして信頼している仲間の口から似たような話を聞くと、その考え方がすとんと腑《ふ》に落ちてしまう。

蔵《くら》センが言っていたように、きっとあの人は教師という仕事をしながら、ハイリスクに呑《の》み込まれた生徒をたくさん見てきたのだろう。

和希は話を締めくくるように言った。

「だけど不思議と世のなかには、ハイリスクを蹴《け》り飛ばして必ずハイリターンをつかみ取る人間ってのがいるんだよな。そういうやつらにはなにかがあるんだろうけど、俺にそのなにかがないことだけは確かだね」

返す言葉が思い浮かばず、薄暗くなってきた駅のロータリーを見る。

ライトアップされた恐竜たちが、いつもと変わらない様子で働いていた。

＊

その夜、そろそろ寝ようかとベッドに転がっていたときにLINEが届く。

『明日の夜、空いてるかな？』

『空いてるよ』

『家、行ってもいい？』

『うん』

戻ってきたスタンプには反応せず、俺は目を閉じた。

＊

「よっ」

「おう。それで、なにしに来たんだ？」

「ナニしてほしい？」

「二文字ほどカタカナに聞こえるのはなぜだ」

翌日金曜の夜、家を訪ねてきたのは七瀬《ななせ》だ。

部活が終わってからそのまま来たのだろう。中にあげると、すれ違いざまにほんのり甘い制汗剤の香りが漂う。

エナメルバッグを部屋の隅に置きながら七瀬がいたずらっぽい表情を浮かべる。

「そろそろ他の女の影がないかチェックしとかなきゃと思ってね」

「お前の影もねぇよ」

俺が言うと、くすくす笑いながらかさかさとビニール袋を差し出してきた。

「いっしょにご飯でも食べようかなって。ほい、牛丼大盛りねぎ玉子つき」

「やけに男らしいチョイスだな。手作りご飯とか、せめてこうおしゃれなパスタみたいなのとか、なんかあっただろ」

「手作りご飯は誰かさんたちに作ってもらったみたいだし、それに……」

そこで言葉を句切り、しっとりとした上目遣いでこちらを見る。

「男の子ってこういうのが好きなんでしょ？」

「いや間違ってはないけどね！」

俺は余りものの人参と大根、長葱《ながねぎ》を切って適当な味噌汁を作り、テーブルに並べた。

七瀬が嬉しそうに顔を輝かせて手を合わせる。

「いただきまーす」

「いただきます」

牛丼といっしょに買ってきてくれたサラダにドレッシングをかけてから、味噌汁をひと口すする。優空《ゆあ》を参考にいつもより少し薄めの味つけにしてみたのだが、わりといい感じだ。

「美味《おい》しいー、あったまる」

同じように味噌汁をすすっていた七瀬が言う。

「なにげに千歳《ちとせ》と暮らしたら私料理とかしなくなりそうでまずいな」

「まずいのはぽろっと口にした前提条件だと思うぞ」

ねぎ玉子を牛丼にのせながら適当に流す。

「進路相談会のときはなにも言ってなかったけど、千歳って進学どうするか決めてるの？」

「それなぁ、正直なにひとつ考えてないんだよ」

俺がそう言うと、七瀬は少し意外そうな、納得したような顔をした。

「なんていうかさ、野球やってたころはありがちな『目指せ甲子園！』しか頭になかったし、活躍すればプロから声かかるかなとか盲目的に思ってたんだよ。そこまでうまくいかなくても、なんとなく大学野球強いところに進むんだろうなって」

あの日、明日姉《あすねえ》はもしかしたら気づいていて話題を俺に振らなかったのかもしれない。

無名の進学校を甲子園に導いて注目を浴び、そのままプロ入り。

ガキっぽいと思われるかもしれないけど、自分ならそういう漫画みたいな夢物語だって摑《つか》みとれると本気で信じていた。

「そっか、いまはまだ夏休み中ってところか」

「まあな」

言い得て妙だな、と思う。

人生から野球がなくなったとき、俺は自分がこれからどんなふうに人生を歩むのか、まるで想像できなくなってしまった。

この一年間はその空洞をなんとか覆い隠して見えなくすることに時間を費やしてきた気がするし、ようやくそれは達成したように思える。

けれど、結局ベールを一枚剝《む》げばそこにはまだまだ大きな穴がぽっかりと空いたままだ。

これからは、代わりに詰め込むものを見つけていかなければならないのだろう。

だからこそ、明日姉にはこんなふうになってほしくないと思う。

それ以上は尋ねてこない七瀬《ななせ》に俺は尋ね返した。

「そっちは県外って言ってたよな」

口の中にある牛丼をちゃんと飲み込んでから反応が返ってくる。

「そうだよ」

「なんか理由とかあるのか？」

「うーん、たいそうなもんじゃないんだけどね。ストーカーの件、親には話したくないってお願いしたこと覚えてる？」

「ああ」

そのときは、高校生なんてそんなもんだろうと深く考えなかった。

「私ってさ、両親の期待にはほとんど全部応えてきたと思う。大きな心配をかけたこともない。だけどさ、そういうのってちょっと息苦しいじゃない？　大学ぐらいはひとりで自由気ままに暮らしてみたいって、そういうありきたりな理由」

「本当はそのぐらいでいいんだよな、進路なんて」

俺が言うと、ちょっと複雑そうな顔になる。

「あ、わりぃ。つまんないって言ってるわけじゃないぞ」

「千歳《ちとせ》がそんなこと言う人間じゃないのはわかってるよ。それから最近しょぼくれてる原因も予想どおりだった、かな」

そう言いながら、七瀬《ななせ》は食べ終わった牛丼やサラダの容器をてきぱきまとめる。ふたり分のお碗《わん》をシンクに運んでさっさと洗った。

タオルで手を拭《ふ》いたあと、なにを思ったのかぱちんと部屋の照明を落とす。

スマホのぼんやりとした灯《あか》りを頼りに近づいてくると、

「ねぇこっち、来て」


俺の耳元でそうささやいた。

かかる甘い吐息に思わず背中がぞくぞくする。

そのまま寝室のほうへ向かうので、一応俺もそれに従う。

七瀬はドアを開けて中を照らし、くすっと小さく微笑《ほほえ》んでから三日月型のライトを点《つ》けた。

そのままとんとベッドに座り、ぽんぽんと隣を叩《たた》く。

薄明かりに照らされて、白いふとももの存在が強調される。

誘われるがままそこに座ると、そっと、優しく、首筋に触れてきた。

制汗剤とはまた違う、女の子の匂いが鼻先をかすめる。

七瀬はそのまま顔を少し傾け、

――きゅいっと俺の首を絞めた。

「さあ、吐け」

「七瀬さんそれ優空《ゆあ》ちゃんの得意技や。つーかなにを!?」

「千歳《ちとせ》がいま悩んでること、だよ」

「……一応聞いてもいいか？」

「ん？」

「ここまでの流れ、なに？」

「隠し事を明かすなら暗いほうが雰囲気出るかと思って」

「もっかい押し倒すぞワレ」

「いやん♡」

くそッ、まんまとどきどきしちまったじゃねえか。

＊

それから明日姉《あすねえ》のことを話した。

結果として俺はどうすべきか迷っていることも。

七瀬《ななせ》はそのひと言ひと言に頷《うなず》きながら真摯《しんし》に耳を傾けてくれた。

さようならの話までを終えて、俺はふうと息を吐く。

「ま、そんなわけだ」

昇降口での一幕から考えても、七瀬は感づいていたんだと思う。

こんなふうに押しかけてきたことも、口には出さないがきっと俺のことを気にかけてくれてのことだ。

「あのね」

優しい声色で七瀬が言う。

「千歳《ちとせ》ってさ、自分で思ってるよりもばかなんだよ」

思いのほかけなされた。

「賢いふりしてるから話がややこしくなるけど、けっこう単純な脳筋ばかだから。複雑に考えた結果、その過程すっ飛ばしてばかなことする」

「そのへんにしとかないと朔《さく》くん傷ついちゃうゾ？」

「私や水篠《みずしの》だったらもっと上手にやるよ。だけど千歳にはできないの、ばかだから」

わかる？　と、美少女は首を傾ける。

「あなたにできることなんか、最初からひとつしかないでしょ」

まるでけんかを売るように、七瀬はぐいと俺の胸ぐらを摑《つか》んだ。

「――立ちはだかる壁を正面から力尽くで蹴飛《けと》ばすの、ぶっ壊すの」

バチン、とびんたに近い勢いでぎゅうと両頰《ほお》を挟まれる。


「男だろ、千歳朔だろ」


俺は、俺は目の前の女の子を抱きしめないようにすることで精一杯だった。

「じゃないと」

七瀬はぺろりと唇を舐《な》める。

「いますぐ押し倒して食べちゃうゾ♡」

「肉食獣かよ」

「七瀬、このまま泊まってくか？」

「それお前の台詞《せりふ》じゃねぇからな！」

にっと笑う七瀬を見て、なんだかごちゃごちゃ考えていたことがばからしくなった。

どうせ大人たちから見たらどこまでいっても俺たちはガキなんだ。

だったらガキらしく無茶してみるか。

「ありがとうな、七瀬《ななせ》」

「ん」

両頬《ほお》を潰《つぶ》されたままのぶさいくな顔で、しばらくそのきれいな顔を見つめていた。

*

「あーあ、やっかいな敵に塩送っちゃったかな」

やがて誰かのこぼした小さなため息が、田舎町の星空に消えていく。

*

ぴしゅっ、かつん。

ぴしゅっ、かつん。

翌日土曜日、早朝五時。

目覚めたばかりのまっさらな太陽を浴びながら、俺はピッチング練習に精を出していた。

さすがにここまで早い時間じゃなかったが、野球部時代の朝練を思い出して懐かしい気分に

なる。

ぴしゅっ、かつん。
ぴしゅっ、かつん。

先ほどから、小石とも呼べないほど小さな石の欠片《かけら》を拾っては、ひとつの的に向かって投げ続けていた。

ぴしゅっ、かつん。
ぴしゅっ、かつん。

休日の早朝でよかったな。
いまの俺は誰から見たって完全無欠の不審者だ。

ぴしゅっ、かつん。
ぴしゅっ、かつん。

二十分ほどはそうしていただろうか。

ようやく成果が出たようだ。

からりと、二階の窓が開く。

寝ぼけまなこをこする姿を確認してから大きく息を吸い込み、

「あ～た～らし～い～あ～さがきた」


ラジオ体操の歌を唄った。

まだ状況が飲み込めていない明日姉《あすねえ》は十秒ほどぼんやりとこちらを見下ろしたあと、

「へっ？　ひゃぁッ」


まずぴよんとはねた寝癖を押さえ、それからつるりとしたサテン地パジャマの胸元を隠すようにかき抱いてぴゅうと窓枠の下に消える。

それからまた十秒ほど経って、ひょこりと顔だけ覗《のぞ》かせてこちらを見た。手はまだ寝癖を押さえたままだ。

「ど、どういう状況でしょう？」

車の一台も通っていない静かな朝だから、声を張らなくても充分に聞こえる。

まだパニックが収まっていないその様子を見て、思わず吹き出しそうになってしまう。

「いつか言ってたでしょ？　明日姉《あすねえ》をデートに誘うときは、窓の外でラジオ体操の歌を唄う、ってね」

「でも、私このあいだ君に……」

「あいにくこれまでの人生で、女の子のさよならは追いかけての意味だと学んでるもんでね」

俺は窓に向かって手を伸ばす。


「――駆け落ちしよう、明日姉。君をさらいに来たよ」


明日姉は一瞬泣き出しそうな表情を浮かべ、それを押し殺すように少しだけうつむいてから、覚悟を決めたように真っ直《ます》ぐこちらを見る。

「三十分！　……ともしかしたらもうちょっとだけ、そこの公園で待ってて！」

それだけ言うと窓とカーテンをぴしゃんと閉めた。

俺は右手で小さくガッツポーズをする。


――あのとき、明日姉は髪を左耳にかけながらさようならと言ったから。

＊

自販機でブラックコーヒーを買い、明日姉の家が見える公園でベンチに座る。

とたん、我ながらなにをやってるんだろうと笑いがこみ上げてきた。

ガキらしく無茶してやるとは思ったが、いい加減な思いつきにもほどがあるだろう。

昨日の夜、明日姉を東京に連れて行こうと決めて福井駅に駆け込んだまではいいが、切符を買ったあとでそもそもLINEも電話番号も知らないことを思い出した。

何度か送ったことがあるから家と部屋の位置だけは知っていたが、真正面からチャイムを鳴らして「娘さんをさらって行きます」なんて宣言するわけにもいかない。

残されたのはこんな古典的手法だけ。

それにしたって、両親が起きている時間では気づかれる可能性のほうが高い。というかそれ以前にご近所さんから通報される可能性大。

そもそも福井から東京までは三時間かかる。日帰りかつ向こうでの時間を充分に確保しようとしたら、朝一で出発するに越したことはないのだ。

缶コーヒーのプルトップを開けて、ぐびりと飲んだ。

やっぱ、七瀬《ななせ》の言うとおりばかなのかもな、俺。

＊

慣れない早起きがたたったのか、いつのまにかベンチでうとうとと眠りこけていた。

「……み、君」

とんとんと肩が叩《たた》かれ、誰かが俺を呼んでいる。

まだ重たいまぶたを無理矢理こじ開けると、

「おはよう」


真っ白なワンピースを着た美少女が、隣で優しく微笑《ほほえ》んでいた。

「明日姉《あすねえ》……」

瞬間、俺はなにかを思い出しそうになったが、その幻影は頭が覚醒《かくせい》してくるのとともに手の届かないところへと引っ込んでいく。

「おはよう、とてもよく似合うよ」

そう言うと、明日姉《あすねえ》は恥ずかしそうに頰《ほお》をかいた。

「やりすぎかな？　なんか思わず張り切ってしまいまして」

「そんなことない、少年少女の夢から抜け出してきたみたいに素敵だ」

「本当？」

「寝癖が残ってなきゃ完璧だね」

「えっ！　嘘《うそ》っ、ちゃんと直したのに」

「嘘だよーん」

「もうッ！」

実際のところ、「いまどき？」と思われてもおかしくないクラシカルな白いワンピースは、まるでこの人のために仕立てられたようにしっくりと絵になっていた。

なんだ、やっぱり似合うじゃん。

いつかの会話を思い出しながら思う。

明日姉が立ち上がって、くるりとこちらを向く。

まるで遠い夏の日の物語への入り口みたいに、やわらかなスカートがふわりと広がる。

「私のこと、さらってくれますか？」

やわらかな微笑《ほほえ》みとともにそっと差し出された手を、見失わないようにきゅっと握った。

三章　いつか思い出す遠くの空の青い夜

俺たちは、しらさぎの背に揺られていた。

しらさぎは金沢と福井、名古屋を繋《つな》ぐ、福井県民にとってはサンダーバードとともになじみのある特急列車だ。

数年後には北陸新幹線が延伸されているはずだが、現状、福井には新幹線が通っていない。東京に出るためには特急で石川の金沢駅まで出てから北陸新幹線に乗るか、滋賀の米原駅まで出て東海道新幹線に乗るかの二択となる。

ルートはどちらでもよかったのだが、北陸新幹線はトンネルが多いと聞いたことがあったので、景色を楽しめそうな東海道新幹線を選んだ。

本当は飛行機という手もなくはないのだが、福井空港はプライベート機が中心で定期便の発着がないなんちゃって空港。東京に向かうなら石川県の小松空港まで行かなければならず、だったら特急と新幹線のほうが手っ取り早い。

ちなみに先ほどの公園で明日姉は「新幹線代を持ってきてない」と慌てたが、俺は「もう買ってあるからそのうち返してくれればいいよ」と伝えた。

俺の一存で連れ出しているし、あまり金を使わないから仕送りがけっこう余っているのだけれど、奢《おご》ると言うのは自分の親にも明日姉《あすねえ》にも申し訳ない気がしてやめておく。

当然ながら朝ご飯は食べていなかったので、福井駅構内にある今庄そばで俺は温かい梅昆布そばとおにぎりをふたつ、明日姉は温かいとろろそばを食べた。

ちなみにこの今庄そばは狭い立ち食いの店舗であるわりに、ときどきここ目的で駅まで出て来る人がいるほど地元では人気がある。洗練された上品な味というよりも、思い出すとふと食べたくなるような、どこかほっと安心できるようなしみじみ美味《うま》い田舎そばだ。

福井を出て、鯖江《さばえ》、武生《たけふ》と県内の駅を通過していく。

明日姉は俺の肩に頭を預けて子どもみたいにくうくうと寝ていた。

あんな時間に起こされたうえに想定外の連続だったから当たり前だろう。

ときどき、寝息に合わせて俺の鎖骨に触れる髪の毛がくすぐったい。

さらさら揺れるラベンダーみたいな香りも、やっぱりくすぐったい。

ついつい隣に目をやると、いつもの凜《りん》と美しい明日姉からは想像できないほど無防備で無垢《むく》な寝顔だ。

こちらに寄りかかっているためワンピースの胸元が心持ち乱れていて、おまけに両手をひざの上で重ねてるせいで女性らしい膨らみが強調されている。

そこに小さなほくろをひとつ見つけてしまって、慌てて車窓に目を逸《そ》らした。

水の張られたみずみずしい田んぼ、ぐるりと周囲を囲む小高い山々、遮《さえぎ》るものがないどでかい青空。いかにも田舎然とした景色だ。

俺は遠い日の家族旅行を思い出す。

初めて夜行バスに乗ったときのことだった。

まわりには大学生ぐらいのカップルがけっこう座っていて、なにやら顔を近づけてひそひそと楽しげに話していたり、ふたりで大きなブランケットに包《くる》まれて寄り添っていたりする姿が、なんだかすごく大人びて見えたことを覚えている。

自分も大切な誰かとこんなふうに旅行したりするのかな。

なんて、子どもながらに遠い未来の自分を想像してみたものだ。

左肩にかかる重みを感じ、やがてそこにもうひとつ分の重さをかさねて、俺もまたまどろみに沈んでいく。

いつか色あせたころ、この瞬間を懐かしく思い出すときがくるのだろうか。

がたがた、ごとごとと電車が揺れる。

夢見るふたりを遠くの街へと運んでいく。

＊

「明日姉、早く起きて！」

「ふぇ？　五月ヶ瀬《さつきがせ》？」

「福井銘菓じゃねぇよかわいいなチクショウ！」

寝ぼけている明日姉《あすねえ》の手を引き、ふたり分の鞄《かばん》を持って電車を出る。

危うく乗り過ごして名古屋まで行くところだった。いや、どのみち名古屋は通るんだけど、新幹線の切符はここ米原乗り換えで購入している。

明日姉はのんきにふにゃあとあくびした。

「ごめんごめん、なんだかぐっすり眠っちゃった」

「俺の肩によだれたらしながらね」

「嘘《うそ》っ!?」

「嘘だっぴょーん」

「ひどい！」

階段を上がり、混み合っている乗り換え改札に並ぶ。

俺が先に通過すると、後ろでぴんぽんと音が鳴り、振り返ると明日姉がゲートに阻まれながら必死に手を伸ばしていた。

「待って！　置いてかないで！」

「落ち着け明日姉、切符は三枚まとめて入れるらしい」

無事に改札を通過し、自販機で飲み物を買ってから指定席を探す。

俺のバックパックとレトロな革のボストンバッグを荷物棚に乗せたところで、明日姉がうれしそうに言った。

「君、どっち側がいい？」

そういえばさっきはこういう定番のやりとりしなかったな。なんとなく明日姉が窓側で俺が通路側に座っていた。

迷わずに答える。

「窓側」

「じゃーんけーん……」

「譲ってくれるんじゃないのかよ」

「私はぐー出すからね」

「懐かしいなそういう心理戦！」

「「ぽん！」」

俺がちょき、明日姉がぐーだ。

「あーあ、だからぐー出すって言ったのにひねくれてるから」

「うるせえやい！」

結局また明日姉が窓側に、俺が通路側に座る。

「あ、そうだ！　せっかく乗せてくれたのにごめんだけど、私の鞄とってもらってもいい？」

言われたとおりにすると、なにやらがさがさと中を探ってコンビニの袋を取り出した。

「お菓子！」

「味のある鞄《かばん》の雰囲気が台無しだな」

「だってこういうのって、わくわくしない？」

「ちゃんと五百円までにした？」

「うん！」

そんなやりとりをしながら、俺はずっと気になっていたことを口にする。

「明日姉《あすねえ》、お父さんやお母さんには……」

「書き置き残してきた。『駆け落ちします、探さないでください』って」

「捜索願出されたりしないだろうな……」

明日姉はくすくすと笑った。

「冗談だよ。嘘《うそ》つくのは嫌だったから、『東京を見てきます、明日には帰ります』って」

日帰りのつもりだったんだけどな、と思うけどひとまず口には出さない。

「いっしょにいることは？」

「さすがに、ね」

俺はふうと安堵《あんど》の息を吐いた。

万が一明日姉を起こすときにばれたら真っ正面からお願いしようと腹はくっていたが、ぶっちゃけ隠し通せるならそれに越したことはない。

　あのお父さんと正論でやり合うのは骨が折れそうだ。

「いまさらだけどさ」

　俺は言った。

「ごめんね、無茶やって」

　明日姉は首を傾けて、優しく微笑《ほほえ》む。

「君は私の助けてに気づいてくれただけでしょ？」

「そうだけど、さ」

「隣の家に咲いている、放っておいたら枯れてしまう花に水をやった人は責められるべきじゃないよ、絶対に」

　伏し目がちなつぶやきがこぼれる。

「俺にできるのはここまでだよ」

　静かにそう言った。

「東京に行ったところで、状況はなにひとつ変わらない。これはきっと、明日姉が明日姉と向き合うための時間なんだと思う」

　明日姉はそっと、俺の手に自分の手を重ねる。

「ありがとう。君が教えてくれた私を、今度は自分で見つけてみるよ」

すいすいと流れていく車窓を眺めながら、ありふれたことを考える。

あの山あいの古びた民家にもきっと誰かの想いが染みついていて、一秒で遠ざかる俺たちにその正しい価値なんて判断できない。

夢の重さを量る天秤《てんびん》はどこにある？

反対側に乗せて釣り合うものを決めるのは誰だ？

車窓は、すいすい流れていく。

＊

そうして十時過ぎ、俺たちは東京駅に着いた。

途中までは生の富士山に感動してのんきに写真を撮る余裕があった気がする。

しかし新横浜駅を過ぎたあたりから、福井ではそんなに見ない大きさのマンションがぽこぽこと建ち並んでいて、「さすが都会だね」なんて話していたら、それらを縦に三つ並べたぐらいのタワーマンションがどどんと目に入ってきておったまげた。

さらに品川駅を過ぎると、見たこともない巨大なビルがにょきにょき天を衝《つ》いており、ふたりしておもいきり田舎者丸出しで窓に張り付いて「すげー」と見上げてしまう。

少し高いところを走る新幹線から東京を眺めて驚いたのは、とにもかくにもその密度だ。

家と家のあいだにはほとんど隙間《すきま》がなく、なんなら窓から隣の部屋が見えちゃうんじゃないかってぐらいにマンション同士も近い。

どこまでも現実感が希薄で、よくできたミニチュアの街にしか思えなかった。

ふたりしてびびりながら新幹線を降りたところで、明日姉《あすねえ》が口を開く。

「今日って、なにかのイベントだったり？」

「死ぬほど同感だけど、多分違うんじゃないかな」

いくら終点とはいえ、新幹線からは驚くほど多くの人が吐き出されてきた。

俺たちには出口がどこにあるのかもわからなかったので、なんとなくその流れについていき、エスカレーターを降りる。

とりあえず乗り換えと書かれていた改札を通り抜けると、ホームにいた人間の何倍？　何十倍？　見当もつかない人の波が待っていた。

心持ち空気が薄く、いろんな匂いが混じり合って混沌《こんとん》としている。

「明日姉、こんなところで暮らすの？」

そう言うと、へっぴり腰で俺の腕にしがみつきながらぷるぷると顔を振っていた。

「お父さんが心配する気持ちにちょっと共感しちゃったよ、俺」

とはいえ、そういう自分だってここからどうしたものか、右も左もわからない。

「いまさらだけどさ」

こくこく。

明日姉《あすねえ》がとりあえず首を縦に振っている。

「なんで新幹線のなかでプラン立てておかなかったんだろうね」

こくこく。

「もしもーし」

こくこく、駄目だこりゃ。

とりあえず、今後の動きを決めないことにはどうにもならない。

ぽんこつになった明日姉を引きずりながら、どこか落ち着けそうな場所がないかを探すが、気を張って歩かないとすぐに人とぶつかりそうになる。

あと、誰も彼も異常に歩くのが速い。

みんなが電車に乗り遅れそうになっているわけでもないだろうに、なにをそんなに急いでいるのだろうと本気で疑問に思う。しまいにはなんだか精神的に息切れして、ヒロインといっしょに悪の組織から逃げているような気分になってきた。

端から端まで歩いて諦《あきら》めかけたとき、エスカレーターの脇に書店みたいなものが見える。入り口にはなぜだかカレーの立て看板が出ていた。

どうやら、書店とカフェがいっしょになっているお店らしい。

とりあえず中に足を踏み入れると、ようやく明日姉が再起動して口を開く。

「すごいねここ、購入してない本でもカフェに持ち込んで読めるんだって」

「カレー飛ばしそうでこわくない？」

「確かに。私もちょっと遠慮しちゃうな」

スパイシーな匂いはそそられたが、昼食にはまだ早かったので俺は水出しアイスコーヒーを、明日姉は水出しアイスティーを注文する。

福井県民からすると店内はかなり狭く感じるものの、それでも空いている席を見つけて座るとようやく人心地ついた。

明日姉もアイスティーをひと口飲んでふうと息を吐く。

「なんかすでに疲れた気が……」

「俺たちまだ駅も出てないよ」

「東京の『と』の上のちょこんぐらいだね、きっと」

「それで」

俺は言った。

「勢いで来たはいいものの、これからどうしようか」

「正直なところ、私は東京を歩いてその空気を感じられたら充分だとは思ってるけど」

明日姉は自分の鞄《かばん》をごそごそと探り、一冊の赤本を取り出した。

「ここ、行ってみたいかも」

その表紙に書かれていたのは、高校生ならまず知らない人はいないだろう超有名私立大学の名前だった。

「そこが東京の第一志望？」

俺が聞くと、ためらいがちにこくりと頷《うなず》く。

「マスコミ系の就職に強いらしいんだよね。それに文芸系のサークルも有名で、私の好きな作家さんもここ出身の人がけっこういるんだ」

「オーケー、調べてみるよ」

俺はスマホで大学までのアクセスを調べてみる。聞いたこともない駅の名前がいくつか出てきた。福井で使う機会はないが、念のためにと昨日の夜ダウンロードしておいた電車の乗り換え案内アプリを開く。東京駅から候補の駅までを調べると、ひとつの駅に対して何パターンもの経路が出てきて頭がくらくらした。

「俺たち地下鉄って乗れると思う？」

ぷるぷる、と明日姉《あすねえ》は首を横に振る。

「スムーズに乗り換えとかできると思う？」

ぷるぷる。

「じゃあこの山手線かな。たかだばば？　ってとこまで一本で行けるみたい。そこから大学までは少し歩くけど、いいかな？」

こくこく。

いいみたいだ。

まあ、慣れない電車の乗り換えよりは、地図アプリを見ながら歩くほうが間違いは少ないだろう。

「一枚戻ってきたこの切符、東京都区内って書いてあるんだけどどこまで行けるんだろう？」

ぷるぷる、ですよね。

調べてみたところ、どうやら高田馬場まではこの切符で行けるらしい。

俺たちはドリンクを飲み干すと、山手線の上野方面行きという案内を見つけてちょうど目の前に着いた電車へと乗り込む。

すでにシートは埋まっている、というかシートが見えないほど人が乗り込んでいる。だというのに、後ろからまだぎゅうぎゅうと圧がかかり、俺と明日姉はなんだか真ん中のほうまで押し込まれた。

シートどころか吊り革もとっくに持ち主がいて、なんとかそれがぶら下がっているポールのほうを握る。

荷物を網棚に乗せることもままならないため、他の人の邪魔にならないよう脚のあいだに置いて挟んだ。明日姉もそれに倣う。

距離が近すぎる、と思う。

自分の胸や背中が見知らぬ他人に接触していると思うと、どうにも申し訳ないやら気まずいやらでなんとか離れようとするのだが、誰もそんなことを気にしてはいないみたいだった。

公共の場において、恋人でもない赤の他人とこんなに近づくなんて、福井ではまず考えられないことだ。休日のエルパだってもっと余裕がある。

こんなに狭い箱の中に、若者も中年もお年寄りも、男性も女性もいっしょくたに放《ほう》り込まれるのか。

こういう街で暮らしていくかもしれないんだな、明日姉《あすねえ》は。

思わず隣を見やる。

前後には、わりかし恰幅《かっぷく》のいい男性たちがいた。

ちょうどそのタイミングで電車ががたんと動き始め、棒立ちしていた明日姉がぐらりとバランスを崩す。

俺は右手でぎゅっとポールを握りしめながら、思わずその腰に左手を回して自分のほうへと強く引き寄せた。

まるで大切な人を抱きしめるように、遠くへ行かないでと願うように、強く、強く。

「ごめん、明日姉。なんかとっさに」

泣きぼくろのきれいな瞳《ひとみ》が見上げてくる。

「ううん、ありがとう」

「えと、離す？」

「……このままで……じゃなくて、が、いいです。支えててくれると、うれしいかな」

その言葉で、もう一度左腕に力を込める。

あたふたする俺たちをよそに、まわりの人たちは吊り革もポールも摑《つか》まず柳みたいにゆらゆらと立っていた。

よそ者なんだな、と思う。

この人たちにとってはただの穏やかな休日で、そこに迷い込んで勝手にあたふたしているのはこちらのほうだ。

「ねぇ、外見て」

明日姉が言った。

窓の外に広がる光景は、まるでSFの世界に迷い込んだようだ。

なんというかもう、仮に福井なら特徴を言っただけで「あ、あそこのビルね」と即座に理解し合えるような大きさの建物が乱立し、「今日なんかあったっけ？」と尋ねたくなるような数の人と車が行き交っている。

いったいどれだけの人々がここで暮らしているんだろう。

そしてそのなかのどれだけが夢を摑み、あるいは追いかけ、破れているんだろう。

「福井と地続きには思えないな」

「でも、みんなスマホ見てるね」

小声で明日姉《あすねえ》がつぶやく。

「こんなにすごい景色が、当たり前になってるんだ。そういう場所なんだ」

俺のTシャツがぎゅっと握られた。

「私いまね、ちょっとわくわくしてるかも」

「それは……わかる気がするよ」

心のどこかでは認めたくないと思っているのに、直感してしまったのだ。

きっとこの街には、福井にいたら絶対に経験できないことがたくさん眠っているんだろう。

しばらく車窓を眺めていると、電車が秋葉原駅に着く。

ホームにはコスプレをした女性たちが堂々と歩いていて、思わず目を丸くしてしまった。

明日姉が「編集者になるためにいろんな経験をしておきたい」と言ったとき、同意はしたが芯からその意味を理解できていたわけじゃなかったと思う。

その経験は福井じゃできないのか、と。

だけど、メイドさんがぞろぞろ歩いてるなんてもう違う国みたいなもんだ。

そんなことを考えていたら、ぎゅむう、と脇腹をつねられた。

「コスプレお姉さんの大きなおっぱいに見とれてたわけじゃないから離してイタイ」

つーんとしている明日姉を見ながら、思う。

両親を説得できるかはともかく、きっと短い旅が終わったとき、この人はこの街で生きていくことを決意しているはずだ。

自分の知らない世界や人生を求めて小説を読む人間なら、ましてそれを作る側に立ちたいと思っている人間なら、飛び込んでみたいと思うに決まってる。

だとすれば、こんなふうに長い時間をいっしょに過ごす機会は、これが最初で最後になるのだろう。

俺の寂しさが、切なさが、明日姉の今日を台無しにしてしまわないよう、右手のほうにぎゅっと力を入れた。

＊

高田馬場駅は東京駅に比べれば安心できるスケール感だったが、人混みの多さは相変わらずだった。比較的、大学生ぐらいの若い人が多いように感じる。

ちなみに表示を見たら「たかだばば」ではなく「たかだのばば」と読むらしい。その「の」はどっから湧《わ》いてきたんだよ田舎モンばかにしてんのか。

駅から出てみた第一印象は「なんかがちゃがちゃしてる」だった。

色とりどりの看板や広告があちこちにあって目がちかちかするし、滑る。人も車も次々に行き交っていて、妙に落ち着かないというか、そわそわしてしまう。

明日姉《あすねえ》もだいたい似たような感想を抱いたらしく、目をぱちくりとさせていた。

とりあえず俺は地図アプリを起動し、目的地を入力する。それほど複雑な経路ではなさそうで、少し安心した。

「とりあえずはこの大通りを真《ま》っ直《す》ぐ行けばいいっぽいよ」

こくこく。

「いい加減慣れようね？」

歩き始めてみると、福井でも見知ったコンビニやチェーンの飲食店から、見たことも聞いたこともないような店までが所狭しとひしめき合っていた。

吉野家と松屋があいだに一店舗挟んでほとんど隣り合わせのような状態で、なぜ経営が成り立つのか不思議でならない。

「明日姉、この日高屋ってラーメン屋さん？　中華屋さん？　なんか赤提灯《ちょうちん》とかぶらさがってていい感じだね」

「ほんとだ、老舗なのかな？　お昼ご飯の候補にしておこっか！」

「ていうかどこも店ちっちゃ！　駐車場もないし、福井の松屋とか吉野屋のほうが立派だね」

「ほやのぉ、福井も負けてえんわ（注：そうだね、福井も負けてないよ）」

「あ、スタバあるよスタバ！　さすが都会」

「すごい！　通学途中にテイクアウトできちゃう！」

「というかコンビニ多くない？　ここにセブンあるのにあっちにもあるよ」

「東京の人たちは道を渡る時間も惜しいのかな？」

「駅前だけかと思ってたけど、どこまで進んでもお店なくならないね」

「こういうのって、全部行ってみないと損した気分になるからよくないなぁ」

「あ、ここを曲がるみたい。明日姉、なんかおしゃれな古着屋さんがあるよ！　これツウなお店見つけちゃったんじゃない!?　寄ってみる？」

「うん！」

以上、お上りさんふたりのリアルな会話をお届けしました。

きゃっきゃとはしゃぎながら、俺たちは細道を入ってすぐのお店に足を踏み入れる。

古着特有の香りがむんと漂う。

それはなんだか夏休みに遊びに行ってたばあちゃんの家を思い出すようで、わりと嫌いじゃなかった。

数歩歩けば奥までたどり着いてしまうほどこぢんまりとした店内ではあったが、単にお古の服を並べているというよりは古着のセレクトショップといった趣だ。

とくに女性ものはレトロな柄のブラウスやワンピースが豊富で、明日姉によく似合いそうだなと思う。

俺はなんとなくそれらを眺めていたが、ふとそのうちの一着を手に取る。

「これなんか、どう?」

それは首元に小さなリボンがあしらわれた半袖《そで》のワンピースだ。夏の海みたいなコバルトブルーに細かな水玉模様。

女性のファッションには明るくないが、映画『アメリカン・グラフィティ』だとか『バック・トゥ・ザ・フューチャー』で過去に戻ったときだとかに出てくる女の子が着ていそうな雰囲気がある。

「かわいいねこれ!」

「試着してみたら?」

明日姉《あすねえ》は奥にいる店員さんに声をかけて、試着室へと入った。

俺はその前で待とうとしたが、ふと、考えてしまう。

ワンピースからワンピースに着替えてるってことは……。

ビリヤードのときに見たターコイズブルーがよみがえり、慌ててその場を離れた。

夕湖《ゆうこ》と陽《はる》の試着を待っていたときは考えもしなかったのに、ふたりで旅行中《かけおち》だからだろうか。

つい想像してしまいそうになる光景を追い払おうと、ハンガーで吊るされている男性用の服をぱたぱたとチェックする。

もちろん、それが服であるという以上の情報は頭に入ってこない。

しばらくそうしていると、試着室のドアが開いた。

「どう、かな?」

ちょっと恥ずかしそうに明日姉が言った。

「すごいな、『カサブランカ』のイングリッド・バーグマンみたいだ」

「それって褒《ほ》めてるの?　古くさいってこと?」

「そのままモノクロ映画に出演しても通用するってことだよ」

「答えになってないよ?」

一日二回も素直に褒めるのは癪《しゃく》なのでからかったが、似合ってるに決まってる。

ぷうとむくれる明日姉に言った。

「今度はそれを着て、もう少しお上品なデートをしよう」

「……する」

そのはにかんだ笑顔を見られただけでも、こうやって寄り道してよかったと思う。

「じゃあ、次は私が君の服を選ぶよ。それでお互いにプレゼントする、ってことでどう?」

「俺はいいよ、こういう洒落《しゃれ》た服は似合わないし」

「お姉さんに任せなさい。『カサブランカ』のハンフリー・ボガートにしてあげるから」

「どういう意味?」

「古き良き女泣かせの気障《きざ》男?」

「本当にどういう意味だコラ」

結局そのあと、明日姉《あすねえ》が納得するまで何回も試着を繰り返した。

＊

互いの服を購入し、俺たちはそのまま路地裏の細い道を歩く。

古着屋を出てすぐの古書店も気になったが、思ったより時間を食ってしまったのでまずは一番の目的を優先しようと決めた。

先ほどまでの喧噪《けんそう》が嘘《うそ》のように静かな住宅街だ。けっこう古びた民家やアパートなんかもあり、田舎者の俺たちには落ち着く光景だと思う。

隣を歩く明日姉が言った。

「東京にも、こういう道はあるんだね」

「少し安心したよ。ちゃんと人の住んでる街なんだなって」

そんな当たり前の感想を口にする。

「もうお昼どきだから、ほら、カレーの匂い。小説や映画で描かれる東京ってどうしても都会らしい部分に焦点が当てられがちだけど、こういう生活の気配みたいなものもちゃんと漂ってるんだ」

「田舎者は小さいころから東京は冷たい街、恐い場所って洗脳を受けて育つからね」

俺が言うと、明日姉がくすくすと笑う。

そうして歩いていると、やがて大通りに突き当たった。

すぐ目の前に学校らしき施設が見えたが、目的地とは違うらしい。

地図を見ながら大通りに沿って歩いて行くと、ようやく目指していた大学のキャンパスにたどり着いた……が、入り口の門が閉まっていた。

「げ、嘘だろ」

「あちゃー」

そりゃあ休日だということは承知していたが、女子大でもなければ平日休日関係なく誰でもするっと入れるもんだと思っていた。

まさか東京まで出てきて一番の目的すら果たせないとは、自分の無計画っぷりが恥ずかしくなる。

「ごめん、明日姉。ちゃんと調べておけばよかった」

「謝るのはこっちだよ。でも、こうやって外から見られただけでも満足」

ふたりして途方に暮れていたら、

「お兄ちゃんら、旅行中？」

と声をかけられた。

振り向くと、柴犬を連れたおじいちゃんがにこにこと笑っている。七十代ぐらいに見えるが、背筋はしゃんと伸びてがたいもいい。すかっとした角刈りの白髪は、なんとなく魚屋の大将って感じだ。

「こんにちは」

明日姉《あすねえ》がぺこりと頭を下げる。

「はいこんにちは」

おじいちゃんが答える。

「触ってもいいですか？」

「いいよいいよ」

明日姉がしゃがむと、柴犬はその膝《ひざ》に前足を乗せてぺろぺろと頬《ほお》を舐《な》めた。

「ちょっと、あははっ。くすぐったいってば」

ぶんぶん振っている尻尾を見て、思わず「マテ」と叫びたくなる。

ひとしきり柴犬とじゃれた明日姉が立ち上がった。遊び相手を失った柴犬は俺の膝あたりをくんくんとかいだあと、ぷいっと飼い主のほうに戻っていく。

お前絶対オスだろ。

「ここの大学見に来たんですけど、休日は入れないんですね」

明日姉が残念そうに言う。

「ああ、こっちは入れねぇんだよ。あっちのほう行くと本キャンパスがあるから、そっちなら入れっからさ」

べらんめえ口調、というやつなのだろうか。

早口でちょっと荒っぽいが、なんとなく方言ぽくて人情味がある。

「そうなんですか⁉　私たち福井から出てきたんですけど、なんにもわからなくて」

「福井？　行ったことねぇなぁ。学生さん？」

「いま高校生です」

「東京に出てくんのか？」

「まだ悩んでて……」

「ちょっとがやがやしてっけど、いいとこだよこのへんは」

明日姉は小さく微笑《ほほえ》んだ。

「いま、しみじみそう思いました」

その言葉にどんな意味が込められているのかは、俺たちにしかわからないだろう。

散歩の続きをしたくて、あるいはきれいなお姉さんに構ってほしくてそわそわしている柴犬を撫《な》でながらおじいちゃんが言った。

「あんたら兄弟か？」

「「へっ？」」

ふたりで同時に驚きの声を上げる。

「違うのか。よぉ似てると思ってな」

答えに困っていると、おじいちゃんが続ける。

「ま、楽しんでってよ」

長話になるのかと思ったら、しゃっしゃと小粋に手を振りながら去って行く。

俺たちは思わず顔を見合わせた。

先に明日姉《あすねえ》が口を開く。

「兄弟、だってさ」

「恋人、じゃなかったね」

……。

ぷはっと、ふたりして吹き出す。

なんだか無性におかしくって、けたけた笑った。

「似てるかな?」

明日姉が首を傾ける。

「似てないよ」

そう言って俺は続けた。

「なんだ、あったかいじゃん、東京」

「あったかいね、東京」

この温かさが未来の明日姉をブランケットみたいに包《くる》んでほしいと、心から思う。

＊

それから俺たちは地図アプリを見ながら本キャンパスを訪れた。

あのおじいちゃんが言っていたとおり、こちらは普通に敷地内に入ることができそうだ。

正門から入ろうとしたとき、さっそく教会みたいな建物が目に入る。

あれは大学の施設なんだろうか、全然関係ないんだろうか。前者だとしたら、どういう場所なのか皆目見当もつかない。

いざ足を踏み入れてみると、休日だというのにそれなりの学生さんたちがいて、ベンチでコーヒー片手にのんびり読書をしていたり、雑談に興じたりしていた。

東京の大学なんてもっとスマートで無機質なものかと思っていたけれど、そこかしこに木が植えられており、道も広々としている。

いかにも伝統と格式のありそうな建物の向かいにガラス張りやコンクリート打ちっぱなしの現代的な建物があったりと、そのアンバランスな感じも面白い。

明日姉もきらきらと目を輝かせながらあたりを見回している。

俺は小さく微笑《ほほえ》んで言った。

「思ってたよりも落ち着いた雰囲気なんだね。確かに文学っぽい香りがする」

「これなら、自分が通ってる姿に現実感がもてるよ」

明日姉《あすねえ》は近くのベンチへと俺を手招く。

「ねえ、想像してみて」

並んで腰掛けると、そう言って目を閉じた。

「ふたりは大学生。私は君に買ってもらったワンピースを着ていて、君は私が買ってあげたシャツを着ているの。髪とか染めたりするのかな、ちょっと想像できないや」

「明日姉はそのまんまが素敵だと思うけど、俺はそうだな。金髪にでもしてみようか？」

「見た目まで軽薄になってどうするの？」

「ちょっと真面目《まじめ》なトーンで言うんじゃねえよ傷ついちゃうだろ」

ふふと微笑んで、明日姉が続ける。

「やっぱり君も文学部になるのかな。こうやってふたり並んで、どの講義を履修するか相談したりするんだ」

「サークルも決めないとだ」

「君はなんだかんだ私のことを放っておけなくて、いっしょなところに入ってくれる」

「飲み会でちょろいお持ち帰りされないようにね」

「そこまで世間知らずじゃないもん」

　ぴしと、俺の膝《ひざ》がはたかれる。

「出版社でアルバイトとかできたらいいな」

「俺はなんだろうな、ホスト？」

「お姉さんが許しません」

　さよさよと風がそよぐ。

　それに合わせて木漏れ日もちらちらと揺れた。

「休日は、そうだなあ。さっきみたいにふたりで街を散策したり、小さなキッチンで慣れない料理の練習をしたりしようか」

「言っておくけど、俺は慣れてるし料理できるからね？」

「……最初はやっぱり肉じゃがとかかな」

「聞かなかったことにすんなよ」

　だけど、と明日姉は言った。

「そんな未来は訪れない。私たちは先輩と後輩だから」

　俺もそれに応える。

「仮に俺が同じ大学を選んだとしても。そのころ明日姉は文学部やバイト先の出版社でばりばり勉強してて、サークルで築いた新しい人間関係があって、上手に肉じゃがを作れるようになってる。もしかしたら恋人だってできてるかもね」

「遠いよね、私たち」

「遠いんだよ、俺たち」

そっと、明日姉《あすねえ》の小指が俺の小指に触れた。

「いまはこんなに近いのに」

まだ高校生の俺たちにとって一年は長すぎる。

そのあいだには、きっといろんなものが変わってしまう、変わりすぎてしまう。

そうして明日姉は、まるで約束するみたいに二本の小指をからめた。

「でも、ちゃんと前を向いて走らなきゃ。追いつけなくなるから」

なにに、とは聞かなかった。

いまはまだぼんやりとしている夢かもしれないし、止まってはくれない時計の針かもしれないし、憧《あこが》れた誰かの幻影かもしれない。

俺たちはみんな、二度と戻らない青春てやつをそうやって走り続けているんだ。

＊

神保町に行ってみたい、と明日姉が言った。

俺も聞いたことぐらいはあるが、なんでも出版社や書店が集まっていて、本好きにとっては聖地みたいな場所らしい。

スマホで調べてみると、どう考えても先に行っておけばよかったと思える位置関係だった。まあ、もともと計画性のかけらもない旅だから仕方ないだろう。

神田という駅から歩けば乗り換えを避けられそうだったが、その場合、まったく同じ電車を逆走するだけになる。

どうせなら明日姉にいろんな東京を見せてあげたいと、俺は地下鉄&乗り換えという高度な移動に挑戦してみた。

——まあ死んだよね。

そもそも駅だというから大きな施設を探しまくったのに、地下鉄の入り口小さすぎない？あと地下鉄から地下鉄への乗り換え複雑すぎない？

切符どうやって買えばいいのよ。

そんなわけで、五回ぐらい駅員さんの助けを借りて、ようやく神保町へとたどり着く。

いくつもある出口のひとつを選んで地上に出たときは、なんだかゲームで大きなダンジョンを攻略したような達成感が全身に満ちていて軽く泣きそうだった。

「トウキョウマヂコワイモウムリ」

こくこく。

「オナカチュイタナンカタベヨ」

こくこく。

そんなわけで俺たちは、神保町で一番有名だというカレー屋さんに来ていた。

ちなみにここもまたびっくりするほどの田舎者キラー。

地図アプリで表示されている場所に着いたのに入り口が全然見つからない。ぐるぐると周囲を回ったあと、最後はそのへんに歩いている人に尋ねてなんとかたどり着いた。

いやわからんよ。ビルの裏側からじゃないと入れないとか知らんて。

しかも十四時過ぎとランチのピークは過ぎているはずなのに、自分たちの前には十人ぐらいの人が並んでた。

ようやく案内されたソファ席に並んで座り、若干むしゃくしゃしながら俺はビーフカレーの辛口大盛り、明日姉《あすねえ》はチキンカレーの中辛を注文する。

しばらく待っていると、バターが添えられた皮つきのじゃがいもがひとりふたつずつ運ばれてきた。

俺と明日姉は思わず目を合わせる。

「明日姉、これってどうすればいいと思う？」

「バターがあるってことは、このまま食べるんじゃない？　じゃがバターみたいに」

田舎者だとばれないよう、ふたりでこっそり周囲に目をやると、そのまま食べている人もいれば、カレーに混ぜている人もいた。

「どっちでもいいみたいだね」

俺が言うと、明日姉が苦笑する。

「というか、こういうところが田舎者だよね、私たちって。そんなの自分の好きなように食べればいいって話なのに」

「川で泥んこになっても人の目を気にしない明日姉なのに、じゃがいもの食べ方は気にするんだね」

「あーまたかわいくないこと言う」

明日姉はフォークでじゃがいもを割ろうとしたがうまくいかなかったようで、諦《あきら》めて手で持った。手をぷるぷるさせながら力を入れてもまだ割れないようで、見かねた俺がフォークで半分にしてあげたら、にぱっとうれしそうに笑う。

半分を手に持ち、バターを塗りながら明日姉が続けた。

「だけどさ、今日歩いてて君も思わなかった？　なんだか、誰もまわりを気にしていないし、まわりも私たちを気にしていないみたい」

「確かにね。けっこう奇抜な格好してる人とか、路上でハーモニカ吹いてる人なんかもいたけど、遠巻きにひそひそ言ってたりはしなかったな」

俺もじゃがいもに塩を振ってぱくりと食べる。

あ、ほくほくで美味《うま》い。

「私たちの住んでるところは福井でも比較的栄えてるほうだけど、それでもやっぱり田舎らしい気質はあるじゃない？」

「どこそこの息子さんがあそこでこんなことしてた、みたいなね」

よく言われることだけれど、田舎は監視社会っぽい側面がある。

いわゆる村と呼ばれるような地域ほど極端ではないだろうが、一応県内でもっとも栄えている福井市であってもそう感じることは多い。

たとえばうちの両親が離婚したときなんかは、あっという間にご近所へと広まっていた。さらにひとり暮らしをすると決めたあとは、噂《うわさ》にあれやこれやと尾ひれがついて身勝手な同情をされたりもしたものだ。

明日姉《あすねえ》が続けた。

「だけどさ、それって福井のいいところでもあるんだろうなって、ふと思ったの」

「おじいちゃんが道を教えてくれたときだ？」

「そう。誰かが見てくれているからこそ救われることもある。裏表なんだなって」

もしかすると、両親に反対されている自分の境遇と重ねているのかもしれない。

誰にも反対されなければ、迷わず夢に向かうことができる。

だけど誰も反対してくれなかったせいで、取り返しのつかない失敗をしてしまうこともあるだろう。

　そんなことを考えていると、ふたり分のカレーが運ばれてきた。

　ライスの上にはチーズがかかっていて、なぜか端にはカリカリ梅と漬物。明日姉のカレーは洒落《しゃれ》た取っ手つきのカレーポットに入っており、俺は大盛りにしたからか深めの皿だ。

　明日姉と思わず目が合い、互いにぷっと吹き出した。

　おそらく向こうも「これ、ご飯にかけて食べればいいのかな？」って聞こうとしていたんだと思う。

　明日姉はえいやという感じで、ライスにカレーをだばだばかけた。

　俺もそれに倣う。

　互いにひと口食べて、

「「んま〜」」

　と顔をほころばせた。

　基本的にはベーシックな欧風カレーなのだが、辛さの奥によくわからないまろやかさというか、深いこく、甘みがある。

　ごろっとした牛肉はスプーンでさくっと切れるほどにやわらかく、口に入れると旨《うま》みがじゅわあと広がった。

　ひとつ残していたじゃがいもを入れてスプーンで適度に割っていっしょに食べてみる。辛さが気持ちマイルドになり、これはこれでありだ。

「私、東京で暮らす！」

明日姉《あすねえ》が言った。

「いやわかる」

俺もそう返す。

「ねぇ、君のビーフもひと口ちょうだい？」

「デートで分けていいのは夏の日のパピコとチューペットだけじゃなかったのか」

「ただしどうしてもという場合はカレーもいいものとする！」

呆《あき》れて笑っていると、明日姉がスプーンに乗せたカレーを差し出してきた。

「なにこれ？」

「俗にあ〜んと言われてるやつにござりますが」

「なんでちょっと殿にしゃべってるみたいなんだよ」

「なにごとも経験、経験。青春は短いのです」

そんな真っ赤になりながら余裕ぶられてもな。

俺が顔を近づけて口を開けると、手をぷるぷるさせながらスプーンを口許《くちもと》に運んでくる。

結婚式のファーストバイトみたいなギャグになりそうだったので、その手をとって自分で誘導した。

「んめえッ。チキンがめっちゃぱりっとしてる」

「……なんか違う、もう一回」

「やだよ火傷《やけど》しそうだから」

自分のビーフをスプーンで適当な大きさに切り、ご飯、ルーといっしょに乗せる。

「ほら、こうやるんだよ。あ～ん」

俺がそう言うと、明日姉はこちらを向いてちょこんと口を開けた。

おいなんで目ぇつむるんだよキスするみたいだろ。

その小さな唇はぷっくりやわらかそうで、ぷるんとみずみずしい。

「ねぇ、早く、ちょうだい？」

ばかにしてごめんなさい明日姉俺の手もぷるぷるってるわ。

自分の右手を左手で押さえつけながら、なんとかその口許にスプーンを運ぶ。

先端をちょんと唇につけると、明日姉は目を閉じたまま俺の手を探り当て、それを両手でそっと握りながらスプーンをぱくんと咥《くわ》えこむ。

もぐもぐと味わったあとで、口の端から垂れそうになっているソースを舌先でぺろりと舐《な》めとった。

……いや、俺カレー食べさせてあげただけだからね？

「美味《おい》しい～」

そんなふうにきゃいきゃいしていると、

——がんッ!!


隣のテーブルに向かい合って座っていた男性のひとりが、自分の拳《こぶし》を天板に叩《たた》きつけた。

何事かと思ってまじまじ見ると、ふたりのあいだには、なにやら赤色の文字がびっしりと書き込まれた数枚の紙が置かれている。

テーブルを叩《たた》いた、まだ二十代ぐらいの若い男性が言った。

「もうこれで何回目のボツですか！　本当に企画通してくれる気あるんですか？　今回提出したのだって、ちゃんと過去の名作や流行を研究してますよ」

反対側に座っていた、三十代ぐらいの眼鏡《めがね》をかけた男性が応じる。

「確かに似たような青春小説はたくさんありますね」

「そうでしょ！　たとえば……」

若い男性のほうは、耳に覚えのある小説のタイトルをいくつか列挙した。なかには、うちの本棚に並んでいる作品もある。

はっと、俺は隣を見た。

明日姉《あすねえ》も同じように驚いた顔でこちらを見ている。

これはもしかしたら、作家と編集者の打ち合わせというやつではないだろうか。

出版社の集まる神保町で一番有名なカレー屋なのだから、そういう場所として選ばれるのもけっしてあり得ない話ではない。

俺たちはあまりじろじろ見ないように、しかしきっちりと耳を澄ます。

眼鏡の男性が言葉を返す。

「過去の名作における共通点や最近の流行を捉えた上で、計算してヒット作を出し続ける作家さんはいます。だけど、あなたはそういう器用なタイプではないでしょう」

「……出てこないんです、なにも。デビュー作はたまたまやっていた特殊な職業について書いたらそれが物珍しくてウケただけ。想像力でゼロからなにかを生み出すような能力はないんですよ。自分で経験したことをもとにしなきゃ書けない」

そう言って、作家さんは目の前の紙をぐしゃと握りしめる。

「青春小説ならなんとかなるかもと思いましたが、本当につまらない人生しか送ってなくて。いまの子たちふうに言うなら陰キャってやつですかね？　教室の片隅で、目立ってるやつらをうらやましく思いながらじめじめと過ごしていただけ。作家になれるような人間じゃなかったんですよ、僕は」

「――担当編集者に無断で自分の限界を決めないでください」

眼鏡の男性が、たんと赤ペンでテーブルを叩く。

「新人賞であなたの担当に名乗りを上げたのは、珍しい経験をもっていたからではありません。というか、そこまで特殊な職業でもないです。むしろあなたの才能は、ありふれた日常を独自の感性で切り取り、繊細な言葉に置き換えられる点にあると思ってますよ。だからこんな企画書はNOです」

「――ッ。そんなに言うなら自分で」

まるでその先を言わせないとするように、たんと、編集者の男性がもう一度赤ペンでテーブルを叩《たた》いた。

「作家さんが編集者に自分で書けと言ったらおしまいですね。確かに、私が頭で考えた案なら出せます。だけどそれが正解なら、自分で作家になりますよ」

「それは……」

編集者の男性は、どこかやわらかい表情で口を開く。

「試しに、あなたの言うところのつまらない青春というやつを聞かせてくれませんか？　こういうどこかで見たことのある誰かの物語ではなく」

若い男性はぎりりと奥歯を噛《か》みしめるような表情をしたあと、意を決したようにふうと大きく息を吐き、ゆっくりと語り始める。

「――――」

「――」

「────────」

「────」

それは不思議な光景だった。

確かに作家さんの語る経験自体はありふれたものだと思う。

けれどそこに編集者さんが「なぜですか?」「そのときどう思いました?」「面白いですね、どうなったんですか?」「相手はもしかしたらこう考えてたのかも」というような相づちを重ね、作家さんがそれに答えていくうちに、俺はぐんぐん会話に引き込まれていく。

苦しくて、痛くて、切なくて、だけど──。

気づいたらそれはもう、ひとつの物語になっていた。

ひと息ついたところで、編集者さんがにこりと笑う。

「それが、あなたの書くべきものではありませんか? 少なくとも私は、一冊の本として読んでみたいと思いました」

作家さんは目の前にある真っ赤な文字を見ながらぼそりとつぶやいた。

「……自信が、ないんです」

そうしてがばっと顔を上げ、前のめりになる。

「ちっぽけな僕の言葉が、こんなにありふれた物語が、これまでの自分と同じように苦しんでいるどこかの誰かに、届くでしょうか。その痛みをやわらげてあげられるでしょうか、その涙に寄り添ってあげられるでしょうか、その人生を、ほんの少しでも明るい方向に導いてあげられるでしょうか」

「――あなたのありったけで紡いだなら、必ず」


編集者の男性は、はっきりと言い切った。

「私は自分で素敵な物語を創りだすことはできませんが、それを見つけだして、届けることはできます。編集者ですから」

作家さんは、くしゃくしゃになった紙を引き寄せてしわを伸ばす。

「……書いて、みます」

編集者の男性が優しいまなざしで言う。

「大丈夫ですよ、私の信じたあなたの言葉を信じてください」

それからふたりは仕事道具を片づけ、いまのやりとりがなんだったのかと思うほどしょうもない雑談を始めた。

*

「なんか、すごかったね」

　カレー屋を出てから俺は言った。

「うん。東京に来てあんなシーンに出くわすなんて、ちょっとできすぎだよ」

　明日姉《あすねえ》が笑う。

「どうだった？　作家と編集者の打ち合わせってやつは」

「私って本当になんにも知らないんだなって、思ったよ」

　ぎゅうと伸びをしてから続ける。

「恥ずかしい話だけどね、編集者ってもっと作家さんを褒《ほ》めるだけの仕事かと思ってたの。原稿が上がってきたら『玉稿ありがとうございます』みたいなさ。もちろんあの編集者さんも褒めてたけど、真っ正面からぶつかって、けんかして、熱かった」

　俺もまったく同じことを感じた。

　締め切りの催促とかをして、原稿が届いたら誤字脱字をチェックする程度の仕事かと思っていたのだ。

　こくんと頷《うなず》いて先をうながす。

「すごいよね。もしあの編集者さんが『つまらない青春』という言葉を額面通りに受け取って流してたら、あるいは少しだけ聞いて『本当に普通ですね』で終わらせてたら、あんなに素敵なお話が誰にも知られることのないまま消えていってたんだよ？」

少し興奮気味な口調で明日姉《あすねえ》が続ける。

「まだ埋もれている物語を見つけて誰かに届けるために、ふたりとも本気だった、真剣だった、情熱的だった、とても真摯《しんし》だった。あんなふうに、本気を捧げている人たちなんだ」

そこで言葉を句切り、心からうれしそうに、無邪気な顔で言った。

「——こ、ん、な、に、も、大、好、き、な、の、は、私、だ、け、じ、ゃ、な、か、っ、た、ん、だ、ね」


きっとこの人は、不安だったんだと思う。

福井という田舎にいながら、本が好きだから、言葉を届けたいから編集者になりたいという夢を抱いて、だけど心からわかり合える相手がいなくて……。

いま初めて、仲間を見つけたのだ。

どこかぼんやりとしていた夢が、現実と地続きになったんだ。

明日姉はとんとんと俺の前に出て振り返り、歯を見せてにっと笑った。


「やっぱり私、編集者になりたいよ」

なぜだろう。

その瞬間俺は、この街で、頑固な作家さんとばちばちやり合っている明日姉が見えた。

いまよりちょっとだけ髪は長くて、服装は動きやすそうなパンツスタイル。

さっきのカレー屋で、さっきの編集者さんよりはもっと感情的に、むきーって感じで自分の意見を伝えている。


だから俺は心のなかでそっと、さよならの準備を始めようと決めた。

＊

それからふたりで歩いた神保町は、想像以上に本の街だった。

わざわざスマホで探さなくても、先ほど高田馬場で見た飲食店ぐらいの密度でみっちりと書店がある。総合的な書店はもちろんだが、たとえばミステリー、音楽関連、車やバイクなど、専門的な古書店の数が尋常じゃなかった。

どんなに小さな店舗でも、必ずといっていいほど誰かが熱心にページをめくっており、世のなかにはこんなにも読書家がいるのかと驚く。

明日姉ほどではないにせよ、俺も小説を読むのは好きなので、ふたりで気になった店舗に片っ端から飛び込んで、それぞれに何冊か購入した。

すっかりと夢中になって、気づけば時刻は十六時半。

うきうきと隣を歩く明日姉《あすねえ》に声をかける。

「他に見ておきたいところはある？」

「うーん……新宿とか渋谷とか、そういう有名な場所は一度歩いてみたいかも」

スマホで検索してみると、どうやら新線新宿という駅までここから地下鉄一本で行けるらしい。新宿と新線新宿のなにが違うのかはわからないが、新宿とついているぐらいだから新宿の駅なのだろう。

先ほどの経験を生かして切符を購入し、地下鉄に乗り込むと、ほんの十分ほどですぐに着いた。こうして縦横無尽に張り巡らされた電車移動が中心だと、街と街との距離感がよくわからないな、と思う。

長いエスカレーターを上がり、改札を抜け、とりあえず南口と書かれているほうに向かう。

また二回ほどエスカレーターを上がると、

「ナンジャコリャ」

目ん玉が飛び出しそうになった。

そこかしこを行き交う人、人、人、人、人。

東京駅でも充分に驚いたが、それを遙《はる》かに上回るように思える。

人波どころかもはや人海だ。

冗談抜きで、どこを歩けばいいのか、というかまずはどこに向かって足を踏み出せばいいのかもわからない。

だというのに、なぜか誰もぶつかって転んだりすることなく、しゅらしゅらと思い思いの方向へと進んでいく。

言うまでもなく、明日姉は隣で完全にぽんこつ化していた。なんかもう生まれたての子鹿みたいになってる。

電車の中で紀伊國屋書店を見てみたいと言われており、それが東口のほうにあるらしいということは調べていたが、そもそもどうやって外に出ればいいんだろうかって感じだ。

そうして明日姉の手を引きながら、なるようになれとばかりに歩き始めて気づいた。

なんか勝手に向こうがよけてくれる。

歩きスマホをしてる人にだけ気をつけておけば、こちらは下手に動かないほうがよさそうだ。

そうしてしばらく進むと、出口らしきものを見つけたのでなかば強引に人のあいだを横切ってようやく外に出た。

そこはけっこう広めの歩道になっており、やはり人は多いが駅の中ほどではない。

明日姉が息も絶え絶えといった感じで口を開く。

「新宿駅の一日あたりの乗降者数は世界一だって聞いたことあるよ」

「あなたがぽんこつ化しているあいだに嫌というほど実感しました。なんなの、みんな特殊訓練でも受けてるの？　ジャパニーズニンジャなの？」

とりあえずスマホで紀伊國屋までの道のりを調べ、壁沿いに進んでいく。

階段を降りて、車通りの少ない裏道のようなところを進む。

そうはいっても、相変わらず福井だったら年に一回の大きな祭りでしか見ないような数の人がひしめき合っている。

ぽつんと、明日姉《あすねえ》が言った。

「空、狭いな」

俺もつられて上を見ると、右も左も高いビルに囲まれており、青空が人工的な直線で切り取られている。

一日東京を歩いてかなり感覚が麻痺《まひ》しているが、そもそも福井ではほとんど見ない高さの建物がぞろぞろと軒を連ねているのだ。

いったん意識してしまうと、妙な圧迫感を覚える。

とくに新宿に降り立ってからは顕著だが、排気ガスやら飲食店やらのいろんな匂いがごちゃまぜになっていて空気が悪い、というか、不味《まず》い。

俺たちはいつだってぐんと広い空やゆるりんと流れゆく雲、季節の匂いを運ぶ風ややわらかな水音に包まれて話をしていたから、自然の豊かさなんて意識したこともなかった。

こういうところは、やっぱり田舎者がイメージしてる都会なんだな、と思う。

なんだか早くもぐったりしてきたので、俺たちは紀伊國屋書店の一階にあった日本茶のカフェみたいなところで冷たい抹茶ラテとほうじ茶ラテを買った。

たまたま目についただけのお店だったが、交換しながら飲むとどちらもお茶の香りが漂う上品な甘さでめちゃくちゃ美味《うま》かった。

「「さすが東京！」」

と、ふたりではしゃいですっかり元気を取り戻すのだから、田舎者ちょろい。

それから俺たちは紀伊國屋書店を七階まで全部まわり、神保町の古書店とはまた違ったスケールの大きさと人の多さに圧倒された。

ユニクロと家電量販店がコラボしているという謎のビルを見学し、伊勢丹に入ってはあまりの場違い感にぴゅうと逃げ出して、オイオイという百貨店でウィンドウショッピングを楽しんだりした。

ちなみに「OIOI」と書いて「マルイ」と読むらしい。

そんなことある？

上京してきた田舎モンばかにするために命名したのかな？

そうこうしているうちに、あたりはいつの間にか真っ暗になっていた。

時計を見ると、もう十九時をまわっている。

「ねえ、次は噂《うわさ》の歌舞伎町ってやつを歩いてみたいな」

先を行く明日姉《あすねえ》が楽しそうに振り返った。

「でも」

と、俺は言う。

「そろそろ東京に向かわないと、新幹線の最終に乗れない」

本当は、もっと早めの時間にこっちを出る予定だった。

これから最終に乗ったところで、福井に着くのは日付が変わる直前。

日帰りだと言い張るにはぎりぎりのラインだ。

「言ったでしょ？　明日帰るって書き置きしてきたの」

明日姉はいたずらっぽい表情を浮かべる。

「ご両親から連絡は来てないの？」

俺がそう言うと、スマホを取り出して確認してから、

「来てないよー」

とのんきに答える。

「に、したってだな」

「だってせっかく東京まで来たんだよ？　こんな機会、次はいつくるかわからないんだから、

経験できることいっぱいしておかなくちゃ。それに……」

うつむいて寂しそうに続ける。

「君との旅行は、最初で最後になるかもしれない」

「そんな顔でそんなこと言わないでよ、断れなくなる」

「まだ夢のなかにいたいんだよ。遠足も、修学旅行も、けっしていっしょには行けない、君と」

夢のなか、か。

いまの明日姉を無理矢理連れ帰るなんて、俺にはできそうにもなかった。

「わぁったよ！　駆け落ちしようと言ったのは俺だ。こうなりゃとことん付き合うさ」

「そうこなくっちゃ」

当たり前のように俺の手が握られる。

この幸せそうな顔ができるだけ長く続くといいな。

お父さんとの確執も、せめてこの旅行中ぐらいは忘れていられるといいな。

そう思って、明日姉の手を強く握り返したところで、
チリリリリリリン。

俺のスマホが鳴った。

画面を確認すると、そこには蔵《くら》センの名前が表示されている。

チリリリリリン、チリリリリリン。

嫌な予感がした。
休日にあのおっさんが電話をかけてくることなんて、いままでなかった。
平日だって、事務的な連絡なんかで必要に迫られたときだけだ。

チリリリリリン、チリリリリリン、チリリリリリン。

そしてこのタイミングで電話をかけてくる理由なんて、ひとつしかないだろう。
俺は明日姉《あすねえ》の顔を見る。
おびえる子どもみたいな、そして、いたずらが見つかった子どものような顔だった。
それが答え合わせみたいなものだ。

チリリリリリン、チリリリリリン、チリリリリリン、チリリリリリン。

無機質な音は鳴り止まない。
俺は大きく深呼吸をしてから、ぐっとへそに力を込めて電話に出る。
「もしもし」
『──千歳《ちとせ》、ゲームオーバーだ』
やっぱりか、と俺は思う。
「なんの話？　とか、トライしてみてもいい？」
『俺に通用すると思うか？　……ほらニッシー、や、や、やっと繋が、っ、たぞ』
わかったことがふたつある。
俺が明日姉といっしょにいるのは、ばればれだということ。
そして、蔵センはこちらの味方をしてくれているということだ。
やっともなにも、今日電話がかかってきたのはこれが初めて。
多分、この時間になるまでのらりくらりとかわしてくれていたのだろう。
そして、いまのひと言でそれを俺に伝えてくれた。
『もしもし、明日風《あすか》の父です。娘と代わってくれるかな？』
電話の相手が交代する。
俺はもう一度明日姉に目をやった。

いまにも泣き出しそうな瞳《ひとみ》で必死に首を横に振っているのを見て、腹をくくる。

――美しく生きられないのなら、死んでいるのとたいした違いはない。


そうだろう？　古き良き女たらしの気障《きざ》男。


「へッ？　なんの話ですか？」

へらっとした口調で俺は言った。

『……誤魔化《ごまか》しても無駄だ。明日風《あすか》がひとりでこんな大胆なことをするとは思えないし、あの子を連れ出すとしたら君なんだろう？　教育者の端くれだ。それぐらいはわかる』

「そう言われても、困っちゃいますね。いまかわいい女の子と東京デート中なんですよ。あんまり長電話したくはないいなァ」

『そのデート相手と代わりなさいと言っている』

「かわいい女の子イコール自分の娘だなんて、お堅そうな顔して、もしかして西野《にしの》さん親ばかですか？」

挑発するように言う。

冷静さを欠いてくれたらこっちのもんだ。

西野さん、の言葉を聞いて、明日姉《あすねえ》が不安そうにしがみついてくる。

俺は下手っぴなウインクでそれに応えた。

『やはり面白い男だな、君は。昔の蔵《くら》を思い出す』

「勘弁してくださいよ、僕はあんなにちゃらんぽらんじゃないっす」

『おい聞こえてんぞ千歳《ちとせ》。スピーカーだ』

おっとそいつは失礼。

『それで、このまま押し問答を続けるつもりかな？』

西野さんが言う、どうやら簡単にかっかしてはくれないらしい。

「押し問答ではなくて、水掛け論ですよ。僕は、ここに明日風さんはいないと言っているし、言い続けている限りここに明日風さんはいない。そうだな……」

俺はスマホで新幹線の時間を調べる。

「明日の十二時着、しらさぎ。それで帰ります。改札前で待っていたら、答え合わせができますよ。もし本当に明日風さんといたなら、煮るなり焼くなりご自由に」

『悪くはないが、甘い。もし本当にそこに明日風がいないのなら、私はこれから警察に捜索願を出すことになる』

くそったれ、と思う。

当然、そういう話になるよな。

「ここからはいま明日風《あすか》さんといっしょにいると仮定して。この広い東京において、たったひと晩で僕たちを見つけるのは難しいでしょうね。戻ったあとなら、明日風さんは自分の意志で出て行ったことを警察に説明すると思いますよ」

『未成年の場合、たとえ自分の意志で家出したのだとしても、それに協力した者が罪に問われる可能性はある』

痛いところを突いてくる。

俺は全力で頭を回転させた。

「明日風さんは自分の意志でひとり東京を目指した、僕はプライベートの旅行で東京に来ていた。そして、たまたま出会った。とても可能性は低いけど、否定はできないと思いませんか？」

『君たちは、福井駅の監視カメラにふたりで映っていたりはしないかな？』

「たまたま駅前でばったり。席も隣。そういう少女漫画みたいなできごともあるかもしれませんよ？」

『切符はいつ、誰が買ったんだろうね？』

もう、ほとんど詰みだ。

だけど、明日までの時間を稼ぐことぐらいなら、できる。

「いっしょに東京旅行をする予定だった女の子の分も僕が購入した。けれど直前で些細《ささい》なすれ違いからけんかになり、一枚余ってしまう。知り合いに片っ端から声をかけて、たまたま欲しいと言った明日風さんに売った。監視カメラに、会話の内容は記録されませんよね？」

『君は明日風ではない女の子とデートしているんじゃなかったか？』

「言いましたよ。ここからはいま明日風さんといっしょにいると仮定して、と。これは全部机上の空論、戯《ざ》れ言《ごと》です」

『なるほど』

明日姉《あすねえ》のお父さんはふうとため息をつく。

『無理筋ではあるが、確かに明日風が君の味方をする限り、警察沙汰《けいさつざた》にしても無駄だろうな』

もともと、本気で警察沙汰にするつもりがあったとは思えない。

だからこその賭けだった。

こちらが折れない限り、向こうは手の打ちようがないのだから。

最低限、俺といっしょに行動していること、とくにトラブルに見舞われていないことさえ確認できれば、これ以上大事にはしないだろう。

『明日の十二時着、しらさぎだったね』

明日姉のお父さんが言った。

「はい」

『君とは、一度じっくり話す必要がありそうだな』

「東京ばな奈で勘弁してもらえませんかね？」

『バナナは嫌いなんだ』

ぷつっと、電話が切れる。

「……はは」

俺は大きくぷはっと息を吐いた。

やりこめたというよりも言い逃れた、いや、見逃してもらったという感じだ。

明日姉《あすねえ》は俺の腕にしがみついたまま、必死に涙をこらえている顔で見上げてきた。

会話の内容はだいたい推測できているだろう。

「ごめん」

そう、俺は言った。

「――ッ」

うつむきがちに、ぎゅうっと、華奢《きゃしゃ》な指に込められた力が強くなる。

「どうやら、明日姉との結婚は難しそうだ」

「……え？」

「お父さんにこっぴどく嫌われたみたいだからな」

「じゃあ」

「ロスタイムは明日の朝まで」

ぱあっと、大輪の花が咲く。

「スマホの電源、ちゃんと入れておきなよ。はぐれたら合流できないから」

てへへと頰《ほお》をかいてから、明日姉がもう一度俺の手を握った。

ふと見上げた夜空はやっぱり狭く、星もあんまり見えなかったけれど、月は変わらず俺たちを見守っている。

ごみごみしてるなと思っていた新宿の街は、色とりどりのネオンできらきらと彩られ、まるで本当に夢のなかへと紛れ込んだみたいだ。

初めて、東京をきれいだと思った。

＊

ひとまず宿を確保しようと、俺たちは有名なアルタ前の広場に座り、ブラウザアプリで付近のビジネスホテルを探す。

予算を考えたら、どれだけ高くてもひとり一万円以下にしないと厳しいと思っていたが、その条件に合う場所は意外とたくさん見つかった。

しかしいざ予約の電話をかけ始めてみると、きれいで安いところは満室になっており、逆に空いていても「さすがに女の子が泊まるには……」というおんぼろだったり、新宿駅で検索したはずなのに実際には違う駅だったりと、まったく見つからない。

俺だけならともかく、明日姉《あすねえ》がいる以上はカプセルホテルというわけにもいかないだろう。

本当は泊まる場所のあてがまったくないわけではなかったのだが、野宿との二択を迫られでもしない限りは遠慮したかった。

駅を移動しようにも土地勘がまったくないので、どこに行けば安くてきれいなビジネスホテルが空いているのかなんて見当もつかない。

それに、なんだかんだでふたりともけっこう疲れていた。

まいったな、と思う。

俺は試しに地図アプリのほうでホテルと検索してみる。

明日姉が歩いてみたいと言ってた歌舞伎町には、けっこうな数が表示されていた。

「とりあえず歌舞伎町を歩いてみて、目についたホテルで直接聞いてみようか？」

「そうだね。もしかしたらそのほうが早いのかも。予約にキャンセル出てたりするかもしれないし」

こくんとうなずき合って、俺たちは移動を始める。

アルタ横の道をしばらく歩いて抜け、信号を渡ると大きなドンキホーテがあり、ここから先が歌舞伎町ってことらしい。まあ、大きいといっても見た目のスケール感でいえば福井にあるドンキのほうが圧倒的に上だな、とナゾの優越感に浸る。

「すごいね、街が生きてるみたい」

明日姉が言う。

「どくん、どくんて、鼓動が聞こえてきそう」

その言葉はすとんと俺のなかにも入ってきた。

紀伊國屋のあった通りも充分にすごかったが、アルタ横の道に入ってからここまで、ネオンの輝きはいっそう煌《きら》びやかさとかしましさを増し、飲食店やらドラッグストアやら居酒屋やらが渾然一体《こんぜんいったい》となって、まるでひとつの巨大な生き物のようにうごめいている。

福井でいえば蔵《くら》センの大好きな片町と同じ位置づけになるのだろうが、人の量も、店の数も、その毒々しさも桁《けた》違いだ。

「歓楽街って言葉の意味、いま実感した気がするよ」

俺が言うと、明日姉も肯定の苦笑いを浮かべる。

「正直びびってます、私」

「俺もです、先輩」

なにせまわりを歩いているのは、金髪にスーツの兄ちゃんや、おっぱいが半分ぐらい出てるような服を着た派手派手の姉ちゃん。

どう見ても水商売の人たちだろう。

明日姉が続けた。

「だけど、普通に高校生たちも歩いてるんだね」

そうなんだよな、と思う。

完全に大人の世界っていう雰囲気なのに、制服を着た女の子たちが堂々と歩いている。

「とりあえず、俺たちも進んでみよっか」

こくとうなずき、だけどやっぱりまだびびっているのか、明日姉《あすねえ》は俺の服の裾《すそ》をちょんとつまんだ。

いざ足を踏み入れてみると、福井でも見覚えのあるカラオケ店やチェーンの飲食店なんかが普通にあって、少し安心する。まあ、そういうのに混じって明らかにアダルトな店もあるから、ちょっと目のやり場には困るのだが。

「ねぇ君、無料案内所があるよ。入ってみる?」

「おばか！　世間知らず！」

いや、俺だってべつに詳しいわけじゃないが、店構えからして観光名所や美味《おい》しいご飯屋さん教えてくれる感じじゃないでしょ。怪しげなネオンに彩られてるし。

それに気づいたのか、明日姉はかあっと顔を赤くして、俺の脇腹をむぎゅうとつねる。

「ねぇいまの俺は悪くないよね?」

顔を上げると、目の前には天を衝《つ》く巨大な建物がそびえ立っていた。

少し離れたところから見たとき上にゴジラが乗っかってたから、多分映画館だろう。

こういう施設があるだけで、途端に健全な場所のように思えて肩の力が抜けるから不思議なものだ。

　とくに理由もなく右に曲がり、ふと明日姉に尋ねる。

「このへんのお店でご飯食べる勇気ある？」

「あちこちにぼったくり注意って書かれてるから、ちょっとね」

「だよね。かといってわざわざ福井で食べられるファストフードもなぁ」

　明日姉はふうと短くため息をついた。

「歌舞伎町がどんなところかはなんとなくわかったし、正直、少し疲れたかな。まだ泊まるところも決まってないし」

「旅の締めくくりとしては冴えないけど、コンビニでご飯買ってホテルで食べる？」

「それもいいじゃない、高校生らしくってさ」

　ちょうど、少し先にファミリーマートの入っているビルが見えた。

　壁面には「I♡歌舞伎町」というネオンがでかでかと灯《とも》っている。

「なんか買ってくるよ。明日姉も入る？」

「お任せしてもいいかな？　もう少し、ここで雰囲気味わってたい」

「了解。おにぎり、なにが好き？」

「梅干し！」

　明日姉は手ごろな街路樹の囲いに腰掛け、俺は買い出しに向かった。

＊

おにぎりやら惣菜《そうざい》やらを適当に購入してコンビニを出ると、先ほど座っていた場所に明日姉《あすねえ》の姿が見当たらない。

きょろきょろとあたりを見回すと、少し離れた場所で、金髪スーツの男に腕を摑《つか》まれているのが目に飛び込んできた。

ダッと、考えるよりも先に走り出す。

「いいじゃんいいじゃん、君なら絶対人気出るって。もしあれなら仕事抜きでもさ」

「行きません、離してくださいッ」


——ガンッ。


俺は男の背中に肩からぶつかった。

驚かせる程度のつもりだったのに、かっとなって思ったよりも力が入ってしまったようで、相手がよろけて膝《ひざ》をつく。

「やべ。明日姉！」

その手を引いて走り出す。

「っざけんなこら、ガキ」

振り向くと、立ち上がった男が追いかけてきていたが、突然のことで一瞬思考が停止していたのか、思ったよりも距離は稼げている。

道なんかわかるはずもないので、適当に右へ左へと走った。

「ねぇ、こっち！」

明日姉は前方に見えたモダンな建物を指さし、その入り口に飛び込む。

……ぎりぎり、入るところは見られなかったはずだ。

ふたりでぜえぜえと息を吐き、少し落ち着いてから明日姉が言った。

「ごめんね、ひとりで対応できなくて。最初からきっぱり断るとか無視すればよかったんだろうけど、『ちょっといいですか？』って言われたから道でも聞かれるのかと思って」

正直、仕方がない。

福井で突然他人から声をかけられるのなんて、だいたいそのパターンだからだ。

「なんかの勧誘？」

「ガールズバーとかキャバクラとか……その……風俗とか興味ないかって。それが嫌なら個人的にホテルでも、みたいな」

「よォーし！　朔《さく》くんあいつちょっと東尋坊に捨ててくるから待っててね♡」

「落ち着いて、ここ東京！」

明日姉《あすねえ》をひとりにするのは、ちょっと浅はかだったと思う。

歌舞伎町がそういう場所だっていう前知識はあったはずなのに、たった一日の東京観光で警戒心が薄れていた。

慣れている人たちなら適当にあしらうのかもしれないけど、言っちゃ悪いが明日姉は慣れてないのが見え見えだったのだろう。

ちなみに東尋坊は福井の数少ない観光名所のひとつ。海沿いに続く断崖絶壁の絶景が楽しめるが、自殺の名所としても知られている。火曜サスペンス劇場とかで犯人が追い詰められる場所だ。

「こっちこそごめん」

俺は言った。

「彼氏のふりでもすれば普通に引いてただろうに……かっとなってやりました」

明日姉はくすくす笑う。

「貴重な機会だったよ。君は、私のためにでもああやって熱くなってくれるんだね」

七瀬《なせ》の件を言っているのだろう。

「当たり前でしょ。明日姉は俺の大切な人だから」

「怖かったけど、まるで小説のワンシーンみたいだったね。悪者から逃げるふたり、みたいな」

「俺はわりかし朝から似たような心境で手を引いてるけどな。小説だったらそろそろ明日姉が一回捕まらないと話がだれる」

「もう、たまには茶化さず格好よく決めてもいいと思うけど？」

まったく、と明日姉は口を尖《とが》らせる。

「性分なんだよ。しょうもないジョークがないと生きづらいからね。そんなことより……」

自分たちのいるエントランスのような場所を見回した。

「明日姉、ここってもしかしなくてもラブ──もにゅもご」

俺の口が、重ねた両手で思いきり塞《ふさ》がれる。

「言わないで。口にしたら、駄目。いられなくなる」

明日姉は真っ赤になって目を逸《そ》らしながら続けた。

「まだあの人がうろうろしてるかもしれないし、もともと私たちは宿を探していた。どう考えてもこのまま泊まるのが正解だよ」

手を離してくれたので、それに応える。

「でも……」

「私の都合で東京に付き合ってもらって、私が世間知らずなせいで迷惑かけて、そのうえ君を危険な目になんて遭わせられないの。バックにどういう人たちがいるかもわからないでしょう？　大丈夫、信頼してるから」

確かに、さっきの男はチンピラとかホストみたいな、ちゃらちゃらした感じに見えた。

だけど、こういう街だ。

他に仲間がいるかもしれないし、それこそヤクザみたいな人たちに出てこられたらさすがにどうしようもない。

なにかあったら明日姉《あすねえ》のお父さんや蔵《くら》センに顔向けできないのはもちろん、この人を危険にさらしたくない気持ちは俺だって同じだ。

自分の軽率さを呪いながら、覚悟を決める。

「明日姉、痛くしないからね」

「……もぉッ」

顔を右手で覆って恥ずかしそうにうつむいてから、大きく息を吸って吐く。

やがてこちらの目を真摯《しんし》に見つめながら言った。

「──いいよ。君となら、間違えても」

「天《あま》の邪鬼《じゃく》なんだ。そう言われたら、意地でも我慢したくなるな」

動揺が伝わらないよう間髪入れずに返すと、大人びた表情でにこりと笑う。

「ほらね。そういう君だから、いいの」

将来編集者を目指しているなら、その「いいの」はどの言葉にかかってるのかはっきりしていただけませんかね？

まんまと先輩の余裕を見せつけられて、ちょっと釈然としなかった。

＊

基本的にこういう場所は十八歳未満の利用を禁止しているはずだが、今回は緊急避難的な名目で勘弁していただきたい。福井からの旅行者が簀巻《すまき》きにされて東京湾に沈められたら悲しいでしょ？

なんて心のなかで名前も知らない誰かに言い訳をしつつ、不審に思われないようなるべく堂々と振る舞ってチェックインを済ませる。

というか、部屋は機械みたいなので選んで、目隠しのあるフロントで精算だけするような流れだったので、従業員の人に見られることも会話することもなかった。

ちなみに、先にいたカップルをさりげなく、かつしっかりと観察して真似《まね》ただけだ。

ほとんどの部屋は埋まっていたが、幸運にも料金の安いところが空いており、予算的にもそこ一択という感じだった。

フロント近くに無料貸し出しのシャンプーやボディーソープがあったので、明日姉《あすねえ》に好きなのを選んでもらう。

そんなこんなでたどり着いた部屋は全体的に白を基調としており、大きなダブルベッド、ソファ、ローテーブル、テレビが置かれている普通におしゃれな空間だった。

俺は思わずきょろきょろとあちこちに視線を泳がせてしまう。

薄暗い部屋の壁沿いに青いネオンライトが走っており、それがときおり紫やピンクといった怪しげな色に変化するのにはちょっとまいったが、少なくともあからさまにエロエロな雰囲気ではなかったことに心からほっとする。

なんだか最近、こういう急展開ばっかりだ。

張り詰めていた緊張の切れた俺たちはひとまず荷物をソファの上に置き、

「疲れた～」

ふたりでベッドの上にダイブした。

うつ伏せになりながらうんと背伸びをして、顔だけでお互いを見てけたけた笑う。

乱れて頰《ほお》にかかる髪の毛とそのあいだから覗《のぞ》く泣きぼくろ。普段はなかなか見られないアングルに思わずぞくっとしたが、全力の理性でその感情をぶん殴る。

そんなことは露知らず、明日姉が妙なハイテンションで言った。

「ねぇ、信じられない！　いま東京にいるんだよ。いっしょにお泊まりするんだよ」

俺は苦笑する。

「最後のはさすがに想定してなかったよ」

「なんか、自由～って感じ。今日一日ふわふわして雲みたいだ、私たち」

明日姉は子どもみたいに手足をばたばたしていた。

その様子があんまりかわいらしかったので、「明日帰ったら雷落ちると思うけどね」と口から出かけた軽口は引っ込める。

明日姉はふとなにかを考えるように静止し、おずおずとこちらを見た。

「ねぇ君、その……ご飯にする？　お風呂にする？　そ、それとも」

「慣れないボケやめようナ！　とりあえずお腹《なか》減ったからご飯にしようネ！」

くそ、ちょっと夕湖《ゆうこ》のこと思い出して妙な罪悪感覚えちまったじゃねえか。

＊

それから俺たちはコンビニで適当に買ってきたご飯を食べた。

一日歩き回って疲れたので、あらかじめお風呂に湯を張っておく。

バスルームはかなり広々とした立派なもので、なんと湯船までレインボーに光るらしい。

それを知ってぐんとテンションの上がった明日姉《あすねえ》が深く考えずについ勢いで、

「ねえ、いっしょに」

と言いかけた。

「入っていいんだな？　背中洗いっこするか？　タオルでクラゲさんつくるか？」

「……い、いっしょに湯張りのスイッチ押しましょうか？」

「よくわかんねぇけどもうその誤魔化《ごまか》しでいいや」

そんなこんなで、ご飯を食べているうちにお風呂が溜まった。

正直、先に入るのも後に入るのもいろんな意味で気が引けたが、どちらにせよ同じならレディーファーストってことにして譲る。

明日姉は鞄《かばん》の中をごそごそ探って準備をしてから、バスルームのほうへと消えていった。

しばらくすると、シャワーの水音がこちらにも響いてくる。

ちゃんと隔離されているタイプの部屋でよかった。透明で部屋から見える風呂とかだったら詰んでたな。

それにしても、と思う。

七瀬《ななせ》を泊めたときは一応自分の家だという余裕みたいなものがあったけれど、非日常に非日常が重なりすぎて、気を張っていないとどうにかなってしまいそうだ。

短くて長かった一日は明日姉をひとりの女性として、生々しさを伴う性の対象として意識してしまうのには充分すぎた。

さーさー、かぽん、ぱしゃり。

やけに響いてくる鮮明な音を意識から遠ざけるようにぶんぶんと首を振る。

ソファに腰掛け、気を紛らわせようとスマホを見ると、一通のショートメールが届いていた。

珍しいな、友達と連絡をとるときは基本的にLINEなんだが。

『ゴムはつけろよ』

「ブチコロスゾワレ！」

もちろん相手は蔵《くら》センだ。

おかげで現実に戻ったわどうもありがとう！　ナイス教師いっぺん死ね！

他に夕湖《ゆうこ》たちからのメッセージが来てないことを確認してほっとし、なにほっとしているんだと軽い自己嫌悪に陥る。

そうして適当に時間を潰《つぶ》していると、やがて水音はドライヤーのぶおーんという間抜けな音に変わっていた。

やがてそれも止まり、がちゃりとドアが開いて真っ白なバスローブ姿の明日姉《あすねえ》が出てくる。

――バ、バ、バスローブ!?

「はー、すっきりした。お先にいただきました」

俺に気を遣い、急いでドライヤーをかけたのだろう。髪の毛はまだ若干の湿り気を帯びて首筋に張り付いており、明日姉はタオルでのんきにそれを拭《ふ》いていた。

バスローブはもちろん腰の紐《ひも》がきっちりと結ばれていたが、もともとそういうデザインなのか、ほてった鎖骨と小さなほくろがはっきり見えるほどに胸元は開いている。

丈の長さは膝《ひざ》上までしかなく、明日姉が一歩進むたびに、やわらかなローブの隙間《すきま》からはらはらりと艶《なま》めかしい太ももが覗《のぞ》く。

いつも陶器のように白い肌は、ほんのり桜色だ。

「お次どうぞ?」

思わず直視できずにいると、隣に腰掛けた明日姉がきょとんとした様子でこちらの顔を覗き込んできた。

いつものとは違うシャンプーとトリートメント、ボディーソープの甘い香りがむらむらと押し寄せてくる。

「ちょっと駄目、明日姉、あんま動かないで。見えそう」

「え? ちょっと恥ずかしくはあるけど、きっちり紐結んでるよ」

いや、それはそうなんだけど、基本的にバスローブってタオルの一種みたいなものだから、旅館の浴衣《ゆかた》なんかと比べてもいろんなところが緩いんだよ。

気を張ってるあいだはともかく、こんなものを着て寝たら朝起きたときどうなってるかわかったもんじゃない。

それを見たとき朔《さく》くんがどうなるかもわからない。

明日姉《あすねえ》は続ける。

「さすがに同じ部屋で寝るとは思ってなかったからさ。普通にホテルのナイトウェアでいいやって」

いやわかるけど！

かといって女の子に一日中歩き回った服を着ろとも言えないし、古着屋で買ったワンピースはどう考えても寝るときに着るようなものじゃない。

「こんなことになるなら、ちゃんとかわいいパジャマ持ってくればよかったかな」

「それだ！」

俺は一目散にクローゼットへと向かった。

普通のホテルならともかく、これだけ設備の整っているきれいなところなら……あった！

「明日姉、頼むからこっちに着替えよう」

見つけたのは、普通にボタンのついた前開きタイプのパジャマだった。

「あれ、そんなのあった？」

バスローブが表に出されていてたから気づきにくいが、その下の引き出しに入っていた。

「ほら、紺色と桜色でお揃《そろ》い」

「……それはそれで恥ずかしくない？」

「……まあね」

＊

けっきょく明日姉にはパジャマのほうへと着替えてもらい、交代で俺は風呂に入った。

まじで湯船がレインボーに光っており、恥ずかしさと気まずさを適当にぐちゃぐちゃ混ぜ合わせたような心もちになる。

しっとり濡れた床や椅子《いす》、むありと立ちこめているのは、先ほどかいだのと同じシャンプーやトリートメントの香り。

さっきまで明日姉がここで身体を洗い、ここに浸《つ》かってたのか、と考えないことは難しかったが、なるべく頭の端に追いやろうと立ったままで乱暴にがしがし頭や身体を洗った。

……ちょっぴり、いつもより入念だった気がしなくもない。

湯船に浸かり、頭を浴槽のへりに乗せて、今日という日を思い返してみる。

七瀬《ななせ》に叱《しか》られ、背中を押されてからずいぶんと濃密な時間が過ぎたような気がするが、まだたったの一日だ。

本当にこれでよかったのだろうかと、いまさらながらに考える。

もしかしたら明日姉《あすねえ》のお父さんを刺激して、余計に関係をこじらせることになっただけかもしれない。

健太《けんた》や七瀬のときはよかった。

明確に見返したい相手やどうにかしなければいけない敵がいたし、その過程で本人たちが立ち上がってくれたからだ。

だけど今回は違う。

明日姉のお父さんはけっして倒すべき敵ではないし、明日姉だってとっくに立ち上がって、自分でなんとかしようともしている。

実際のところ、俺はただ無理矢理東京に連れてきただけだ。

こんなことをしたところで、状況はなにかいいほうに変わるのだろうか。

――お前はいったいどういう立場でこの会話に加わろうとしてるんだ。

正直に言って、今回は具体的な解決策みたいなものも、俺が明日姉のためにできることもまるでわからない。

俺はそのままぶくぶくと頭のてっぺんまでお湯の中に沈み、そこにあの人が浸《つ》かっていたことを思い出してうわっちゃと飛び出した。

＊

髪を乾かしてバスルームから出ると、ソファに座った明日姉が暗がりのなかでぼんやりとスマホの灯《あか》りに照らされていた。

なにかご両親から連絡がきたのだろうか、それともあれ以降なにも連絡がないことを不安に思っているのだろうか。

俺に気づくと、明日姉は慌ててスマホを鞄《かばん》に戻した。

じろじろとこちらを観察し、にへらと笑う。

「やっぱりちょっと、照れるね。まるで同棲してるみたい」

昼間、大学でしていた会話を思い出しながら応える。

「じゃあ、初めてパジャマをお揃《そろ》いにした相手は俺だね。たとえこの先、ふたりの距離が開いたとしても」

明日姉は、はっとしたあと、うれしさと切なさを半分ずつ混ぜたような表情で言った。

「それはきっと、ずっと忘れられないな」

会話が途切れると、なんとも言いがたい沈黙が漂う。

ご飯と風呂という一連の流れを終えて、次にすべきことは寝るぐらいだが、時刻はまだ二十二時。いくら疲れているとはいえ、高校生の夜を終わらせるにはちと早いだろう。

俺もなにか場を繋《つな》ぐ話題を出そうとするが、こういうときに限って軽口のひとつも浮かんでこない。

無意識のうちにベッドを見やり、慌てて目を逸《そ》らしたら、同じようにベッドから目を逸らした明日姉《あすねえ》と視線がぶつかってしまった。

互いに、へらへらとなにかを誤魔化《ごまか》すように表情を崩す。

それから明日姉はどこかそわそわした様子であたりを見回し、意を決したように、よしと立ち上がる。

「せっかくだから部屋のなか探検しよっ」

含みのない、無邪気な口調でそう言った。

「いや、それはやめたほうが……」

俺の制止なんか気にもとめず、さっそく手近な引き出しを開ける。

「――ひゃっ」

「だから言ったろここナニホテルだよ」

遅れて俺が隣に立つと、コンドームにローション、ご丁寧に「殺菌済」と書かれて個包装されたピンクローターやバイブが並んでいた。

俺は拳《こぶし》の横でかつんと叩《たた》いてその引き出しを押し込んだ。

明日姉はむむぅとふてくされた顔をする。

「君はずいぶんと落ち着いてるんだね」

「もしそう見えるなら朔《さく》くんのなかの天使を褒《ほ》めてくれ」

「まるで慣れてるみたい」

「明日姉がぽんこつ化してるとき、俺が前のカップル必死に観察してたのを忘れたか」

「私のこと、世間知らずだって思ってるんでしょう」

「なんなら朝からずっとね！」

俺がそう言うと、明日姉は先ほどの引き出しにそっと手をかけた。

「……私だって高校三年生だよ。ちゃんと知ってるの。ここに入ってるものの使い方も、いま私たちがどういう場所にいるのかも」

大人びた、それでいてどこか儚《はかな》い笑みが胸を突く。

「だからその、もしもだけど、もしもそういうことになったとしても、怖くて泣き出しちゃうほど初心《うぶ》じゃない……と、思う。本当だよ？」

ためらいがちに、表情を探るように、上目遣いでこちらを見てくる。

俺は天《あま》の邪鬼《じゃく》だから、なにひとつ心のなかが漏れないように作りものの優しい笑みで応じた。

「だけどね、君といる時間は、せめて旅行のあいだぐらいは、あの頃のように、子どもみたいに無邪気なままでいたいなって、そんなふうに考えて……います」

どこか不安げにそこまで話し終えた明日姉《あすねえ》を見て、

——この状況でいいかげんにしとけよ。

強く、そう思った。

苛立《いらだ》ちながら明日姉の手を引き、強引にベッドへと突き飛ばす。

俺が両手をついて顔を近づけると、

「え？　え？」

困惑しながらもぎゅっと目をつむった。

そうして俺は、

「うるぁッ!!」

と、その美しい顔に枕をたたき落とした。

「ふんぎゅぅッ!!」

間抜けな声が響く。

「なんで?!」

枕に押し潰《つぶ》されながら明日姉がもごもご言った。

俺はクールに応える。

「お望みどおり、高校生らしく、旅行の夜の枕投げといこうじゃないか」

「あ、あれ？　いまそういうシーンだった？」

「あ、の、な！」

ぼす、ぼす、ぼすと言葉に合わせて再び枕を落とす。

「こっちがどんだけ内なる天使とお手て繋《つな》いで考えないようにしてると思ってんだよ。なぜわざわざそういう話をする！　なんなの、明日姉は悪魔軍なの!?」

「だって、だって、イダイっ！　君も男の子だから心の整理だけはしておこうかと思って」

「んなもん内なるエンジェルデビルとぽわぽわんって吹き出しつけて会議しろやあァん？　思

春期男子のリビドー舐《な》めてんのか。しまいにゃ本当に大人の階段三段飛ばしで上らすぞ」

「……あの、その」

「ま！　よ！　う！　な！　ばかたれッ！」

ぼす、ぼす、ぼす、ぼす、ぼす、ぼす、ぼすんッ。

「編集者目指すなら起承転結を考えろ。段階を踏め！　読者の感情をコントロールしろ！　いまここで俺が明日姉《あすねえ》を抱いたら炎上するわ！　東京で暮らすんだろ？　この街で生きていくんだろ？」

枕越しにこくん、こくんとうなずいているのが伝わってくる。

「しっかりしろ。状況や環境に流されるな。ちゃんと明日姉らしく、自分の意志をつらぬけ。相手をよく見ろ夢を見ろ。あんたはあんたでいろ！」

こくん、こくん、こくん、こくん。

「その先にもしふたりでいる未来があるのなら、たとえば互いに互いを尊敬して、尊重して、ひとつになりたいと思い合えるのなら……その、そういうときにそうなればいいんじゃないかな？　俺は古くさい男だから」

「あのね、ひとつだけ……いいかな？」

明日姉は静かに言った。

――ばふんッ！

手探りで見つけたもうひとつの枕で、横っ面《つら》に思いきりフルスイングを食らう。

「好き勝手言ってくれちゃって！　私のなかでは起承転結も感情の流れもあるの！　状況や環境に左右されず、相手をよく見て言ってるの！　勝手なことばっかり言うな気障《きざ》男！」

「ひとつじゃないッ!?」

そこから先はもう、修学旅行の枕投げだった。

「上等だこの意外とぽんこつ姫！　世間の厳しさ叩《たた》きこんでやらァ」

「ほら？　どうした？　かかっておいでよ、据え膳食えない土壇場びびりの甲斐性《かいしょう》なし」

まるで、出会った日の明日姉と子どもたちのように、

「あんだとごるぁッ！　ピー使ってピーしてピーしちまうぞ」

「言葉にしてもいいんだよ？　お姉さんがかわいい坊やの失言ぐらい受け流してあげるから」

「東京歩いてるときにその余裕が欲しかったなァ！」

けらけら、げらげら、きゃっきゃとはしゃぐ。

ベッドに、ソファに乗って飛び跳ねながら、ぽんぽんと枕をぶつけ合う。

いつか俺たちは大人になるけれど、ならなきゃいけないけれど。

それまでは精一杯の真《ま》っ直《す》ぐな子どもでいたいと思う。

ちゃんと子どもをやっとかなきゃ、ちゃんと大人もできない。

たとえばこういう、青くて青臭い夜みたいに。

＊

くたくたになった俺たちは、並んでダブルベッドの背にもたれかかっていた。

七瀬《ななせ》を泊めたときみたいに俺がソファを使おうかと思ったが、明日姉《あすねえ》からは「それじゃつまんないよ」という言葉が返ってくる。

どのみちもう、どう考えても男と女にはなれない夜だった。

「風呂入ったあとなのに汗かいちゃったよ、くさくねーかな」

明日姉は俺の胸元に顔をよせてくんくんとかぐ。

「ほんとだ、くさ〜い」

「あんたの胸元もかいだろか？」

時刻は二十三時。

部屋にある時計はデジタルだったけれど、頭のなかでは、こち、こちと、秒針が残された時間を刻んでいく。

「なにか、お話をしようよ」

明日姉が言った。

「一生に一度の素敵な旅。多分、二度とはできない旅。その締めくくりにふさわしい話を。この先何年経っても、たとえばいま私たちから漂うお揃《そろ》いのシャンプーは思い出せなくても、これだけは忘れないという話を」

——確かに、こんな旅は二度とできないだろうな、と思う。

相手がどうとか、目的地がどうとかじゃない。

十七歳のある日、憧《あこが》れの女の子と駆け落ちみたいに飛び出して、知らない街であてどなくさまよう。

いまの俺たちは、まるで小説の登場人物だ。

どちらが主人公なのかは、言うまでもないけれど。

「だからさ」

明日姉《あすねえ》が続けた。

「君の話を聞かせて？」

「あいにく、こんな夜に似合う気の利いた話はもってないよ」

「洒落《しゃれ》てなくていいの。ドラマチックもロマンチックもなくていい。君がどんなふうにいまの君になったのかを、教えて？」

俺は言葉の意味を推し量るように、その顔を見る。

ぴりりと真剣で、ふありと優しく、ゆらゆら儚《はかな》げに、いまにもざあざあと泣き出しそうな目をしていた。

だから、なにを求められているのか理解する。

「俺がそれを話したら、明日姉の未来にろうそくの一本ぐらいは灯《とも》せるのかな」

「必要なの。いまの私に、旅の終わりに、この夜に。あなたを聞かせて？」

誰にも、本当に誰にもしたことのない話だ。

柊《ひいらぎ》夕湖《ゆうこ》にも、内田《うちだ》優空《ゆあ》にも、青海《あおみ》陽《はる》にも、七瀬《ななせ》悠月《ゆづき》にも、浅野《あさの》海人《かいと》にも、水篠《みずしの》和希《かずき》にも、ほんの一部を除けば、山崎健太《やまざきけんた》にも。

だって、

「きっと期待には応えられない。すごくありきたりで、チープな過去だ。物語にはならないよ」

そういう話だから。

明日姉はそっと俺の手を握った。

「もしも本当にありきたりでチープな話だったとしても、私が編集して世界にたったひとつの物語にしてみせる」

──ああ、それなら、安心だ。

この人の前では、少しだけ子どもでいられるから。

一生に一度の夜に、多分、一生に一度の話をしよう。

いつかあなたが俺に言葉を届けてくれたように、そんなにうまくはできないけど、ちっぽけだけど、つまらないけど、くだらないけど、千歳朔《ちとせさく》の話を。

＊

「──小さい頃から目立つタイプだったんだよ、俺。どのぐらい前からかっていうと、それこそ幼稚園の時点で多くの女の子は俺のことを好きだったし、運動会のかけっこで負けたことは一度もなかったな」

「うん」

「それは小学校に入ってからも変わらなかった。やっぱり女の子たちは俺のことを好きだったし、体育や運動会、マラソン大会では負けなし。授業をちゃんと聞いてるだけでテストもトップクラスだった」

「うん」

このあたりからは、健太《けんた》を説得したときにもぼかして語ったことがある。

明日姉《あすねえ》はシンプルな相づちを続けるけれど、それぞれにちゃんと違う感情がこもっており、余計な茶々を挟まずに耳を傾けてくれているのだなと思った。

「自分がちょっと特別なのかもしれないと気づき始めたのは、小学四年生ぐらいのことかな。ある程度まわりってやつが見えてきて、どうやらみんなは自分ほどなんでも上手にはできないらしい、と」

「うん」

「だけど、他の子たちを下に見たりはしていなかった。足が速かろうが遅かろうがそんなの関係なく友達は大切だったし、なんとなくリーダー的なポジションにおさまることが多かったから、みんなで仲良くしていたいって思ってたんだ」

「うん」

「自分で言うのもあれだけど、いまと比べたらわりといいやつだったと思うんだよね、俺。仲間はずれは絶対に見過ごせなかったし、困っている子がいたら必ず力になってあげた」

「うん」

「いまでも覚えてる。同じクラスにちょっと避けられてる女の子がいてさ。休み時間になると、自分の身体と腕で囲いを作りながら黙々と絵を描いてる。それでみんな、暗い、きもいの陰口。なにかのイベントで男女のペアを組まなきゃいけなくなったときも、じっとひとりでうつむいてたから、『もしよかったら組まない？』って声かけたんだ」

「うん」

「べつに仲間はずれの子を助けてあげる俺かっけーとかじゃなくて、純粋にやだったんだよ。そういうのに加担するのはもちろん、見て見ぬふりするのも」

「うん」

「それで実際に話してみたらぜんぜん普通というか、面白い子でね。絵を見せてもらったんだけど、俺が大好きだった漫画のキャラクターでこれがもうめちゃくちゃにうまいの。テンション上がってたら次の日プレゼントしてくれてさ。あれはうれしかったなぁ」

「うん」

「まあ、その子には後々告白されて、断ったらさんざん罵倒《ばとう》されたんだけどね。だったら優しくしないで、同情であんなことしてほしくなかった、ってさ」

「うん」

「まわりからは千歳《ちとせ》が女の子を泣かせたってわいわい冷やかされたよ」

「うん」

「同情なんかじゃなかったんだけど、な。素直にすごいって思ってたし、漫画の話するの楽しかったんだよ。友達になれたと思ってた。もしかしたら、手を差し伸べたのがもっと普通の、あるいは目立たない男の子だったら、そんな誤解をされたりはしなかったのかもね」

「うん」

「逆にみんなのほうから頼られることも多くってさ。基本的に相談されたら断らなかったし、最初はありがとう、ありがとうって喜んでくれるんだよ」

「うん」

「だけど慣れてくるとだんだん、『面倒ごとは千歳に頼んでおけばちゃちゃっと解決してくれる』という空気が生まれてきた。自分でやるのは大変だけど、どうせあいつなら片手間でうまいことやるんだから任せちゃえばいいじゃん、ってさ」

「うん」

「だから頼まれごとを断ったり、引き受けた成果が相手の望むものじゃなかったりすると、単なるがっかりを越えて『なんで？　そんぐらい手伝ってくれてもよくない？』とか、『適当にやったんでしょ』とか、文句を言われることすらあったよ」

「うん」

「そういうことが、少しずつ増えていった。『なんでもできてみんなに優しい千歳くん』のイメージからほんの少しでも逸《そ》れると、必要以上に攻撃されるようになってきたんだ」

「うん」

「その頃かな、少年野球を始めたのは。やっぱり俺は同時期に入った友達よりもすぐに上手くなったし、先輩たちもどんどん追い抜いていった」

「うん」

「でもね、それぐらいの年齢になると、運動だろうが勉強だろうがさすがにもう生まれ持った才能だけでなんでも一番てわけにはいかなくなってくる。俺はそんなに身長高いほうじゃなかったけど、まわりの男はがんがんデカくなってくしさ」

「うん」

「生まれ持ったものだけで苦もなく成功ってとこからスタートしちゃったから、恐怖なんだよ。誰かが背中に迫ってきて、一度でも抜かれてしまったらがっかりされる、見放されるんじゃないかって。……人気者だったのは『なんでもできてみんなに優しい千歳くん』だからね」

「うん」

「実際、低学年の頃は俺とおんなじぐらい勉強も運動もできたのに、いつのまにか真ん中ぐらいの位置に収まってたやつもいた」

「うん」

「だから一生懸命努力したよ。小学生ながらにテストの前は誰よりも勉強したし、マラソン大会が近づくと毎日河川敷を走った。野球の素振りだって、俺ほど手の皮をぼろぼろにしてた人は先輩にもいなかったな」

「うん」

「そうして五年生になる頃、もうなにをできても当たり前だと思われるようになっていた。昔からなんでもできた俺が、影で努力してるだなんて誰も思わない。もちろん自分でそう言ったりもしなかった。だって、みんなが求めてるのは、それまでのように『努力なんかしなくてもなんでもできる千歳《ちとせ》くん』だと思っていたからね」

「うん」

「当たり前の成功よりも珍しい失敗を期待されるようになるまで、そんなに時間はかからなかった。たとえばテストで百点をとると嫌な顔をされて、九十点なら手を叩《たた》いてみんなが喜んだ。『千歳百点とれなかったの？　頭悪くなったんじゃない？』ってさ」

「うん」

「やがて俺の失敗を待つだけでなく、みんなが俺に失敗させようとするようになった。体育のサッカーでパスが回ってこなくなったり、やってきたはずの宿題がいつのまにか机の中から消えていたり、体操服にひどい臭いがするジョークグッズの香水をかけられてた、なんてこともあったな」

「うん」

「そうしてみんな楽しそうに笑うんだ。全然ゴールできねーじゃんとか、あんだけ宿題忘れるなって言われてただろとか、うんこくせーって。けらけら、けらけらと、それは楽しそうに」

「うん」

「だけど、誰もいじめだとは思っていなかったし、もちろん俺自身もそんなふうには感じていなかった。いま振り返ってみても、その認識は変わらない。それをしてきたやつらとも、放課後は普通に遊んだりしていたんだ」

「うん」

「多分みんな、ほんの少しだけ帳尻を合わせたかったんだと思う」

「うん」

「つまり、自分にないものを持って生まれてきてるんだから、人より目立ってるんだから、このぐらいの仕打ちを受けても構わないだろう、ということかな。少しぐらいハンデを与えるべきだって。恵まれてるやつはそれぐらいのことをされても当然だって」

「うん」

「とはいえその頃は俺もまだガキだ。当然傷つくし、悲しくもなった。ただいろんなことを真《ま》面目《じめ》にがんばってるだけなのに、どうしてがんばらない人たちにそんな扱いを受けなきゃいけないのか」

「うん」

「それで、繊細だった少年は思ったわけだ。みんなに合わせれば嫌がらせを受けないんじゃないか。サッカーではわざとシュートを外し、テストではわかる問題をいくつも空欄にして、友達になにか手伝ってって頼まれてもあえて冷たく断ったりしたっけ」

「うん」

「でも、あいつらを喜ばせただけだったな。どうやら『才能がある』とか『恵まれてる』って看板は一度背負ったら環境まるごと変えでもしないかぎりは下ろせないらしい。努力は全部その言葉で打ち消されて、失敗は誇張される。体育で手を抜いて勝たせた相手なんかは、ここぞとばかりに千歳《ちとせ》はたいしたことないって吹聴して回ってたよ」

「うん」

「子どもながらに、どうすればいいのかわからなかった。成功しても疎まれる、失敗したら必要以上に笑われる。普通であろうとしても、昔はすごかったのに落ちぶれた人としか思ってもらえない」

「うん」

「そんなとき、俺に目をかけてくれていた先生に言われたんだ」

これは、健太《けんた》にも伝えた言葉だ。

『あなたのように神様からのプレゼントをたくさん持って生まれてきた人は、先頭に立ってみんなを導いてあげる役目を与えられているの。なんで自分ばっかり頑張らなきゃって思うことがあるかもしれないけど、他の子たちだってなんであいつだけプレゼントをたくさんもらってるんだって思ってるのよ。だからあなたは、もっと高く飛びなさい、速く走りなさい。みんなが憧《あこが》れて、思わずついていきたくなるヒーローになれるように』

そしてここから先は、伝えていなかった事実だ。

「その言葉を俺は、あの優しい先生の優しい気持ちとはまったく別の意味に捉えた」

「うん」

「ようするに、中途半端にできる人間でいるから、足を引っ張ろうなんて気持ちを誰かに抱かせてしまう。そもそも自分と比べようなんて気持ちさえ起こらないほど完璧な人間になればいいんだ、ってね」

「うん」

「――誰かを助けるためじゃなくて、誰ひとり寄せつけないために、俺はパーフェクトなヒーローになろうと誓ったんだ」

「うん」

「そこから先は簡単だったよ。日々のなかで、自分が見つけた自分の隙《すき》みたいなものをひとつずつ潰《つぶ》していけばよかった」

「うん」

「たとえば中学でいじめられている男の子を助けてあげたら、それから毎日毎日後ろをついてきて、しまいには休日家の前で待っているようになった。俺はただいじめを見て見ぬふりしたくなかっただけで、少なくとも、次の日からはい即親友ですとはならないでしょ。だから困ると伝えたら、あることないこと俺の悪口を広めるようになった」

「うん」

「だったら、最初からこれは優しさじゃなくて自分のための行動なんだと伝えておけばいい。助けたからといって、俺はお前とつるみたいとは思わないと。そうすれば過度な期待も失望も生まれようがない」

「うん」

「友達だと信じていたやつに相談した悩みが、次の日千歳《ちとせ》の弱みとしてクラスのネタになっているなら、心の内なんて見せなきゃいい。誰に対してでも一線を引いて、相手にも踏み込まず、自分にも踏み込ませなければいい」

「うん」

「一方的に俺のことを好きになってふられた女の子たちが、その女の子たちを好きだった男たちが、女たらしだのヤリチンだの騒ぐなら、最初から軽薄で信用ならない男でいればいい。本気で好きになったら駄目な相手だと悟らせればいい」

「うん」

「謙遜《けんそん》したところでどうせ嫌みだと陰口をたたかれるぐらいなら、端から中途半端に近づこうなんて思わない、いけ好かない俺様野郎でいればいい」

「うん」

「とはいえあまりに完璧すぎるのも鼻につくなら、ときどきしょうもないジョークでガス抜きをすればいい」

「うん」

たとえば大切な友達だと思っていた女の子からの告白を身を切るような想いで断ったら、次の日には俺が遊びで付き合って適当に捨てたという事実が生まれていた。

たとえば野球部に迷惑かけないよう反撃できない俺を、調子に乗っているからと集団で小突き回しに来た上級生たちがいた。

たとえば自分の彼女を俺に寝とられたのだと勘違いした男が教室に乗り込んできて、勝手な妄想をクラスメイトたちの前でさんざんわめき散らしたあと、スマホを窓の外に投げ捨てられたことがあった。

たとえば俺の成績がいいのは、まだ若くて美人な先生にご奉仕しているからだという噂《うわさ》が流れたことがあった。

たとえばうちの両親が離婚したと、クラスの黒板にでかでか書かれていたことがあった。

たとえば一年生からレギュラーになっている俺を、先輩の指示で無視するやつらがいた。

そして高校では——。

「もちろんそれぞれの経験を事細かに語れはするけど、なにかひとつがトラウマになっているとか、そういうことじゃないんだ。誰かに投げつけられるひとつひとつの小さな石をかわしていたら、いつの間にかこういう男になっていたってわけ」

ほら、やっぱりちっぽけで、つまらなくて、くだらない話だ。

*

「……これで俺の話は終わり」

ずっと相づちを打ってくれていた明日姉《あすねえ》は黙ったままで、その表情を確認することはためらわれた。

「ね、ありきたりでチープな過去だったでしょ？　大きな物語はどこにもない」

反応がないので、言葉を続ける。

「あの日、月に手を伸ばしたつもりだった。ラムネの瓶《びん》に沈んだビー玉みたいになりたいと思った。みんなが憧《あこが》れて欲しがるのに、誰もその在り方を変えられないような、尊いなにかに」

壁を走る青いネオンが、情けない俺を照らしている。

「だけど、もしかしたら始まりから間違ってたのかもしれないな。ラ、ム、ネ、の、ビ、ー、玉、は、夜、空、に、浮かぶ月じゃない。固い壁で自分のまわりを囲んでおびえてるんだ。遠くに輝く月を、暗闇《くらやみ》を明るく照らし出す月を、瓶の底から眺めているだけなんだ。どこにも行けはしないのに」

そして、俺は月じゃなくてビー玉のほうだった。

これは、そういう話だ。

いつか健太《けんた》に語ったことがある。

自分の生き方や信念に自信と確信をもっている、と。

ラムネの瓶に沈んだビー玉のように美しく在りたい、と。

あの言葉はけっして嘘《うそ》じゃない。

いまの生き様を気に入ってるし、自分らしいと思う。

だけどときどき、たとえばこんな夜に、ふと考えるんだ。

――俺はあの日いったいなにに手を伸ばして、いまどこにいるのだろう。

明日姉はふうと短いため息をついた。

「ようやくわかったよ。明るくて、無邪気で、熱くて真《ま》っ直《す》ぐで優しくて、少年漫画から飛び出してきたヒーローみたいだった君が、どうしてそういう在り方になったのか」

言葉の意味をはかりかねて、俺は隣を見る。

明日姉《あすねえ》は、どこまでも優しく、いや、なぜだか嬉しそうに笑っていた。

「君の人生には物語がなかったんじゃないよ。物語が多すぎたんだ」

俺より温度の低い手が、優しく髪をかき分けてくる。

「普通はね、君が語った経験ひとつでもあれば、それを物語にするの。僕には、私にはこんなにつらいことがあった、苦しかった、悲しかった、痛かった。だってそうすれば、弱さの言い訳にできるから」

その声は、どこまでもやわらかい。

「頑張れなかったとき、なにかを諦《あきら》めたとき、人生が思うようにいかなくなったとき、その物語を取り出してくれば楽になれるんだよ。自分にはあんなことがあったんだから仕方ないって。そうして、世界から簡単に傷つけられてしまう繊細さをふりかざしながら、やがて世界から傷つけられないように踏ん張っている誰かを傷つけようとし始めるの。言葉を借りるなら、帳尻《ちょうじり》合わせとして」

だけどね、と明日姉は続けた。

「君はなにひとつ、物語にすることを許さなかった。こんなものはちっぽけな苦しさだ、つまらない哀しみだ、くだらない痛みだ。そして、自分次第で乗り越えられるものだ」

どくんと、左胸のあたりで音がする。

「君が誰かを助けるように君を助けてくれるヒーローはいなかったから、そうやってひとつひとつ、自分で自分の生き方を、理想を守ってきたんだね。それでも美しく生きるために」

「……そんなに大げさなものじゃ、ないよ」

「大げさにしなかったからね、君が」

優しいまなざしに包まれて、震え出しそうな唇を噛《か》む。

「俺、だって」

——気づけば勝手に言葉が飛び出していた。

「小さい頃は少年漫画のヒーローみたいになりたかった。真っ直《ます》ぐいろんなことに正面から向き合って、努力して、仲間を大切にして、困っている人を見たら無条件に手を差し伸べるような男になりたかった……」

だけど、だけど、だけど、

「だけど、誰もそんな俺を求めてはいなかったんだよッ！」

ぎゅうっと、すがるように明日姉《あすねえ》の手を握りしめる。
ああ、なにしてんだ。
こんなことまで言うはずじゃなかった。
思わず漏れ出てしまった自分の弱さに、ほとほとうんざりする。
やっぱり、俺は月なんかじゃないな。
いまは、この人の行く先を照らしてあげなきゃいけないのに。

つんと、丸く爪の切りそろえられた指先が俺の額をついた。

「――それって、ただの君じゃん」

なにを言われているのかわからなかった。

「確かにちょっとひねくれててややこしいけどさ。山崎《やまざき》くんや七瀬《ななせ》さんに無条件で手を差し伸べて、真っ直ぐその問題に向き合って解決のために努力する。彼ら彼女らを大切に想いながら」

「そんなんじゃ……」

「と、いうことにしておきたいんだよね？　これまでの経験上。期待と裏返しの失望に呑《の》み込まれないように。もっと言えば、自分の善意で誰かを傷つけてしまわないために」

「――ッ」

「だから君は悪ぶって、自己犠牲的な解決方法ばかりを選ぶ。誰かを助けたくても、正面から手を差し伸べたら、結果として助けたかった誰かまで期待と失望に巻き込んでしまうかもしれないから。自分が傷つくだけなら、もう慣れっこだから」

「――――」

俺はもう一度、きっと唇を噛《か》む。この人のやさしさに逃げ込まないように。

「違うんだ、そんなに上等なもんじゃない。夕湖《ゆうこ》も、優空《ゆあ》も、七瀬《ななせ》も陽《はる》も、和希《かずき》や海人《かいと》、健太《けんた》だって、そして明日姉《あすねえ》も、俺をなんだか特別な人みたいに言ってくれることがある。でも本当の千歳朔《ちとせさく》は、いろんなものを諦《あきら》めようとして、でも諦めきれなくて、格好悪くばたばたあがき続けているただのガキなんだよ」

「それを」

と明日姉は温かく微笑《ほほえ》んだ。

「――私たちはヒーローって呼ぶの」

うまく言葉が出てこない俺を見て、続ける。

「誰だって君みたいにあがき続けられないし、届かないと思いながら遠くに手も伸ばせない。だからそういう人を見ると、自分が普通で相手が歪《いびつ》なんだって納得しようとするの。じゃなきゃ、必死に熱くなっていない自分を肯定できないから」

明日姉は、そっと頬《ほお》に触れてきた。

「朔の望みは、満月なのかもしれない。だけどそのあいだにある半月も、三日月も、ラムネの瓶《びん》に浮かんだビー玉だって、誰かにとっての大切な宝物なんだ」

俺はその手を握り直し、ぎゅっと目をつむる。

そうしていないと、なにかが決壊してしまいそうだったから。

「ねぇ、私をさわって？」

明日姉《あすねえ》はささやくようにそう言って、自分の指を一本ずつ、なぞるように俺の手のひらを滑らせる。

「おでこも、頬《ほお》も、唇も、肩も、二の腕も、お腹《なか》も……ちょっと恥ずかしいけど太ももも、ふくらはぎも、ひざ小僧も、つま先も」

口にした部位に、そっと俺の手を誘導していく。
直に、あるいは薄布越しに伝わる生々しい体温が、やわらかさが、なめらかさが、指先からどくどくと流れ込んできておかしくなりそうだ。

「ちゃんとここにいるから」

明日姉はもう一度、俺の手をぎゅっと握る。
その表情は、少しでもよこしまな気持ちを抱いた自分が汚らしく思えてしまうほどの優しさに包まれていた。

「——君の輝きが確かに誰かを照らしているということを、私が証明してみせるよ」

青い夜に浮かぶその笑顔こそが、ずっと手を伸ばしていた月のように思えた。

＊

それから俺たちは、ベッドに寝転がりながらいろんな話をした。

お気に入りの小説、漫画、映画、音楽。

子どもの頃に信じていた都市伝説、自分だけの秘密基地、お気に入りだったおもちゃ、これまでのこと、これからのこと。

まるで話すことをやめたら夢から覚めてしまうとでも言わんばかりに。

やがて明日姉の言葉が途切れ、すやすやと小さな寝息がこぼれた。

二度とはこない夜が終わる。

俺は明日姉を見た。

まるで遊び疲れて眠ってしまった子どものように、口許《くちもと》がちょっとほころんでいる。

たとえば十年後にこの夜を懐かしく思い出す日があるとして、俺は、俺たちはどんな大人になっているんだろう。

そのとき互いの隣にいるのは、誰だろう。

そんなことを考えながら、目を閉じる。

まどろみの向こう側で、少年少女が夏のあぜ道を走り回っていた。

＊

翌日、俺たちは七時に起きて身支度をすませ、ホテルを出た。

夜の喧噪《けんそう》が幻だったように街は静かで、穏やかだ。

人影はまばら、カラスがのんきにそこらへんのごみ袋をつついている。

松屋では水商売らしきお姉さんが豪快に牛丼をわしわしとかきこんでおり、道ばたにはときどき、酔っ払いが気持ちよさそうにごろんと寝転がっていた。

俺たちは東京駅でコーヒーとサンドイッチ、簡単なお土産を購入して、新幹線に乗り込んだ。

そこから三時間の帰り道はあまり口を開かず、コードつきのイヤホンを片方ずつシェアしながら、ただ流れていく車窓をふたりで見ていた。

耳元では、繰り返し『バイバイサンキュー』が流れている。

多分、俺たちの旅は昨日の夜で終わったのだ。

明日姉《あすねえ》はどこか憑《つ》き物の落ちたような顔をしていたし、自分も似たようなものだったと思う。

短い逃避行は、この人になにかをもたらしただろうか。

いつか暮らすかもしれない街を歩き、いくつかのちょっと珍しい体験をして、普段はできないような話をした。

たったそれだけかもしれないし、かけがえのない時間だったのかもしれない。

俺の役目は終わった。

あとはきっと、明日姉が世界にひとつだけの物語にしてくれるはずだ。

東京の摩天楼はあっというまに遠ざかり、新幹線が米原に近づくころには、すっかりとなじみのある田舎の景色が広がっている。

やがて福井でしらさぎを降りて、まず最初に感じたのは「空気が美味《おい》しい」ということだ。

定型句のようにして使われているフレーズだが、みずみずしく、透き通っていて、草木の香りがする。

改札へと続く階段を降りる直前、明日姉が「手を繋《つな》いでもいいかな?」と言った。

この先で待っている相手を考えたらそんなことをするべきではなかったが、俺は黙って自分の右手を差し出す。

そうしてふたりで一歩ずつ、階段を降りていった。

＊

——バチンッ。

福井駅の、東京と比べたらずっと小さい改札を出て一番に、明日姉《あすねえ》の頬《ほお》が張られた。

「ちょっと、殴るんならまずこっちじゃないですか。明日風《あすか》さんを連れ出したのは僕です」

俺が言うと、明日姉のお父さんは無表情で言う。

「君を殴る理由は見当たらないな。決断し、行動したのは明日風だ」

少し離れた後方には、蔵《くら》センの姿も見えた。

なにか言い返そうと一歩前に出ると、

「大丈夫」

明日姉が俺を制する。

そうして、どこまでも涼やかににこっと笑ってから、

「お父さん、心配かけてごめんなさい」

しんしんと丁寧に頭を下げた。

「なにをやるにしても、筋は通しなさい」

「うん、わかってる」

それから明日姉が蔵センに目をやると、からからと雪駄《せった》の足音を響かせながら近寄ってくる。

「蔵センも、心配かけてごめんね」

「俺が心配してたことはひとつだけだ」

意味ありげににやりと笑ってこちらを見た。

おっさん、絶対にそのネタここで口にするんじゃねぇぞ。

「ふたりにお願いがあります」

明日姉が言った。

「明後日の放課後。もう一度三者面談してくれませんか？」

そうか、心が決まったのか、と俺は思う。

明日姉のお父さんは大きくため息をついてから、蔵センを見た。

「かまわんぞ、どうせ放課後は暇なんでな」

「ありがとう、お父さんは？」

「……そろそろ、志望校を見据えて勉強を始めたほうがいい時期だ。次が最後だと考えなさい」

「うん、わかったよ」

明日姉はどこまでも軽やかに微笑《ほほえ》み、今度は俺のほうを見る。

「それから君は明日の放課後、もう一度私とデートすること」

「「は？」」

思わず俺とお父さんの声が重なり、ぎろりと睨《にら》まれた。

「じゃ、そういうことで～」

明日姉《あすねえ》がさっさと歩き出す。

あっけにとられていたお父さんも、渋々あとに続いた。

俺は、その背中に声をかける。

「西野《にしの》さん、これ」

そう言って、東京ばな奈の入った紙袋を渡した。

「嫌いだと言っただろう」

「だから買ってきたんですよ」

俺がにっと笑うと、呆《あき》れたような顔でそれを受け取り、それから思い出したように財布を取り出して一万円札を三枚抜く。

「明日風《あすか》の新幹線代だ。娘が世話になった」

そうして、今度こそ振り返らずに去って行った。

蔵《くら》センが俺の肩をぽんと叩《たた》く。

「お前らのせいで俺の休日が台無しだ。焼肉おごれよ」

「8番で勘弁してくんない？」

これで本当に、俺たちの短い駆け落ちが終わった。

＊

泥のように眠って迎えた月曜日の放課後。

明日姉との待ち合わせにはまだ時間があったので、俺はチーム千歳《ちとせ》のメンバーと、みんなが部活に行く前のちょっとした雑談に興じていた。

この週末はずっと気を張っていたからか、日常に戻ってきたんだという実感が湧《わ》いてくる。

そこへ、

「ねぇ君ーっ、デート行くよー」

非日常の元凶が飛び込んできた。

「んなッ、校門出たとこで待ち合わせだったんじゃ」

そこまで言って、しまったと思ったときにはもう遅かった。

「ふーん」

「へー」

「ほー」

「はんッ」

以上、夕湖《ゆうこ》ちゃん、優空《ゆあ》ちゃん、七瀬《ななせ》さん、陽《はる》ちゃんの四重奏でした。あの人の思いつきじゃなくて、しっかり約束してたってことを自分でばらしちまった。

明日姉《あすねえ》はにこにこと楽しそうに俺たちの輪へと近寄ってくる。

その顔を見て、少なくとも昨日帰ってから大げんかしたってわけじゃなさそうだなと、少し安心した。

「だって、よく考えたら同じ学校にいるのに、わざわざ外で待ち合わせするなんて不自然じゃない？　それに、後輩の教室に迎えに来るのってなんだか素敵だし」

「明日姉、後頭部とか背中とか痛くない？　いろんな情念刺さってる気がするけど」

「それ多分、標的は君じゃないかな？」

「道理であちこちがちくちくすると思ったよ」

俺が言うと、海人《かいと》がつっかかってきた。

「いつもお前ばっかりずっけーよ朔《さく》ぅ！　西野《にしの》先輩西野先輩、俺じゃ駄目っすか!?」

「んー、ちょっと駄目かも」

「NOおおおおおおおおおお」

明日姉はかわいらしく頰《ほお》に指を当てている。

健太《けんた》はそんな海人の背中をぽんぽんと叩《たた》いて慰めていた。

その様子を見て、和希《かずき》が口を開く。

「こりゃ、うちのお姫様たちもうかうかしてらんないね」

意味深な笑みを四重奏の面々に向ける。

「むむぅ～」

最初に反応したのは夕湖《ゆうこ》だ。

「あのですね、西野先輩。朔の正妻は私でついでに妾《めかけ》はこのうっちーなんで、そこんとこよろしくどーぞですよ！」

「夕湖ちゃん、おまけ感覚で巻き込まないでね」

言われた優空《ゆあ》のほうは苦笑いを浮かべている。

それを見て明日姉は「うーん」と考えるそぶりを見せた。

「だったら私は……幼馴染みの許嫁《いいなずけ》？」

「なんでだよ」

思わず俺がつっこんだ。

とんでもないこと言い出すなこの人。

七瀬《ななせ》がやれやれとばかりに両手を上に向けた。

「貸しイチ、ですよ。先輩？」

明日姉はいたずらっぽく笑った。

「そこの君がそこの君らしく七瀬さんと向き合えたのは、誰のおかげでしょう？」

これは多分、七瀬の一件に対するアドバイスというよりも、野球をやめた俺がここまで立ち直れたことを指している。

明日姉《あすねえ》がネタにするのは珍しいが、逆に言えばもうネタにしても大丈夫だと思ってくれたんだろう。

「……じゃあ、チャラってことでいいですか？」

「いいよー、お釣りはまけといてあげるね」

ちょっと悔しそうに口の端をひくひくさせている七瀬《ななせ》が微笑《ほほえ》ましい。

最後に陽《はる》が言った。

「まったく、西野《にしの》先輩みたいにきれいで格好いい人が、なんでよりにもよってそんなちゃらちゃらした男なんですか？」

「その答えは……」

ドアの方へと歩き始めていた明日姉が振り返る。

「もう青海《あおみ》さんのなかにあるんじゃないかな？」

どうにもいたたまれなくなって、俺はそろーっと輪を抜け出した。

＊

そうして俺と明日姉は、福井駅から乗ったえちぜん鉄道に揺られていた。

地元ではおなじみのローカル線だが、遠方から通ってきている生徒でもないかぎり、わざわざ利用する機会はほとんどない。

高校生が遊ぶような場所は基本的に自転車で行けるし、たとえば練習試合なんかでそれより遠い場所に用があるなら、部の所有するバスや父兄の車ってパターンが大半だろう。

理由を尋ねてみたが、明日姉はのらりくらりとかわすばかりだ。

まあ、どのみち到着すればわかる。

そう思って二十分ほど揺られたところで、明日姉が「ここだよー」と言った。

なにも考えずさびれたホームに降りたって、

——え？


思考が停止する。

だってそこは、いろんな思い出が染みついた、懐かしい場所だったから。

偶然？　そんなことがあるか？

思わず、明日姉のほうに目をやる。

どこか懐かしそうに目を細めながら、

「ねぇ。私、いまだけ君の先輩でもお姉さんでもなくなっていいかな?」

その人は言った。

俺がなにも答えられずにいると、両手を重ねて、首を少し傾けながら、ぢっとこちらを見る。そして、もう我慢できないといった様子で、まるで小さな子どもみたいに無邪気な笑みを浮かべて、

「——久しぶり、朔兄《さくにい》っ」

「……君……は」

少年と少女の、淡い幻影が近づいてくる。

四章　明日の風

ここは、この場所は、私、西野明日風《にしのあすか》が生まれて、小学校の五年生までを過ごした町だ。

一応福井市ではあるけど、端っこも端っこ。

ほんの少し歩いたら隣の坂井市になるし、福井県のなかではど田舎と言わないまでも、まわりは田んぼばっかり。

娯楽らしい娯楽なんてほとんどない。

休日にはエルパと比べものにならないほどこぢんまりとしたアミっていうショッピングセンターの中にある本屋さんや、その近くにある宮脇書店という小さな本屋さんで新しい本を買ってもらうことが、一番の楽しみ。

そういう町で、両親ともに厳格な教師の家に生まれた私は、とても引っ込み思案で面白みのない女の子だった。勉強だけはそれなりにできたけれど運動はからっきし、みんなを盛り上げてクラスの中心になるという華やかなタイプでもない。

かといって、誰とも会話をしないほど暗いわけでもなく、友達だって人並み程度にはいた。

とにかく普通って言葉がぴったりだったんだと思う。

近所に年齢の近い子はいなかったし、あまり遠くまで遊びに行くことは禁止されていたので、学校が終わったらすぐ帰ってきて、飽きもせず本の世界に没頭していた。

同級生たちは毎日みんなで放課後誰かの家に集まって遊んでいたみたいだから、そういう意味で、もしかしたら私はちょっと浮いた存在だったのかもしれない。

――だけど、私には物語があれば充分だと思っていた。

そこに出てくる登場人物たちは、みんなびっくりするぐらいに真《ま》っ直《す》ぐで、熱くて、優しくて眩《まぶ》しくて、自分の意志ひとつで自由にこの世界を飛び回っている。

こんなふうになれたらと、何度思ったことかわからない。

その一方で、私は彼ら彼女らをとてもうらやましく思いながらも、どこかで現実は現実、物語は物語と区別していたように思う。

だって実際にはお父さんお母さんがいるから、あれをしちゃ駄目これをしちゃ駄目と言われるから、なんでもかんでも思う通りにはならない。

お祭りに行きたくても、友達の家でお泊まり会をしたくても、ひとりで知らない場所を冒険してみたくたって、許可してもらえなきゃそれは実現しないのだ。

昔から、両親の言いつけをちゃんと守っていれば立派な大人になれると口酸っぱく聞かされて育ってきたし、いまでもけっしてすべてが間違っているとは思わない。

だけど私は小学校四年生のあの夏、ひとりの少年と出会ったのだ。

年下なのにびっくりするぐらいに真っ直ぐで、熱くて、優しくて眩しい、目の前の男の子と。

「――久しぶり、朔兄《さくにい》っ」

「……君……は」

言えた、やっと言えた。

去年の九月、彼に出会ってからずっと押し殺していたこの言葉を。

まじまじと、隣に立つ人の顔を見た。

いっつも格好つけてるのに、目をまんまるに開けてまぬけな顔で驚いている。

このひと言で思い出してもらえただろうか。

わざわざこんなところまで来て、記憶の片隅にすら存在していなかったらちょっと、いや、かなりショックなのだけれど。

「どうしたの、朔兄？」

混乱している顔を覗《のぞ》き込んで、からかうように追い打ちをかけてみる。

必死に記憶の欠片《かけら》を繋《つな》ぎ合わせようとしているのか、状況を整理しようとしているのか、軽口のひとつも返ってこない。

そりゃあそうだろう。

君にとって私は明日姉《あすねえ》で、間違っても朔兄《さくにい》だなんて呼ばれる間柄じゃないもんね。

だけど本当は、先に朔兄って呼んでいたのは私だったんだよ？

「えと、待って」

彼が額に手を当てながら言う。

「もしかして、もしかしてだけど、明日姉って小さい頃、俺と会ったことがある？」

「いえす」

「そのころは背中ぐらいまで髪の毛が長かった？」

「いえす」

「なんていうかもっとこう、おどおどした性格だった？」

「いえす」

「夏休み、いっしょに遊んでた？」

「いえーす、ざっつらいっ」

「なんでもっと早く言わねぇんだよ！」

私はもうこらえきれなくなってけらけら笑った。

確かにあの頃とは見た目も性格も全然違っているだろうし、思えばそもそもこちらは名前を教えたことすらなかったはずだ。

当時、朔兄はずっと私のことを「君」と呼んでいた。

「思い出してくれた？　あの頃、君と明日姉は朔兄と君だったの」

「そんなことって、ある？」

「言ったでしょう？　おとぎ話みたいな現実だってあるんだよ、本当はすぐ近くに」

くしゃくしゃと頭をかく君、いや、朔兄？　とりあえず朔くんでいっか。

混乱の収まらない朔くんの手を引いて、私は小さな駅舎を出る。

思いきり息を吸い込むと、水田の懐かしい気配が細胞の隅々まで浸透していく気がした。どこからか野焼きのような匂いが漂ってくる。きっと都会の人たちなら臭《くさ》いと感じるんだろうけど、私にとっては少女だった頃を思い出してほっと落ち着く香りだ。

「ずっと、年下の女の子だと思い込んでたよ」

隣を歩く朔くんが言う。

「私も、自分のほうが年上なんだって知ったのは二年目の夏ぐらいだったよ。誕生日を聞いたときだったかな。いまさらだと思って呼び方はそのままにしてたけどね」

普通、小学校ぐらいの年齢だと女の子のほうが大人びているものだし、事実そういう面もあったと思うけど、最初に会ったときの印象が頼りになるお兄ちゃんだったのだ。

それに私はけっこう世間知らずで引っ込み思案だったから、勘違いされるのも無理はない。

「懐かしいな、このへん。小学校を卒業してからは野球が忙しくて一度も来てなかった」

朔くんがあたりをきょろきょろと見回す。

「確か線路の反対側に小さな神社があるんだ。明日姉《あすねえ》とも行ったよね？」

もちろん覚えてる。

私の、大切な記憶。

「それで、俺を驚かせるために連れてきたってわけ？」

「ひとつの目的ではあったけど、もうひとつはスタート地点の確認、かな」

「スタート地点？」

「今度は、私の話を聞いてもらってもいいかな？」

朔《さく》くんがこくりと頷《うなず》いたのを見て、私はゆっくりと語り始めた。

＊

——小学校四年生の夏休み。

近所でひとり暮らしをしているおばあちゃんの家に、男の子が遊びに来ていると聞いた。

ときどきこっそりお菓子をくれる優しいおばあちゃんで、「あの子が来たときは友達になってあげてね」と前から頼まれていたのだ。

約束どおり遊びに行かなきゃと思ったけど、正直、心臓がばくばくしていた。

男の子とふたりきりなんて初めてだったし、それがどんな相手かもわからない。

優しいおばあちゃんの孫が同じように優しいとはかぎらないし、ここよりずっと街のほうに住んでるらしいから、田舎だってばかにされちゃうかも。

だから私は、持ってるなかで一番大人っぽくてお気に入りのワンピースと麦わら帽子でおめかししてから出かけた。

私の心をガードしてくれる鎧《よろい》とか盾みたいなものだ。

そうして出会ったのは、まるで女の子みたいにきれいな顔をした男の子。

だというのに、肌はこんがり日焼けしていて、タンクトップから伸びる腕も私とは全然違ってごつごつしている。

にかっと笑ったときに覗《のぞ》く真っ白な歯が印象的だった。

「君、このへんの子なの？」

私を見た男の子は言った。

「……う、うん。この近く」

その物怖《ものお》じしない様子に、思わず腰が引けてしまう。

学校でも活発で明るい男の子はたくさんいたけれど、だいたいがちょっとがさつで苦手な人たちだったからだ。

「じゃあさ、案内してくれないかな？」

だけどこの人は、なんだか話し方も物腰もやわらかいような気がした。

「いいけど、なんにもないよ。田んぼばっかり」

「なんにもないとこなんてないよ。行こうっ！」

男の子が私の手をぎゅっと握る。

「俺、千歳朔《ちとせさく》」

「朔……兄」

私よりもうんとあったかくて安心する体温に、思わずそう口にしていた。


手を繋《つな》いだままで歩き始めてみて、やっぱりちょっと、恥ずかしくなる。

だってこのあたりといったら古いおうちばかりで、ところどころを流れる用水路、小さな神社や公園、あとは本当に田んぼぐらいしかないのだ。

きっとがっかりしちゃうに違いない。

そう思っておそるおそる隣を見ると、

「すっっっっごい楽しそうだね、このへん！　あめんぼとか、おたまじゃくしとか、ザリガニとかいっぱいとれるよ、きっと。ぜんぜん車も通らないから、どこまでだって行けそうだ」

顔をきらきらと輝かせている。

それから二日間、いっしょに過ごした彼はどんなことでも楽しんでみせる天才だった。

ザリガニやセミを捕まえたり、神社の大きな木にはちみつを塗ってカブトムシをおびき寄せようとしたり、公園のブランコででっかいジャンプをしてみせたり。

基本的に私は手を叩《たた》いてそれをきゃっきゃと見ているだけだったけれど、なにもないと思っていた町がまるで宝石箱みたいに輝いて見える。

すっかり懐いた私は「朔兄、朔兄」と朝から晩まで後ろをついて回った。

朔兄が帰ってしまうという三日目。

私は悲しくて、寂しくて、朝からぶすっとしていたように思う。

「朔兄が帰ったら、またおんなじ毎日に戻っちゃう」

「おんなじ？」

「うん、おんなじ。学校に行って、帰ってきて、このへんをぶらぶらするだけ」

そんな様子を察したのか、むーんと考えてから朔兄が言った。

「君はさ、どこまで歩いたことがある？」

「あんまり遠くに行っちゃだめって言われてるから……だいたい朔兄を案内したところまで」

「じゃあ、冒険してみよう。君が見たことのないところまで」

「でも、お父さんに怒られるし……」

もじもじしてる私の手がぎゅっと握られる。

「お父さんじゃなくて、君の気持ちはどうなの？」

「……行って、みたい」

「そうこなくっちゃ」

それから朔兄《さくにい》はお昼ご飯におばあちゃんが握ってくれたおにぎりのあまりと水筒をリュックに詰めて、私の手を引きながら出発した。

自分だって初めて歩く道のはずなのに、なにひとつこわいものなんてないみたいだ。

最初は悪いことをしてるみたいでどきどきしてたけど、朔兄の笑顔を見ていたらすぐにそんなの吹き飛んでしまう。

見慣れた近所を過ぎ、川沿いをずっと、ずっと、真っ直《ます》ぐ歩く。

本当に、なんにもない田舎道だった。あたりを見回しても土手や田んぼの緑ばっかりで、遠くには小さな山と民家がぽつぽつ。

だけどそういう全部が、私にとっては新鮮でわくわくした。

朔兄はやっぱりなんでも楽しんでみせる天才で、代わり映えのしない風景からもいろんな不思議を見つけてくれる。

「ねぇ君、あの小さい建物なんだと思う?」

「川の管理とかをするところじゃないの?」

「それじゃあつまんないよ。ほら、太いホースみたいなのが見えるだろ? あれはね、河童の家なんだよ」

「河童？」

「本当はこのへんに昔からいるんだけど、いまの時代に見つかったら大変だろ？　だから普段は福井の偉い人が用意したあそこに住んでいて、必要なときは人目につかないようにあのホースを通って川に出るんだ」

「なにそれ、へんなの！」

そんな話をいくつもしながら、ふたりでけたけた笑う。

川が途切れたら、今度は田んぼのあいだを通る一本道。

私たちは何度も立ち止まって道ばたの用水路を覗《のぞ》き込んだり、急に楽しくなって走り出したりしながら、なにを目指すわけでもなくただただ進み続けた。

そうして気がついたら、あたりはすっかりと夕方になっている。

「あちゃあ、さすがにそろそろ帰らないと」

朔兄がこちらを見た。

「見たことないものに出会えた？　おんなじじゃなくなった？」

私はこくこくと何度もうなずく。

「こんなの、簡単だろ」

夕焼けを背負ってにかっと笑う男の子が、私にはまるで自由そのものみたいに見えた。

ずっと両親の言うことを真面目《まじめ》に聞いて、小さな世界で静かに生きてきた私にとって、これは初めての大冒険みたいなもの。

だけど朔兄《さくにい》にとっては、ひょいっと飛んでこれちゃう場所なんだ。

それから私たちは、来た道を引き返した。

夏の青々とした田んぼも、真《ま》っ直《す》ぐなあぜ道も、鉄塔から伸びた電線も、川の水面も、みんなみんな真っ赤に染まっている。

遠くではひぐらしがかなかなと鳴いて、それをかき消すみたいにかえるがげこげこと大合唱をしていた。

歩きながらいっしょに食べたおにぎりは苦手な梅干しだったけど、なぜだか今日はそのしょっぱさがびっくりするほど美味《おい》しい。

ちょっとだけ立ち止まって、麦茶をごくごく飲む。

やがてあたりは真っ暗になって、空にはまんまるなお月さまと、金平糖みたいな星がきらきらと輝いている。

こんな時間に子どもだけで外を歩くことさえ初めてだったけど、朔兄と繋《つな》いだ左手さえあれば、不思議とぜんぜん怖くなかった。

家にたどり着いてうちのお父さんにすごく叱《しか》られても、ちっとも悲しくはない。

涙が止まらなかったのは、朔兄を乗せた車が遠ざかっていって、見えなくなったとき。

早く来年の夏になればいいのにと、何度も、何度も思った。

＊

――小学校五年生の夏休み。

私は、お父さんとお母さんにおねだりして買ってもらった真っ白なワンピースを着て、わくわくしながら朔兄を待っていた。

野球を始めたという彼は、なんだか去年より背が伸びて、男の子っぽくなっている。

だけど中身はあんまり変わってなくて、ふたりであちこちを歩き回りながら遊んでいた。

小さな用水路のゆるやかな土手を歩いていたときのことだ。

私は少し先を歩く朔兄を驚かせようとして、早足でその背中に近づいていく。

――ずるりと、ぬかるんでいた土を踏んだあとは一瞬だった。

バランスを崩し、ばちゃんと大きな音を立てて川に落ちてしまう。

幸いにしてどこかを打ったり擦りむいたりはしなかったが、それよりなにより、朔兄に見せるために買ってもらった白いワンピースが台無しになったことが悲しくて、恥ずかしくて、目の奥がかっと熱くなった。

駄目だ、朔兄の前で泣いちゃう。

せっかくの楽しい時間なのに、夏休みなのに。

歯を食いしばって、眉間《みけん》に力を入れても、まるで蛇口の壊れた水道みたいに、ぽろぽろぽろぽろと目の端から涙がこぼれていく。

やだ、やだ、やだ。

朔兄《さくにい》にこんなぐしゃぐしゃの顔見せたくない。

止まって、止まって、止まれッ。

——その瞬間。

ばっしゃあんと、私よりもずっと大きな音を立てて朔兄が川に飛びこんできた。

「なーにひとりで楽しそうなこと始めてんの、まぜてよ」

にっかり楽しそうに笑って、ばちゃばちゃと私に水をかけ始める。

ちょっと生臭い川の水は、ぱちゃりと顔にかかって私の涙をきれいに洗い流した。

そうして私は気づく。

あれ……止まっ、た?

なんだかおかしさがこみ上げてきて、数秒前まで泣いていたことだってすっかり忘れて、朔兄を追いかける。

「ちょっとひどい！　お気に入りのワンピースだったのに！」

「そんなの着てるから。来年は短パンとTシャツにビーサン用意しときなよ」

「もう！　信じられない！　ばか！」

ふたりで泥んこになって遊んでいたら、いつのまにかワンピースなんてどうでもよくなっちゃって、いつまでもばちゃばちゃ、げらげらと笑い合っていた。

＊

――小学校六年生の夏休み。

野球の練習が忙しいという朔兄は、たった一泊しかできないらしかった。

だけど、今日の夜は近くの小さな神社で夏祭りがある。

ふたりで行けたら、とっておきの思い出になるはずだ。

そう思って前日からお父さんとお母さんに相談していたのに、どっちも子どもだけでそんなところに行ったら駄目、って。

学校の他の子は友達同士で行ってるよと伝えても、「よそはよそ、うちはうち」の一点張り。

お父さんたちといっしょならいいって言われたけど、そういうことじゃないのに、ふたりがいいのに。

短パンにTシャツ、ビーチサンダルでスイカを食べながら、私はそれを朔兄に伝えた。

「まあ、学校の先生も似たようなこと言ってたし、君のお父さんもお母さんも学校の先生だもんなー」

「朔兄《さくにい》は、いっしょに行きたくないの？」

「そりゃあ行きたいさ。夕方、迎えに行ってあげようか？　危ないことしないからって、ちゃんと説明するよ」

「きっと、駄目だと思う。私も、もう一回相談してみるけど……」

しょんぼりする私を見て、朔兄はうーんとなにかを考えている。

そして、素敵なことを閃《ひらめ》いたように言う。

「じゃあ、こうしよう！　君は家に帰ってもう一度お父さんを説得してみる。俺は俺で夕方迎えに行く。そのときに許可が出ていればよし」

「許してもらえてなかったら？」

「約束をしておこう。君が諦《あきら》めるならそのまま帰る。だけど、それでもいっしょに行きたいって思ったときは、こっそり左耳を触るのが合図だ」

「そしたら？」

「――俺が君をさらってあげるよ」

とくんと、私の心臓がはねた。

もう一度相談してみても、やっぱりお父さんの答えは変わらなかった。

朔兄が尋ねてきたときは、言葉こそ優しかったけれど、ふたりで祭りに行かせられないということだけは、はっきりと口にする。

だから私は、

「ごめんね、朔兄」

左耳に髪をかけながら、そう言った。

「そっかぁ、わかった。じゃあまた来年ね。明日は朝一で帰っちゃうから」

朔兄はひどく残念そうな顔で手を振りながら出て行く。


待って、約束は？　と、私は思った。

気づかなかったの？　ちゃんと左耳触って合図したよ。

さらってくれるって言ったのに、嘘《うそ》つき！


怒りやら、哀しみやら寂しさやらで頭がいっぱいになった私は、二階の部屋に閉じこもって枕に顔を押しつけた。

こらえきれなくてあふれ出す涙が染みになってぐずぐずと広がる。

今年は今日しかなかったのに！

こんなことなら、お父さんたちといっしょでもいいから行きたいって言えばよかった！

すうと、手から力が抜けていく。

どうせ無理なら、最初から提案なんてしなきゃよかったな。

そうして、いつの間にかうとうととしていた私は、おかしな音で目を覚ました。


——こん、こん。こん、こん。


半分寝ぼけながら起き上がり、部屋の中を見回してぎょっとする。

朔兄《さくにい》が、窓の外から手を振っていた。

「え？　え？　なんで、二階」

混乱しながらも窓を開けると、人差し指を立ててしぃーと言ってから、くすっと笑う。

「なーに寝てんだよ。お祭り、行くんでしょ？」

顔をちょっと出して下を覗《のぞ》くと、そこにははしごみたいなものが立てかけられていた。

「ばあちゃんの家にあったはしご、ぱくってきた」

へへっと朔兄が笑う。

うれしいやら安心したやらで、ぽろり、とまた涙がこぼれた。

「なんだよ。泣き虫だな君は。去年、川に落ちたときもそんな顔してた」

ちょっとぶっきらぼうに、指で頰《ほお》をぬぐってくれる。

「あ……私、靴」

うちの階段は下りるときにきしきしと音がするから、取りに行ったらお父さんに気づかれてしまうかもしれない。

「へへ、そっちもぱくってきた」

朔兄は、じゃんって感じで短パンのポケットに突っ込んでいたビーチサンダルを取り出した。このへんの家はいちいち玄関に鍵なんかかけないから、やろうと思えばできないこともない。だけど、見つかったら怒られること覚悟でそうしてくれた気持ちが私にはうれしかった。

本当に、物語の王子様みたいだ。

はしごを降りるのはさすがにちょっと怖かったけど、

「大丈夫だよ、先に降りてしっかり支えててあげるから」

という朔兄の言葉を信じた。

念のため、算数のノートに「ごめんなさい。さく兄とお祭りに行ってきます。遅くならないうちに帰ります」と書いて勉強机の上に置いておく。

ゆっくり、ゆっくり下まで降りると、朔兄が言った。

「今年は短パンでよかったね。パンツ見えちゃうとこだったよ」

「もう！　最低！」

それから私たちは、走れば五分とかからない、駅の反対側にある神社へと向かった。

途中でお金を持ってきてないことに気づいたけど、おばあちゃんが「ふたりで美味《おい》しいもの食べておいで」って、お小遣いを千円渡してくれたらしい。

お祭りは本当にこぢんまりとしたもので、屋台の数もそんなに多くない。

けれど、お父さんたちにないしょでちょっと悪いことをしているどきどきや、初めて子どもだけで来たどきどきで、終始浮かれてはしゃぎっぱなしだった。

まるでスキップするみたいに、境内をあっちにこっちにと歩き回る。

——でも本当にどきどきしていたのは、約束通り私をさらってくれた朔兄《さくにい》に対して。

ふたりで焼きそばと○○焼きを半分こして、最後にラムネを飲んだ。

朔兄がふと、つぶやく。

「ラムネの瓶《びん》に沈んだビー玉って、なんか可哀想だよね。ひとりぼっちで」

私はきょとんとしながら答える。

「変なの、私にはぷかぷか浮かんでるように見えるよ？　お月さまみたいにきれいで、みんなに好かれてて、朔兄とおんなじだね」

「お月さま……そっか」

それだけ言うと、ぽんぽんと、優しく頭を撫《な》でてくれた。

ちらりと横顔を見ると、朔兄は夜空に浮かぶホンモノのお月さまをじっと眺めている。

いつもよりも真剣に、いつもよりもどこか寂しそうに。

その大人びた表情にどきっとして、だけどなんだかせつなくて、かなしくて、胸がくるしくなって、遠くに行かないでって叫ぶ代わりに私は言った。

「もしいつか朔兄がひとりぼっちで寂しくなったら、私がお嫁さんになってあげるよ」

「君の泣き虫がなおったらね」

くすっと優しく微笑《ほほえ》む朔兄を見て、この人みたいになりたいな、と唐突に思う。

見た目がかっこいいとか、運動神経がいいとか、じつは頭もいいとか、そういうのももちろんなんだけど、大好きなんだけど。

朔兄には、強くて優しい中心みたいなものがちゃんとあるから、どんなときでも真《ま》っ直《す》ぐ前を向いている。

その部分はめらめらと熱くて、お父さんに怒られてでも私に知らない景色を見せてくれたり、泥だらけになって涙を止めてくれたり、こうやって大切な思い出をくれたり、大事なことはいつだって自分の心で決めるんだ。だから眩《まぶ》しいんだ。

私もなれるかな、なりたいな。

物語に出てくるヒーローみたいな、夜空に浮かぶお月さまみたいなこの人と並んでも、ちゃんと胸張っていられるように。

「——これが、たった七日間で終わった、遠い夏の初恋」

私は、あの頃いっしょに歩いた思い出の道をたどりながら、ずっと心の奥にしまっていた話をした。

こうやって言葉にしてみると、わりとよくある少女の勘違いみたいに思えて、少しだけ恥ずかしくなる。

……いや、二階までさらいにくる男の子はそうそういないか。

あのあと、探しに来たお父さんにふたりでこってり絞られたっけ。

隣を歩く朔《さく》くんは最初こそ照れくさそうな顔をしていたけれど、途中からは目を細めて、どこか遠くを見るように話を聞いていた。

なにも返事がないので、気まずくなって口を開く。

「次の年から会えなかったのは、私が引っ越しちゃったからなんだ。もちろん君の連絡先なんて知らなかったし、おばあちゃんに聞くっていう勇気は、ちょっとなかったな」

おかげで、朔兄はこういう活発そうなほうが好きかなと思って、夏の終わりにばっさり髪を切ったのも台無しになってしまった。

*

当の本人は思い出したようにくすくすと笑う。

「俺は君がとってもかっこよくて、運動神経がよくて、頭のいい人を好きになったんだって、ばあちゃんから聞いてたんだけどな」

「だからそれ、君のこと。おばあちゃんに誰のことか知られるのは恥ずかしかったから、微妙にぼかして伝えてたの」

「なんだよ、俺と明日姉《あすねえ》って両想いだったのか」

「嘘《うそ》！」

と、思わず私は叫んだ。

「だってあの頃の私なんて、ずっと君の後ろをついて回っておどおどしてるだけの女の子だったもん」

「確かに、そんな感じだったかも。だから高校に入って会ったときにも全然気づけなかったんだろうな。けどさ……」

朔くんはぽりぽりと頬《ほお》をかいた。

「あの頃の明日姉、『自由でうらやましいなー』ってずっと言ってくれてたでしょ？　その言葉に、すげー支えられてたんだよ。ほら、タイミング的にいろいろあったときと被《かぶ》ってるからさ。どこかにちゃんと、わかりやすい外面じゃない自分を見てくれる子もいるんだなって」

それは東京の夜、話を聞いていたときに私も驚いた。

あの頃自由の象徴みたいに見えていた男の子が、裏ではいろんなものを抱えていただなんて。同時にやっぱりすごいなと思って、すべてがすとんと腑《ふ》に落ちた。

どうして、高校で再会した君がそうだったのかも。

「明日姉《あすねえ》はさ」

と、彼が言う。

「いつから気づいてたの？」

そんなの、決まってる。

「去年の九月、ふたりの河川敷で出会ったときからだよ」

朔《さく》くんは大きく目を見開いて、それからふうとため息をついた。

「がっかりした、から？」

その言葉にどういう意味が込められているのか、いまの私にはわかる。

「順序立てて話すけど、さすがの私もずっと君のことを一途に想い続けてたってわけじゃないの、残念ながら。だから同じ高校の後輩にいるだなんて、ぜんぜん知らなかったよ」

「そりゃあまあ、そうだろうね」

「だけど、あの男の子みたいに生きていきたいっていう気持ちだけは、強く心の真ん中に残ってたんだ。もしもいつかどこかで偶然再会できたとき、朔兄の隣にふさわしい女の子になっていたいって」

こほんと、咳払《せきばら》いをした。

「川から出て君を見て、すぐに朔兄だって思った。記憶のなかにあるよりもずっと格好よくなってたけど、間違いないって。いつ打ち明けようかな、言わなくても気づいてくれるかな、本当はそわそわしてたの」

朔くんは、たははと気まずそうに笑う。

「なのに君は、記憶のなかにあるよりもうんとややこしい人間になってた。『なんでそんなことしたの？』だなんて。私はあの日朔兄がしてくれたようにやっただけなんだよ？」

それは、原風景のひとつ。

泥だらけになったワンピースと、はじける笑顔。

「だから思ったんだ。もしかしたら朔兄は、なにかの事情であの頃の私みたいに閉じ込められているのかもしれないって。それなら、本来の君を教えてあげなきゃって」

自分の想いなんて後回しでいい。

私に私の目指す生き方を与えてくれた男の子のために。

素敵な先輩のままでいようと決めたのだ。

君と明日姉でいようと決めたのだ。

そして、いつか朔兄が帰ってきたら、

「――君が憧《あこが》れてくれた明日姉《あすねえ》はね、私が憧れた朔兄《さくにい》なんだよ」


こう伝えようと思っていた。

「でもね」

と、私は続ける。

「時間を重ねるにつれて少しずつわかった。朔兄はね、やっぱり朔兄だったよ。びっくりするぐらいに真っ直《ます》ぐで、熱くて、優しくて眩《まぶ》しくて、自分の意志ひとつで自由にこの世界を飛び回っている、あの頃とおんなじ私のヒーローだ」

それを確信できたから、こうしてすべてを話そうと思えたのだ。

朔くんは、どこか優しいまなざしでこちらを見ていた。

「ありがとう、明日姉」

ううん、と私は首を振る。

もうひとつ、伝えなきゃいけないことがあった。

「だからさ、君が見ていたのは本当に幻の女だったの。朔兄みたいになりたくて、自分の意志ひとつで自由に、強く生きていきたくて、だけどやっぱりお父さんたちにさえ逆らえない普通の真面目《まじめ》な女の子。君は、私越しにかつての自分を追いかけていただけなんだよ」

ずっと、後ろめたさにも似た想いを抱えていた。

君が見ている私はニセモノなんだと。

本当に格好いいのは君なんだよと。

案の定、進路選択という岐路に立たされたとき、私はあっさりぼろを出してしまった。

どれだけ朔兄のまねをしてみても、両親に反対されただけで簡単に自分の意志を曲げそうになってしまう。

そして結局、また助けられてしまった。


——だからこれは、スタート地点の確認だ。


私があの日、なにに憧れたのか。

どんな大人になりたかったのか。

ちゃんと、隣で胸を張っていられるように。

あなたが見た幻を、幻のままで終わらせないために。

朔くんはふうと大きく息を吐き、

「明日姉」

と小さくつぶやいた。

がっかりしただろうか、幻滅しただろうか、なにをいまさらって感じだろうか。

だけど、どんなふうに受け取られたとしても、いまはそれでいい。

ここからもう一度、歩けばいい。

遠い、遠い、その背中に追いついてみせるから。

明日姉《あすねえ》として見てきた君のように、しんどいことがあっても、くじけそうになっても、負けそうになっても、歯を食いしばって、一歩ずつ。

朔《さく》くんはゆっくりと言葉を選ぶように押し黙り、それから口を開いた。

「意外とロマンチスト？　乙女なの？　お目々きらきらしてる系？」

……ん？

「ああくそ、誰よりも自由で不自由ってそういうことか。あのな、それこそ少女漫画じゃあるまいし、小学校の夏休みでたった七日間遊んだだけのがきんちょに憧《あこが》れたぐらいで、そんなふうになれるわけないだろ」

まるで呆《あき》れたようにわしわしと頭をかいて、わざとらしいため息をつく。

「きっかけではあったのかもしれない。でもそれだけだ。いまの明日姉があるのは、自分の理想に向かって真《ま》っ直《す》ぐ歩いてきたからだよ」

「でも……私はただ君みたいになりたいと思ってただけで」

「誰だって最初はそんなもんじゃないの？　小説や漫画のヒーローみたいになりたい、テレビで見たスーパースターみたいになりたい、本を作る仕事につきたい。だけど、その想いを持ち続けて本当に実現できる人がどれぐらいいる？」

朔くんは、とんと私の両肩に手を置いた。

「東京での夜、明日姉が俺に言ったんだよ。『君はなにひとつ、物語にすることを許さなかった』ってさ」

ぐっと、彼の両手に力がこもる。

「だったら、自分のいまを物語のおかげにする必要もないんじゃないかな。俺との出会いがあろうがなかろうが、明日姉はどうせ明日姉だったよ」

その瞳《ひとみ》はどこまでも温かく、優しさに満たされていた。

「泥んこになりながら子どもを笑顔にできる、まわりの目に左右されない、自分の意見をちゃんと持っている、言葉を大切にする、あえて遠回しにしながらいつも的確なアドバイスをくれる、過去の俺を救ってくれた、いまの俺を肯定してくれた、中性的だけど本当はけっこう女の子らしい一面もある、わりとぽんこつ、泣きぼくろがエロい、胸のほくろはもっとエロい、最近じつはちょっと性的な目で見てます。他にもいろいろあるけど――」

あの頃の朔兄《さくにい》みたいに、にかっと笑う。

「そういういまの君に、まるで明日に向かって吹く風のような君に、俺はもう一度惹《ひ》かれて、憧《あこが》れた。簡単な話だろ？」

とくんと、左胸のあたりで音がした。
本当に、君って人は、朔兄は。
そうやってひょいっと私を知らないところまで連れてきちゃうんだから。
スカートの裾《すそ》をぎゅっと握りしめ、真《ま》っ直《す》ぐ相手を見る。
大きく息を吸って吐き、西野明日風《にしのあすか》らしく笑ってみせた。

「なあんだ、朔兄って思ったよりもずっと私に惚《ほ》れてたんだ」

「知らなかったの？」

その意図を察した彼が微笑《ほほえ》む。

「――俺はずっと前から君のことが大好きなんだよ」

へへ、と私は頰《ほお》をかいた。

「明日の三者面談。いまの私で、自分の未来とちゃんと向き合ってくるよ」

ずっと大切にしていた小さな初恋は、これで終わり。

憧れ追いかけるだけの過去も、これで終わり。

「ねえ、明日姉《あすねえ》」

「んー？」

「今度、ふたりでばあちゃんに会いにこようか」

「それはとても、素敵な一日になりそうだね」

さあ、ここからは正真正銘、西野明日風《にしのあすか》の物語だ。

*

そうして迎えた翌日の放課後。

ホームルームが終わってすぐ、朔《さく》くんが私の教室へとやってきた。

「これ、お守りみたいなもんだから」

そう言ってなにかを鞄《かばん》のポケットに突っ込まれる。

上から覗《のぞ》いて確認し、

「どうしてスマホ?」

と思わず尋ねた。

「なんつーか、俺が肌身離さず身につけてるものって、それぐらいしかなかったんだよ」

ぽりぽり恥ずかしそうに頭をかく姿を見て、心がふありと軽くなる。

「ありがとう、心強いよ」

「がんばってね。あのお父さん手強いよ」

「それは私が一番わかってる」

蔵《くら》センから指定された空き教室に入ると、机と椅子《いす》がふたつずつ向かい合わせに並べられていた。

先に着いていたお父さんは、蔵センの隣に座っている。

これが文字通りの三者面談ではなく、親子同士の話し合いみたいなものだと向こうもわかっているのだろう。

迷惑をかける蔵センには申し訳ないけれど、第三者のいる公の場で、ちゃんと将来を考えている高校三年生として向き合いたかったのだ。

「えー、それで」

まずは蔵センが、いつも通りの飄々《ひょうひょう》とした様子で口を開いた。

「端的に、西野はどうしたいんだ」

私は一度目をつむって、それからお腹《なか》に力を込めてお父さんを見る。

「東京に行きたいと考えています。小説の編集者になるために」

私は、このあいだ朔くんと訪れた大学の名前を口にした。

これまで何度も伝えてきた想い。

だけど、ただの一度も認めてもらえなかった想い。

蔵《くら》センは手もとの資料をぱらぱらとめくった。

「とりあえず、単純な成績の面でいえば問題はないだろう」

その言葉に、お父さんはゆっくり首を横に振る。

「繰り返しになるが、まず第一に、東京なんて危ない場所に女の子は出せない。ましてお前は箱入りの世間知らずだ」

そういうふうに育ててきたのは誰？　なんて言っても仕方がない。

事実として私は箱入りの世間知らずだし、そうやって大事にしてくれていたからこそ、大きなトラブルに巻き込まれることなく生きてこられたという面も確かにあるのだ。

「危ない危ないって言うけど、お父さんだって東京で暮らしたことはないでしょ？　伝え聞きの情報でそんなふうに断じるのは違うと思うな」

「田舎者が口を揃《そろ》えて『東京は怖い』と言うのは、それだけ危険な目に遭った人間が多いからだ。ここ数年でいえば福井県内における殺人、強盗、放火、強制性交などといった凶悪犯罪の発生件数は、それぞれが年間でも両手の指で事足りる程度。ものによっては三桁《けた》を越える東京とどちらが安全かなど、比べるまでもないな」

いきなり痛いところを突かれる。

歌舞伎町でのできごとを思い出した。

あのとき、朔《さく》くんがいなかったらどうなっていただろう。

だけど、

「その理屈はずるいよ」

私は言った。

「確かに福井より危険が多いことは事実だと思う。たった一泊でも実感した。だけどそれは危ない場所に近づかないとか、怪しい人たちと関わらないとか、自衛できることだって多いはずだよ。だって、お父さんとお母さんが、私をそういう人間に育ててくれたでしょ」

小さい頃からずっと、お父さんの言うことは正しい。

それがわかるから私も従ってきたし、逆らえなかった。

だからこそ、ひとり東京に出ても、道を踏み外さずに真っ直《ます》ぐ生きていける自信がある。

けれど同時に、それは正しさの一面であって唯一の正解ではないとも思う。

たとえば泥だらけのワンピースが、大切な思い出に変わるように。

「世のなかには自衛のしようがない悪意もある」

「それは福井にいたって同じ。両手の指で数えたなかに私が入らない保障なんて、どこにもない。単純な人口の問題として、東京に凶悪犯罪をおかす人が多いというのなら、福井はそのターゲットになる人が少ないんだから」

お父さんが話題を変える。

「東京に行くなら金銭的な援助はしないと言ったら、どうする？　私大の学費にひとり暮らしの生活費。私たちにとっても決して少ない負担ではない」

「もちろん、応援してくれたらうれしい。だけど、いまの志望校は奨学金の制度が充実していることで有名なの。返還不要の給付型もあるし、私の成績ならひとつも通らないということはまずないと思う」

援護射撃に期待して、ちらりと蔵《くら》センを見た。

「だろうな。一年のときからテストではほぼ学年十位以内だ。三年になってからはすべて五位以内。生活態度も含めて、満点で送り出せる生徒だよ、お前は」

私はふたたびお父さんに向き直る。

「東京のアルバイトについても調べた。たとえば都心のコールセンターなら、学業の合間に週三で働いても月十五万円弱にはなる。奨学金とあわせればなんとかやっていけると思うよ」

私は、朔《さく》くんじゃない。

ああやってよくわからないエネルギーで人の心を変えることはできないから、自分にできる準備をしてきた。

ふむ、とお父さんは手を顎《あご》に添える。

「いまのところ、一応の筋は通っている。問題はその次だな。編集者という目標そのものはいったん置いておくが、東京に出る必然性は？」

「現実的な理由がまずふたつ。過去のデータを見ても、私の志望校はマスコミ系に強い。希望している就職先に卒業生がいるというのはそれだけで強みだし、文芸系のサークルも充実している。それに、小説の編集者になりたいと思ったら、どのみち東京で就職しなきゃいけない。だったら早くから環境に慣れていたほうがいいと思う」

一拍おいて、私は続けた。

「もうひとつは抽象的な理由。ここにいるだけじゃ、見えないものもあるんだよ。たとえば東京の怖さ、その影にあるあたたかさ、顔をしかめるような空気に、福井を思い出す路地裏の匂い。私はもっと、見たことのないものを見たい、触れたことのないものに触れたいの」

お父さんは短く息を吐く。

「お前なりにいろいろと考えていることはわかった。それなら根本的な問いに戻るが、なぜ編集者なんだ？　物語や言葉を届けたいなら、国語教師でも図書館司書でもいいはずだ」

これは、以前の私が答えられなかった質問だ。

大丈夫、もう迷わない。

朔くんに助けてもらいながらだけど、ちゃんと理由を見つけた。

「どちらも素敵な仕事だと思う。だけど私はね、まだ物語になっていない物語、うまく言葉にならない言葉を届ける手伝いをしたいんだって気づいたの」

「漠然としていてよくわからないな」

「私がこれまで触れてきた本は、言葉は、自分たちにしか創れないものを目指して誰かが必死に掘り起こしてきたものなんだよ。だったらこの世界にはもしかしたら、私にしか見つけられない、私が見つけなきゃ埋もれてしまう物語が、言葉があるのかもしれない」

　東京で見た一幕を思い出す。


　たとえばつまらないくだらないと自嘲《じちょう》していた朔《さく》くんの過去を私が尊く思ったように、ただの幻だと諦《あきら》めていた私のいまを朔くんが肯定してくれたように。

　たとえば物語にしないという物語だってあるように。


　けれど、返ってきたのは冷たい言葉だった。

「ありふれた動機だ。編集者や作家を目指している人間を百人集めたら、九十五人ぐらいは似たり寄ったりの夢物語を語るだろう。そしてお前が競わなければいけないのは、ある小説との出会いで命を救われたとか、ある編集者との出会いで人生が一変したとか、そういう本物の覚悟を持っている残りの五人なんだぞ」

　お父さんはブリッジに触れて眼鏡《めがね》を正す。

「大手の出版社に就職し、希望する小説の部署に配属され、さらにヒットする本を作ることがどれだけ困難かは話したな？」

「……うん」

「夢を見るだけなら誰にでもできる。これまで私の生徒にも、歌手になりたいだの俳優になりたいだの小説家になりたいだの語っていた者は数え切れないほどいた。ほとんどは普通に大学へ行って普通の社会人になったよ。それならまだいい」

目をすっと細め、指先でこんと机を叩《たた》く。

「不幸なのは、中途半端に本気だったときだ。本当に夢を叶えられるのは生まれつきの才能と幸運に恵まれたひと握りの人間だけ。そういうものが自分にあると信じ込んで、夢を追うのは格好いいことだと現実から目を逸《そ》らし、いつまでもしがみついて、最後の最後に自分は選ばれなかった側だったと悟ったとき、ふとまわりを見る」

お父さんは薄暗い窓の外に目をやった。

朝から続く重苦しい雨が、グラウンドにまるで落とし穴みたいな水たまりをいくつもつくっている。

「心のなかでダサいとばかにしていた普通の同級生たちが、普通に就職して普通に昇進し、普通に結婚して普通に温かい家庭を築いている。まるで自分だけが世界から取り残されてしまったような感覚になるんだ。そして……」

もう一度、とんと机が叩かれた。

「小さいころからなんでも親の言うことを素直に聞いて真面目《まじめ》を取り柄に生きてきた明日風《あすか》が、そういう特別なひと握りになれるとは思えない。いい加減に現実を見なさい」

「――ッ」

それは、私にとってあまりにも説得力のあるひと言だった。

なぜなら、ほんの昨日まで、自分に対して似たような評価をしていたからだ。

どこにでもいる普通の女の子なのに、特別な男の子に憧《あこが》れて、それっぽい真似《まね》で成長した気になっていた紛い物。

「それでも、それでもっ」

私は声を張り上げた。

お父さんは興味深そうにこちらを見ている。

私が憧れた男の子は、そんないまの私に惹《ひ》かれて、救われて、憧れたと言ってくれた。

彼だって挫折《ざせつ》しそうな経験はたくさんあったのに、自分でちっぽけだと、みっともないと言いながら、いまでも理想に向かって手を伸ばしている。

「あがかなきゃ、前に進めないの。自分で自分のことを『このぐらいだ』って諦《あきら》めたくない。もしもどこかに限界という壁があるのだとしても、この目で確認するまで信じない。私がこの手で、何度でも何度でも叩《たた》いて壊そうとしてみなきゃ、納得できない」

スカートの裾《すそ》をぎゅっと握りしめる。

「これは、西野《にしの》明日風の物語なんだよッ!!」

「――ならば、家族の縁を切るか?」

「……え?」

いま、お父さんはなんと言った?

「聞こえなかったか?　そこまで言うなら、親の責任として経済的な援助はしよう。その代わり、家にはもう帰ってくるな」

「そん……な」

「べつにおかしな話ではないだろう。私は確実にお前が普通の幸せを摑《つか》める方法を示しているし、進もうとしている道には不幸が待っているとも伝えた。それでも後者を選ぶというのなら、私は娘の人生が失敗していく様を見たくはない」

冷静に、いつも通りの淡々とした口調。

思わずすがるように蔵《くら》センを見たが、不満げに頰杖《ほおづえ》を突いているだけだ。

夢を追うか、家族を捨てるか。

そんなの、決められるわけがない。

いや、違う。

そんなの、家族を選ぶしかない。

だってお父さんもお母さんも、私を大切に育ててくれた。

こうして意見は食い違っていても、ふたりのことが嫌いなわけではないのだ。

ずるい、とは思う。

だけど、あの冷静なお父さんがこんなやり方を使ってまで止めようとするのは、大人から見たらそれほどまでに無謀に映るということなのかもしれない。

すうと、指から力が抜けていく。

これは、なにかを諦《あきら》めるときの感覚だ。

遠い夏の日、もうどうやってもお祭りには行けないのだと悟ったときのような。


——本当に、そう、か？


私はもう一度ぎゅっとスカートを握りしめた。

考えろ、西野明日風《にしのあすか》。

たとえばはしごをかけて窓から乗り込んでくるような、もっと違うやり方はないか？

ここで諦めたらいままでとなにひとつ変わらない。

「早く決めなさい、時間が惜しい」

お父さんが言う。

きっと今日を逃したら、もうこういう機会を設けてはくれないだろう。

もう少し、時間がほしい。

なにかが見えそうな気がしているのに。

「岩波《いわなみ》先生。反論もないようなので、進路希望に変更なしということでお願いします」

待って、あと少しだけ。

ぎゅっと、強く目をつむる。

まだ、終わりにしたくない。

そのとき、

「――ちょっと待ってくださいッッッッ」

ガラガラゴオンッと、まるで雷みたいな音を立てて教室の扉が開いた。


ああ、頼りたくなかったのにな。

やっぱり君は、来ちゃうんだ。

ごめんね、心配かけて。

「……朔兄《さくにい》ぃ」

*

スマホを片手にぜえぜえと肩で息をしている彼を見て、私は状況を察した。

多分、私の鞄《かばん》に突っ込まれていたスマホは誰かに借りたものと通話状態になっていて、会話を聞いていたってことなんだろう。

ちょっと反則だと思う、いろんな意味で。

だけど、その後先考えない無茶苦茶っぷりが朔兄らしい。

お父さんがこれみよがしなため息をつき、蔵《くら》センがぎろりと彼を睨《にら》んだ。

「調子に乗るのもいい加減にしとけよ、千歳《ちとせ》。言っただろう。お前はいったいどういう立場で、こ、こ、こ、この会話に加わろうとしてるんだ」

「はッ」

その言葉には、吹っ切れたような笑いが返ってきた。

「――んなもん、その人に憧《あこが》れてる後輩の立場に決まってんだろ！」

それを聞くと、蔵センはほんの少しだけ、にやりと口角を吊り上げた。

「そうか、なら仕方ねえな」

お父さんはげんなりした表情でそれに答える。

「まったくどうなってるんだ、お前の生徒は。……もういい、座りなさい千歳くん。どうせ出てけと言っても聞かないんだろう」

「ありがとうございます」

そうして私の隣に座った。

だけど、と思う。

はっきり言って、こればっかりは朔くんがどうこうできる問題ではないと思う。

娘の説得ですら通用しないのに、家族でもない人からなにかを言われたところでお父さんが意見を覆すとは思えない。

それとも彼のことだ。

なにかこの状況を打開する考えでもあるのだろうか。

朔《さく》くんは両手を机の上に置いて大きく息を吸い、

「お願いします！　明日風《あすか》さんを、明日姉《あすねえ》を東京に行かせてあげてください」


額を机につけて、ただ真摯《しんし》に頭を下げた。

なにを言い出すかと身構えていたお父さんも、私も、一瞬ぽかんとしてしまう。

ひとり蔵《くら》センだけが、必死に笑いをかみ殺していた。

「細かい説明は省きますが、さっきまでの会話、勝手に聞かせてもらっていました。すみません。最後のはちょっとずるい言い方だけど、基本的に西野《にしの》さんのおっしゃってることは間違ってないと思います」

「それなら、君はなんのために飛び出してきたんだ？」

「言ったでしょう？　理屈なしのただのお願いです、わがままです」

わがまま、という言葉を私は反芻《はんすう》した。

なにかが、頭のなかでかちんと音を立てそうな気がする。

朔くんは続けた。

「こんなことを言う立場も資格もないことはわかってます。だけど僕は、明日姉に夢を追いかけてほしい」

額はずっと机につけたままだ。

「ご大層な理由がないと駄目ですか？　好きな気持ちだけでは駄目ですか？　叶えられるって根拠がなきゃ、夢を見ることは許されませんか？」

それは、丸っきり子どもの理屈だった。

お父さんが言っていたことを無視して、自分の感情を垂れ流しているだけ。

必死に頭を下げて懇願する姿も、口にしている内容も、普段の朔くんからは想像できない。

いつか、彼と話したことがある。

『野良猫が近所のおばあちゃんに媚《こ》び売って餌《えさ》をもらっていたら格好悪いと思わない？　それはもう飼い猫みたいなものだ』

『違うよ。野良猫で在り続けるために、そうしているの』

ほらね、やっぱり君はすぐに思い出した。

「僕たちはまだ途中なんです。これから大人になるたびいろんなことを諦《あきら》めたり、折り合いをつけたりしなきゃいけなくなるってことはわかります。きっと、その入り口が夢という荷物を下ろすことなんじゃないですか？　一番重たくて、手放したら楽になれるから、傷つかなくてすむから、戦わなくてすむから」

朔《さく》くん以外、誰もなにも言葉を発しない。

「だけど、夢の終わりは自分で決めなきゃ駄目だッ。じゃないと、熱く生きてるやつを、必死に走ってるやつを、歯ぁ食いしばって頑張ってるやつを見たとき、まるで自分だけが世界から取り残されてしまったような感覚になるんだ。——俺みたいにッ」

がばっと、彼が顔を上げた。

「いまはまだ、自分の未来を手探りしていたいんです。大人にとっては過去なのかもしれないけど、僕たちにとってはいまであり、未来なんだ。本気で追いかけていれば、いつか月にだって手が届くと信じていたいんですよ」


彼の言葉が、想いが、熱が、私のなかに流れ込んでくる。

ああ、やっぱり遠いな、この人の背中は。

ありがとう、朔兄。

私はどうするべきだったのか、わかったよ。

お父さんは、変わらぬ冷たい口調で言った。

「それで演説は終わりか？　以前と同じことをひとつだけ聞こう。千歳《ちとせ》くんは明日風《あすか》が夢に破れたとき、責任をとれるのか？　養ってくれるのか？」

朔くんはぎりっと歯を食いしばる。

「あァ。あんたがそこまで自分の娘を信じられないって言うのなら、俺がッ」

「――ふざけないでッ!!」

私がだんと机を叩《たた》き、その言葉を遮《さえぎ》った。

「そんな、プ、ロ、ポ、ー、ズ、は、死、ん、で、も、ご、め、ん、だ、か、ら。するなら……十年後にちゃんとして？」

意味ありげににっこり彼に笑いかけると、いままでの勢いはなんだったのかというほどまぬけな様子でぽかんとしている。

あんまりかわいいからもう少しからかっていたいけど、見つめていたいけど。

ありったけの意志を、熱を込めて、きっとお父さんを睨《にら》んだ。

「決めたよ。私、編集者になる」

本当は、ただそれだけでよかったんだ。

「お父さんが言ってることは理解できた。だけど、そんなの関係ないよ。好きだから目指すの、なりたいから頑張るの。真っ直《ま》ぐ《す》、熱く、夢だけを見て走る。壁が立ちはだかるなら、そんなの蹴飛《けと》ばしてぶっ壊しちゃうから」

そう、誰かさんみたいに。

私はそんなふうに生きたいと決めたんだから。

——大事なことは、いつだって自分の心で決めるの。

「子どもじみてるとしても、ひとつだけ誰にも否定できない真実がある。才能とか運とか努力とかいろいろあるけど、夢を叶えた人は最後までそれを追いかけ続けたってことだけは、共通してると思うんだ」

たとえばずっと胸にあった少女の小さな憧《あこが》れが、いまの私を形作ってくれているように。

自分を落ち着けるように、一度大きく息を吸い、吐く。

「なんにも難しいことはない。なれるまでやる。それが切符なんじゃないかな。だって、夢に破れた人がいるのと同じように、夢を叶えた人がいることも現実だもん」

「明日風《あすか》……」

お父さんが驚いたようにつぶやいた。

「そう、私は明日風なの。お父さんとお母さんがくれた、大切な名前。それに恥じないように、明日に向かって吹く風になるよ」

これまでの感謝を込めて、これからの感謝を乗せて、とびきりの笑顔を見せる。

「それでも駄目だって言うなら」

私はつんとそっぽを向いた。

「――認めてくれるまで、一生お父さんとは口聞いてあげないんだから」

……。

しばしの沈黙が流れ、

「ぶぁっはっはっはっは」


最初に吹き出したのは、あろうことかお父さんだった。

つられるように朔《さく》くんと蔵《くら》センも笑い出し、私はちょっと恥ずかしくなる。

「明日姉子《あすねえ》どもか！」

「いやいや、いまのはよかったぞ。一本とられたな、ニッシー」

ふたりの言葉に、お父さんはまだ止まらない笑いをこらえながら口を開く。

「っくっく。いや、まさか娘からその台詞《せりふ》を言われるのがこんなに堪《こた》えるとは」

「ちょっと、みんなひどい！」

ようやく笑いが収まったところで、お父さんが大きく息を吐いた。

「私の負けだな、明日風《あすか》」

その声色は、どこまでも深い優しさに満ちている。

「諦《あきら》めるならそれまでと思って、あえて厳しい態度をとり続けた」

一度眼鏡《めがね》をはずし、眉間《みけん》をきゅっきゅと揉《も》む。

「教師として、夢を語る生徒を山ほど見てきたんだ。九十五パーセント以上の失敗と、実際には五パーセントに満たない成功を。前者のなかには、無責任に私が背中を押してしまった者もたくさんいる。結果として、先ほど話したような哀しい結末を迎えた者も」

「お父さん……」

「残念なことにこの世界は、この国は、夢を追いかける人間に優しくできてはいない。大それたことを語れば語るほど、社会の同調圧力は強くなる。親切ぶって、言葉を尽くして、表面上はそれらしく聞こえる理屈を掲げて、みんなが無理だ無理だと連呼してくるんだ」

取り出したハンカチでレンズを拭《ふ》いて、眼鏡をかけ直した。

「そして、あながち間違っていないからたちが悪い。誰もが夢を叶えられるほど甘くないことは、間違いなく事実なんだよ。たとえ彼らの言葉に、自分はそう生きられなかったというやっかみが含まれていたのだとしても」

お父さんが窓の外を見つめて、表情を曇らせる。

「そうやって、心折られた生徒たちがいた。卒業したとき自信と可能性に満ちあふれていた青年たちが、いつのまにか肩をすぼめてこそこそと生きる大人になっているんだ」

「だからお父さんは、社会を演じてくれたんだね？」

そう言うと、まるでなにかを恥じるように首を横に振った。

「家族の縁を切るというのは、つい熱くなって言い過ぎた。これまで見てきた生徒たちとお前を重ねてしまったんだろうな。それに、その、なんだ……娘が父親以外の男に影響を受けて変わったと実感する瞬間は、やっぱりかちんとくるものだ」

少し照れくさそうにぽりぽりと頬《ほお》をかいて、話を続ける。

「自分で言うのもなんだが、私はつまらない大人だ。頭でっかちで、理屈ばっかりが先に立って、堅実な未来しか選ぼうとしなかった。お父さん本当はな、ロックミュージシャンになりたかったんだよ」

ふぐっ、と吹き出すのを全力で押し殺したふたつの音が響いた。

私は抑えきれずにけたけたと笑う。

道理で家には山ほどのレコードとCD、埃《ほこり》をかぶったギターがあるわけだ。

お父さんは蔵《くら》センの脇腹を小突いてから、恥ずかしそうに続ける。

「だけど、現実を見ろのひと言で、まあそうだよなと諦《あきら》めた。そして明日風《あすか》を育てるときにも、私は親として自分の正しいと思うことしか教えられなかったんだ。いまを幸せに思うからこそ、こうすれば少なくとも同じ幸せは摑《つか》めるはずだと」

そんな話を聞かされたのは初めてだ。

いつだって、自分の教えに絶対の自信を持っているのだと思っていた。

「だから不安だったんだよ。そんな私の言うことを真面目《まじめ》に聞いて育ってきた明日風が、ひとりで社会に、夢に、立ち向かっていけるのかが」

お父さんは真《ま》っ直《す》ぐ私の目を見た。

「千歳《ちとせ》くんの言う通り、夢を追う理由なんて好きだからでいい。見事に叶えてみせた生徒に共通していたのは、なにがあっても折れない心だ。誰がなんと言おうと、自分だけは自分の可能性を信じてやるという鉄の意志だ。最初の好きを絶対に手放さない情熱だ。それさえあれば、学年びりっけつの落ちこぼれが立派な教師になることだってある……なあ、蔵」

蔵センは照れ隠しのようにへんと鼻で笑う。

「びりっけつじゃねえぞ、俺の後ろにまだふたりはいた」

お父さんは蔵センの前に置いてあった進路表をこちらに差し出し、優しく微笑《ほほえ》む。

「いつのまにか立派に成長していたんだなぁ。

明日風、お前の好きなように生きなさい」

思わずあふれてきそうな涙をこらえながら、

「──はいッ」

私はそう言って頭を下げた。

およそ十八年間分の想いを込めて、頭を下げた。

「それから千歳くん」

「……はい」

「君はあの頃からちっとも変わらんな」

朔《さく》くんはぎょっとした表情を浮かべる。

「覚えて、たんですか」

「大事な娘を二回もさらっていった男を父親が忘れるわけないだろう。ちなみにこのあいだの東京で三回目だ。次はない」

「えっと……たはは」

「最初の三者面談や電話での小賢しい詭弁《きべん》はせいぜい六十点だが、さっきの真っ直《ます》ぐな言葉はなかなか心に響いたよ。一度も私のことを『お父さん』と呼ばなかったのも正解だ。総合で九十点といったところだな」

少し冗談めかしてそう言ったあと、

「ありがとう」

お父さんが頭を下げた。

「うちの娘を信じてくれて、支えてくれてありがとう」

朔《さく》くんは真面目《まじめ》な顔でその言葉を受け止めてから、へらっと表情を崩す。

あ、あれはしょうもない軽口を叩《たた》くときの顔だ。

「なんにもしてないですよ。西野《にしの》さんがいま見た明日風《あすか》さんは、ちゃんとあなたのもとで真っ直ぐ育った明日風さんだ。僕は……ちょいと悪い遊びを教えただけです」

「ほう？　詳しく聞かせてもらおう」

急に真面目なトーンが返ってくると、朔くんはわざとらしく口笛を吹いて目を逸《そ》らす。

やれやれ、とお父さんは苦笑いを浮かべた。

「そうやって本音を見せずに茶化すところも、本当に若い頃のこいつそっくりだよ、なあ蔵《くら》。まったく、手に負えない生徒が手に負えない生徒を育ててどうする」

「教師冥利《みようり》に尽きるだろ?」

「ふん。どうせたいした仕事もないんだから、今日は一杯付き合え」

「ニッシー酒が入ると延々に娘の自慢するからめんどくせぇんだよ」

「仕方ないだろう、自慢の娘だ」

「へいへい」

がたがたと椅子《いす》を引き、ふたりが立ち上がる。

教室を出るときにふと、お父さんが振り返った。

「千歳《ちとせ》くん、そのうち気が向いたらうちに遊びに来るといい」

言われたほうは、へっと口角を上げる。

「やですよ、お父さん怖いから」

「その皮肉は、百点だな」

ぱしゃりと扉が閉まり、教室には私と彼だけが残された。

＊

これで私は東京へ行くことが、決まった。
なんだか全身からすとんと力が抜ける。
自分の将来が決まる瞬間というのは、こういうものなのだろうか。
なんというか、拍子抜けしたような、もっと違う感情のような。
かたん、と隣で朔《さく》くんが立ち上がる。
どこまでも優しく微笑《ほほえ》み、
「おめでとう、明日姉《あすねえ》」
手を差し出してきた。
私はそれを握り、どこか地に足のついていない心境でふらふらと立ち上がる。
恐怖だろうか、不安だろうか、文字通り夢見心地なのだろうか。
「東京で、夢を叶えてよ」
なぜかそれがさよならに聞こえて、ああと悟った。

——この感情は、ありふれた、ただの寂しさだ。

瞬間、この町で過ごした日々が、目の前にいる男の子といっしょにいた時間が、濁流のように押し寄せてきて私を呑《の》み込んだ。

進むべき道が決まったということは、手放さなきゃいけないものも決まったということ。

ここが人生の分かれ道。

私はきっともう、お父さんやお母さんと語らいながら、のんびり温かくて優しいこの町で、大きな変化がないかわりにささやかな幸福に満ちた生活を送ることはない。

大学生になってもちょくちょく蔵《くら》センのところに顔を出したり、いつもの河川敷で三年生になった朔くんをこっそり待ってみたり、思いつきでデートに誘ったりすることもない。


——この人のお嫁さんになることも、きっと、ない。


きゅうっと、胸が締め付けられた。

自分で決めたことだ。後悔なんかひとつだってない。できるわけがない。

私は夢を追いかける、知らない街で胸張ってちゃんと生きてやる。


だけど、だけど、だけど。

ありがとうお父さん、お母さん、ここまで私を育ててくれてありがとう。知らない街でもちゃんと地に足つけて生きていけるすべを与えてくれてありがとう。

ありがとう蔵《くら》セン、面倒な生徒に最後まで付き合ってくれてありがとう。私の不自由さを見抜いてくれてありがとう。

ありがとう朔兄《さくにい》、私に自由を教えてくれてありがとう、私をさらってくれてありがとう、私を信じてくれてありがとう、支えてくれてありがとう、救ってくれてありがとう、最後の最後まで格好いい背中でいてくれてありがとう、ありがとう――――。


気づけば私は、なにかを繫《つな》ぎ止めようとするように思いきり抱きついていた。


突然のことで受け止めきれなかったのだろう。

ふたりでどさりと床に倒れ込む。

下になった朔くんをまたいだまま腕だけで身体を起こし、その顔を見つめた。

「明日姉《あすねえ》、なんて顔してんだよ」

彼が優しく微笑《ほほえ》む。

ぽろぽろ、ぼろぼろと、私はもうあふれる涙をこらえることができなくなっていた。

それはまるで六月の雨粒みたいに男の子の頰《ほお》を濡らしていく。

きっといま、私の顔はぐしゃぐしゃだ。

「直ってないな、泣き虫」

朔兄の指がそっと私の頰に触れた。

懐かしいその仕草も、言葉も、ずっと大切にしていた遠い夏の日々となにひとつ変わらない。

手を繫いで帰ったあぜ道、泥だらけになった白いワンピース、ラムネのビー玉をふたりで見つめたお祭り、並んで眠った東京の夜、いまこの瞬間だってッ――。


ずっと見守っていてくれた。

行く先を照らしてくれた。

大丈夫だよって背中を押してくれた。


こんなにも大きくて、きれいで、明るくて、優しくて、

私にとって君は、君は、

「――君は……私の、……月だッ!!」

ざあざあと雨を降らせながら、私は言った。

「違うよ。俺が蓋《ふた》の開かない瓶《びん》に沈んでいたとき、どうしようもなく美しく輝いていた月が明《あ》日姉《すねえ》なんだ」

違う、違う、違う。

もう身体を支えているのもつらくて、ごつごつした胸のなかに顔をうずめた。

本当はもっと上手にありがとうを言いたいのに、この胸のなかにある気持ちを全部届けたいのに、ありふれた言葉しか出てこない。

「私、頑張るね。東京で、夢を叶える。君の輝きが確かに私を照らしてくれたということを、証明してみせるから」

ぽんぽんと、優しく頭が撫《な》でられた。

「頑張れ、明日姉。頑張れ、頑張れ、負けるな」

「う、ううッ、うわあああああああああああん」

自分がどこにいるのかも忘れて、本当は笑わなきゃいけない場面だってことも忘れて、私はただただ泣き続けた。

走り始めたら二度と寂しくて涙したりしないように、迷ったりしないように、あなた以外の誰かにもたれかかったりしないように。

——私の一生分は、ここに置いていくから。

*

そうして俺、千歳朔《ちとせさく》は、ようやく落ち着いた明日姉《あすねえ》を連れて学校を出た。

いつのまにか重苦しい雨は上がり、雲が遠ざかっている。

人気《ひとけ》のない河川敷の道はところどころに水たまりができて歩きにくかったが、空気はどこまでも透明に澄み渡ってみずみずしい。

まだ夜の浅い空には、まるでその名前を体現したようにほんのりと紅い六月のストロベリームーンが浮かんでいた。

ついでに隣を歩く人の目や鼻も真っ赤になっている。

「明日姉、あのお月さまみたいだね」

「さっきのやりとりを台無しにしないでぇ」

「人生にはしょうもないジョークとオチが必要なんだよ」

ふたりでくすくすと笑う。

どうして明日姉が泣き出したかはわかっていた。

だって本当は、俺もいっしょに泣き出してしまいそうだったから。

誰かと離れることをこんなにも切なく、苦しく思ったことは、もしかしたら初めてかもしれない。

小学校や中学校の卒業で友達と離れたとしても、会おうと思えばすぐ会える。

家族と離れてひとり暮らしを始めたときだって、やっぱり家族だから離れるの意味が違う。

——ああそうか。

この気持ちは、夏休みにばあちゃんの家から帰るときと同じだ。

初恋の女の子と、もう来年までは会えないという切なさ。

本当に来年になればまた会えるのだろうか。もし会えたとして、もう一度今年の夏みたいな時間を過ごせるのだろうかという不安。

そのとき彼女は、自分の知ってる彼女のままなのだろうかと、何度も繰り返し考えて胸をかきむしられるような苦しさ。

あの頃の俺たちにとって、車か電車でしか行けないというのはそのぐらい遠い場所で、それはちょうど高校生にとっての東京と福井に似ている。

明日姉《あすねえ》はもう、走り始めた。

今日を最後にきっともう、振り返らないし止まらない。

これから先、どんどんどんどん先に進んで、俺の知らない明日姉が増えていくんだろう。

遠くの街で、遠くの空の下で、遠くの夜に抱かれながら。

俺はまだ、これからなにを追いかけて、どこに向かって進めばいいのかもわかっていない。

「あと九か月、か」

そうつぶやくと、隣の明日姉はとんとんと俺の肩を指でつついた。

「ねぇ、君はあの約束を覚えてる？」

「もう駆け落ちはなしだぞ。次はないと警告されてるんだ」

くすくすと笑いがこぼれる。

「じゃなくて、『もしも東京に行くなら、それまでにここでしか見られないものをもっと見よう。ここでしかできない会話をして、ここでしか流せない涙を流そう。遠く離れたとしても、心はいつだってこの場所に帰ってこられるようにッ』てやつ」

「あらたまって復唱されると恥ずかしいからやめてぇ」

たたん、と明日姉が俺の前に出てくるりと振り返った。

「私ね、卒業までにどうしてもしたいこと、ひとつできたよ」

くしゃっと笑い、びしっと俺を指さす。

「――今度は、ううん、今度こそ。遠くても思わず手を伸ばして、追いかけたくなる、たったひとつの灯《あか》りになってみせるよ。朔兄《さくにい》に憧《あこが》れた西野明日風《にしのあすか》と、君が憧れてくれた西野明日風のありったけで」

あちこちの水たまりに、川の水面に、そしてもちろん遠くの空に、いくつもの満月が浮かんでいる。

どれが幻で、偽物で、本物なのか、決めるのは自分なのかもしれない。

ラムネの瓶《びん》に沈んだビー玉が、誰かの月になるように。

ふたりをまだ見ぬ未来に運んでいく、明日へと向かう風が吹いた。

次の桜が咲くころ、俺たちはどんな顔でさよならをするだろう。

エピローグ　この日のお月さま

帰り道、お月さまを眺めていた。

まだ小さな少女だったころ、思ったことがある。

この人みたいになりたい、と。

君は私のことを幻の女だなんて言っていたけれど、私にとっては朔兄《さくにい》こそが遠い夏の日の幻影だった。

触れられそうで、摑《つか》めそうで、だけどぜんぜん手の届かない蜃気楼《しんきろう》。

たった七日間の憧《あこが》れ、七日間の夢、七日間の恋。

いま思えば、狭い世界に閉じこもって物語にばかり浸っていた女の子に訪れた、ありふれたあたりまえだったのかもしれない。

それでもあの日、あのいくつかの夏、私の人生は確かに変わったの。

君は確かに遠い空に浮かぶお月さまで、この世界にたったひとつしかない夜の灯《あか》りだった。

だけどそれはもう、今日でおしまい。

背中を追いかけているだけじゃ、私はいつまでたっても白いワンピースで泣きじゃくる少女のままだから。

――さよならあの日の朔兄、こんばんは、隣を歩く素敵な後輩の男の子。

いつか手を伸ばしたお月さまは、ただ涼しい顔して微笑《ほほえ》んでるだけじゃない。

歯を食いしばって、しゃんと前を見て、誰かの光とか、期待とか、祈りみたいなものを全部受け止めながら、それでも自分らしく在ろうと踏ん張っている。

お月さまはたったひとつだと思ってた。

生まれた瞬間から決められているものだと思ってた。

でも、それは違うっていまならわかる。

唯一じゃない、絶対でも普遍でもない。

きっと、みんな誰かの月なんだ。

だからもしもこの先また、君があの日の君みたいに迷子になったら名前を呼んで。

明日姉《あすねえ》って、呼んで。

そのときはね、たとえどんなに辛くて悲しい物語だって、私がハッピーエンドに変えてみせるから。君が私の行く先を照らしてくれたように、ひとりで強がる君の暗がりをかたっぱしから消してまわってみせるから。

懐かしくて、いつもより温かい左手に力を込めた。

――ねえ。私はあなたのお月さまに、なれるかな。

あとがき

二巻はページ数をぎりぎりまで使ったせいで、あとがきがウェブ掲載のみ（ガガガ文庫公式ブログ、もしくは作者Twitter@hiromu_yumeのプロフィール欄にリンクを貼《は》っているnoteで読めます）になってしまったので、一巻以来の方も多いかと思います。

お久しぶりです、裕夢《ひろむ》です。大人の事情により半年もお待たせしてしまいましたが、その分大きなニュースがふたつありますぜ！

ひとつ目は、チラムネ（※本作の略称）のコミカライズ決定!!　マンガＵＰ！にて、すでに連載がスタートしています。じつは一巻発売時点からいくつかお声がけをいただいていたのですが、raemz《レームズ》さんのイラストの空気感を漫画でも表現してほしいという想いから、決断は慎重になっていました。しかし、今回ご担当いただいたボブキャ先生は、キャラデを拝見した瞬間に「この人だ！」と即決したほどにキャラクターたちの雰囲気をよく捉えてくださっています。なにより原作をとても愛してくださっているので、期待して読んでみてください!!

ふたつ目は、もちろんドラマＣＤの発売!!　裕夢の力及ばず、残念ながら特装版として出すことはできませんでしたが（謝）、ガガガ公式オンラインショップにて購入することができます。ガガガチャンネルなどでおなじみ81プロデュースに所属されている全声優さんのサンプルボイスを文字通り隅から隅まで聞き、チラムネガールズのイメージにぴったりだと確信した方たちにお願いさせていただきました。柊《ひいらぎ》夕湖《ゆうこ》役の阿澄佳奈《あすみかな》さん、内田優空《うちだゆあ》役の上田麗奈《うえだれいな》さん、青海陽《あおみはる》役の赤﨑千夏《あかさきちなつ》さん、七瀬悠月《ななせゆづき》役の天海由梨奈《あまみゆりな》さん、西野明日風《にしのあすか》役の奥野香耶《おくのかや》さんなど、そうそうたる声優陣の方々が、次ページからの書き下ろし脚本を演じてくださっています。

もう本当に予想を遙《はる》かに超えて素晴らしい仕上がりなので、ぜひ聞いてください!!

というわけで今回はお知らせメインになってしまいましたが、謝辞に移ります。

イラストを担当してくださったraemzさん。一巻の時点で素晴らしかったのに、冗談抜きで巻を追うごとにレベルアップしてません？　神かな？　最近はraemzさんのイラストを見て原稿の着想をもらうことも多くなってきました。今回も最高の明日姉《あすねえ》をありがとうございます！

そして担当編集の岩浅《いわあさ》さん。初稿の感想が「まあだいたいTwitterで書いたとおりなんですけど」（発言ママ）って、140字のうち褒《ほ》め言葉一行ぐらいしかなかったよ？　今回の人の心がわからない赤字MVPは「んんんんんんん？　何を読まされてるんだ？」（んの数含めて原文ママ）でした。見事に完結を迎えた『妹さえいればいい。』の平坂読《ひらさかよみ》先生に敬意を表し、この言葉を贈ります。——担当岩浅ちんこもげろ。

そのほか、宣伝、校閲など、チラムネに関わってくださったすべての方々、なにより三巻までついてきてくれた読者のみなさまに最大限の感謝を。また四巻で会いましょう！

裕夢

特別短編　王様とバースデー

この特別短編は、『千歳《ちとせ》くんはラムネ瓶《びん》のなか』通販ドラマCDの脚本を小説形式にリライトしたものです（音声とは若干異なる部分があります）。２巻と３巻のあいだにあった出来事を描いておりますので、３巻の本編を読む前でも後でもお楽しみいただけます。なお、ドラマCDの購入方法は４３８ページをご確認ください。


七瀬《ななせ》のストーカー事件が解決してから数日経った放課後。

廊下を歩いていると、前方に雪駄《せった》をからから鳴らしてふらふら歩く後ろ姿が目に入った。

俺は早足気味に近寄りその背中に声をかける。

「蔵《くら》セン」

「おん？」

いつも通りのだるんとした声が返ってきた。

「今日の放課後、屋上使ってもいい？」

「わざわざ許可とるなんて珍しいな。いつも勝手に使ってるだろうに」

確かにその通りなんだが、今日は少しばかり事情が違う。

「なんか夕湖《ゆうこ》たちにそうしてくれって頼まれてさ。まぁ、このあいだ俺の誕生日だったたし、お祝いでもしてくれるんじゃないっすかね」

そう言うと、蔵センはへっと口の端を吊り上げた。

「そういうのは気づいてても気づかないふりしてやるのが粋《いき》ってもんだ」

「まあ、隠す気あるのかないのかって感じだったけど。夕湖なんて、わかりやすくラッピングされた袋持ってたし」

ひとまわり大きな紙袋に入れて隠していたみたいだが、リボンをかけた口の部分がばっちり覗《のぞ》いていたのだ。ばればれのサプライズパーティーをわくわくしながら準備してくれている様子を想像し、思わずくすくすと笑う。

蔵センはふうと小さくため息をついた。

「まぁ、事情はわかった」

そう言うと、珍しくきりりとした顔つきになる。

「……から、俺の教師生命《せいめい》にかけて絶対に許可は出さん！」

「んなこの先長くなさそうなもんかけられてもな」

「理由を聞け」

「だいたい想像できるんだけど……」

まるで生徒指導をする熱血教師のようにえへんと腕を組み、蔵センが声を張った。

「Eカップやカップに囲まれていちゃこら青春を謳歌《おうか》してるやつに放課後の屋上なんて使わせたら、乱交パーティーでもおっぱじめかねんからな」

「うわぁ、想像してたよりも下品だったわ」

「しかし、俺も混ぜてくれるというなら話は聞こう」

そのやりとりを聞き、部活に向かう生徒、家に帰ろうとする生徒、おまけに通りがかりの教師までがひそひそとこちらを遠巻きに見ている。

「あんたの教師生命、いままさに風前の灯火《ともしび》だぞ」

まだなにか続けたそうにしていた蔵《くら》センだが、その背後から無表情で近づいてきたバスケ部顧問の美咲《みさき》先生にジャケットの上襟を摑《つか》まれ、ずるずると引きずられていった。

＊

そんなこんなで教室に戻ってチーム千歳《ちとせ》のみんなと合流し、屋上へとやってきた。

蔵センから預かっている鍵でドアを開け、俺が先頭になって青空の下に出る。

まだ梅雨入り前の五月末。

ぶありと吹き抜ける風はあたたかく、そこいらじゅうから新緑の香りをありったけかき集めてきているみたいだ。

柵《さく》の向こうにはいつもと代わり映えのない穏やかな福井の町並みが広がっている。

ぷかぷか漂う雲にタッチするように、俺はぐいんと背伸びした。

「んー、いい天気だ」

その瞬間、

──スパパパパパンッ!!

背後でいくつもの爆発音が鳴り響く。

「うおッ!」

驚いて身を縮こめながら振り返ると、

「「誕生日おめでと～!」」

みんながクラッカーの抜け殻を手に、色とりどりの笑顔を浮かべていた。

俺は数秒固まってから、照れ隠しの軽口を叩《たた》く。

「さんきゅーだけど、なぜにこのタイミング。言い出しっぺは……夕湖《ゆうこ》だな?」

そう言うと、夕湖はぷぷうと口を尖《とが》らせた。

「だって〜。どうせ朔《さく》勘づいてるだろうから、ちょっとでも驚かせたくて」

「だからって主賓を背後から撃つなよ。つーか陽《はる》はクラッカーちけぇ」

勘づかれていることには勘づいていたのか、と思っておかしくなる。

水を向けられた陽は両手を頭の後ろで組みながらにかっと笑った。

こいつ、振り返ったときヘッドショット狙ってたのかってぐらい近距離でクラッカー構えてたからな。

「なーに言ってんの旦那《だんな》。こういうのは景気よくやったほうがいいっしょ。ねっ、悠月《ゆづき》?」

「だね。その人、不意打ちでもしないとちょっとやそっとじゃドキッとしてくれないだろうし」

七瀬《ななせ》は表面上当たり障りのない受け答えをしながら、唇に指を添えてなにやら当たりも障りもありそうな視線を向けてくる。

無意識のうちに、ストーカー事件が解決した日の夜を思い出して左頬《ほお》に触れると、艶《つや》っぽい笑みが返ってきた。

なんとなく気まずくて目を逸《そ》らしたら、そんなやりとりにはてんで気づいていない夕湖《ゆうこ》が楽しそうな声で応じる。

「そゆこと〜。さ、座ろ座ろ。海人《かいと》、ちゃんと買い出ししてきてくれた?」

「おうっ。クラッカーならまだまだあるぜ、なあ健太《けんた》!」

海人に話を振られた健太はなぜだか申し訳なさそうにうつむいた。

「……うん、クラッカーはね」

夕湖は片手を腰に当てながらびしっと海人を指さす。

「じゃ、なくて！　お菓子とかジュースとかそういうの」

「へ？　誕生日パーティーの準備っていったらクラッカーじゃねぇの？」

「ばっかちーん！　それだけのわけないでしょーが！」

健太はしどろもどろになりながら弁解した。

「お、俺はそう言ったんだけどね。浅野《あさの》が自信満々だったから、リア充はそういうもんなのかと。水篠《みずしの》も口出さなかったし」

当の和希《かずき》はおかしそうにくすくすと笑っている。

「いや、黙って見てたらふたりがどうするのか興味あってさ」

「どうもなにも、これ以外の未来あったか？」

思わず俺がツッコんだ。

こいつ、小ネタのためにノータイムで俺の誕生日パーティー捧げやがったな。

そんなやりとりを見ていた優空《ゆあ》が、呆《あき》れたようにため息をつく。

「……はぁ。いいよ、私があらためて行ってくるから」

「うっちぃ〜」

海人が情けない声を出すと、七瀬がひらりと手を上げて軽い口調で言った。

「あ、うっちーそれ私行くよ」

「え、いいの悠月《ゆづき》ちゃん？　大丈夫だよ？」

「だんねだんね（注：いいよいいよ）。うっちーにはいつもそういう役回りお願いしがちだし、バスケ部の尻拭《しりぬぐ》いはバスケ部でするから」

「そう？　じゃあ、お願いしちゃおっかな」

隣にいた陽《はる》がぎょっとして顔をしかめる。

「げ、バスケ部ってことはもしかして私も……」

しかし七瀬《ななせ》は、

「てことで、行こっか千歳《ちとせ》」

こちらを見てにこっと微笑《ほほえ》んだ。

「……ん、俺？　バスケ部でもない上に、勘違いじゃなければ今日の主役だったと思うんだが」

「だってこの人数分の買い出しだよ？　男子の荷物持ちは必要だって」

「だったら元凶の海人《かいと》に行かせりゃいいんじゃ……」

俺が言うと、七瀬の瞳《ひとみ》にからかうような色が浮かぶ。

「あれ？　千歳朔《さく》ともあろう者が、元カノとふたりっきりは気まずいのかな？」

「あいにく、過去は振り返らない主義なんだ。わかった、付き合うよ」

クールに答えてから思ったが、なんかうまいこと乗せられた気がしないでもない。

＊

そうして俺たちは、学校付近のコンビニでお菓子やらジュースやらを調達した。

隣を歩く七瀬がのんきに口を開く。

「いやー、買ったね～」

「調子に乗って買いすぎだろ……ってか七瀬さん。明らかに水物が僕のほうに偏ってませんかね？」

「そのために千歳つれてきたんだもん」

あっけらかんと言う様子を見て、思わず短いため息が漏れた。

「ったく。そんで、本当はなんの要件だ？」

どう考えてもあそこで七瀬が名乗りを上げて俺を道連れにするのは不自然だ。

なにかしらふたりになりたい理由でもあったのだろう……まあ、見当はつくが。

「さて、なんの話かな？」

七瀬はくすりと意味ありげに微笑む。

「言っておくけどな、偽物の彼氏はもうごめんだぞ」

「じゃあ、今度は本物にしておく？」

「おっぱいさわってもいいのか？」

「いいよ……って答えてもいいの？」

軽口で煙に巻こうとしたが、どうにも旗色が悪い。

「……話を戻そう」

俺がそう言うと、七瀬《なせ》は俺の顔を覗《のぞ》き込むように言った。

「今日は千歳《ちとせ》の誕生日祝いだよ。要件なんて、ひとつしかないでしょ」

「プレゼントならもうもらったぞ。とびきり上等で扱いに困るやつを」

「ふふっ。そこの公園、寄っていい？」

＊

七瀬に誘われるがまま、俺たちは小さな公園のベンチに座った。

きいきいと、古びたブランコが風にそよぐ。

コンビニの袋もしゃらしゃらと気持ちよさそうに笑っている。

「じゃあ、あらためて。ハッピーバースデー、朔《さく》」

「ありがとう、ゆづ……七瀬」

自然に朔と呼ばれたので、つい先日までのように悠月《ゆづき》と答えそうになった。

それほど長い時間ではなかったのに、いつのまにか七瀬と呼ぶほうが違和感を覚えるようになっている。

だったら素直に悠月と呼べばいいんだろうが、なんとなくけじめはつけておきたいのだ。

そんな気持ちを見透かしたように七瀬が笑う。

「いいよ、悠月のままでも」

「別れた彼女がいつまでも自分を忘れられないと思うのは幻想らしいぞ？」

「男の子なら幻ぐらいつかみ取ってみせなさいよ」

「あのな……」

言いかけた俺の言葉を遮《さえぎ》るように、七瀬は手持ちのトートバッグをがさごそと探った。

青い包装紙に白いリボンがかけられた箱状のものを取り出す。

「はい、プレゼントだよ。今度は形のあるやつ」

「おう、さんきゅ。開けていいか？」

「もちろん」

教室に寄ってトートバッグを持ってきた時点で想像はついていたが、やっぱりこうして面と向かって渡されると少し照れる。

なるべく包みを破らないよう、慎重にラッピングを剝《は》がすと、両手に収まるぐらいの箱にプリントされたイラストが目に入った。

「これは……三日月？」

そこに描かれていたのは、デフォルメされたおしゃれな夜空に浮かぶ三日月だ。

「そう、デスクライト。千歳《ちとせ》の部屋、殺風景だったから少しぐらい遊び心のある小物があってもいいかなって」

先日、七瀬《ななせ》が泊まったときのことを思い出して俺は苦笑した。

「確かにな。うれしいよ、どうにもこういうのを選ぶセンスはないんだ」

そう答えると、少しだけ不安げな表情を浮かべる。

「一回泊めてやったぐらいで巣作り始めやがってとか思ってない？」

「まさか。そういう意味じゃないのはわかってる」

意外とかわいいこと心配するんだなと微笑《ほほえ》ましく思っていたら、七瀬は耳元にすっと唇を寄せてきた。

そうしてささやくように、息を吹きかけるように言う。

「そういう意味だよ？　ベッド脇のテーブルに置いて、寝る前にはいつも私のことを思い出すようにって」

前言撤回。ぜんぜんかわいげなかったわ。

甘く、しびれるような声を、精一杯気にしないふりで軽口を返す。

「ベッドで七瀬のことを考えるのは、健全な高校生活に悪影響を及ぼしそうだ」

いや、ほんとね。

いろいろあるんですよ男子高校生には。

耳元のささやきが続く。

「なんなら私の声を吹き込んだ目覚まし時計もプレゼントしようか？　ときどきランダムでメッセージが流れるの」

「なんて吹き込むんだよ」

「――見てるぞ」

「こえーよ！　……これ、監視カメラとか仕込んでないだろうな」

七瀬はくすくすと笑ってから、どこかとろんと蕩《とろ》けた表情で挑発的にちろりと唇を舐《な》める。

その艶《なま》めかしい仕草に、思わず目が吸い寄せられた。

まるで俺の気持ちを汲《く》み取ったかのように、色っぽい響きで言う。

「ねぇ……いつかあの日の続きをするときも、雰囲気出そうじゃない？」

「ばかものぉッ！」

くそ、すっかりもとの調子を取り戻しやがって。

つーか、事件の前よりもパワーアップしてないかこいつ。

＊

屋上に戻ると、待ってましたとばかりに夕湖《ゆうこ》が声をあげた。

「ふたりとも、遅いよ～！」

七瀬《ななせ》がスーパーの袋を持ち上げながら応えた。

「ごめんごめん、ちょっと寄り道してて。でも、いろいろ買ってきたよ」

「適当に好きなのとってってくれ」

俺もそれに続き、輪になったみんなの真ん中に飲み物を出していく。

各人に行き渡ったところで、夕湖が自分のオレンジジュースを掲げた。

「それじゃああらためて。朔《さく》、お誕生日おめでと～」

「「おめでと～」」

「どもども～」

そう言いながら、乾杯の要領でみんなとペットボトルをぶつける。

陽《はる》がポカリをぐぴぐぴ飲んでからこちらを見た。

「旦那《だんな》、十七歳になった感想は？」

「そう言われてもな……まあ、十七歳っていい響きだよな。青春ど真ん中っぽくて」

なんとなく答えたあとで、我ながら言い得て妙だなと思った。

「それちょっとわかるかも。なんか十六歳だとまだ子どもって気がするし、十八歳だと大人の一歩手前って感じ。十七歳は正しく高校生だよね～」

正しく高校生、か。

陽の言葉は妙にすんなりと心に入ってきた。

慣れない生活に対するそわそわも消え、来たるべき受験への不安もまだ薄い俺たち二年生は、十七歳は、多分高校生活をもっとも満喫できる時期なんだろう。

そういう時間をこいつらと過ごせることが、しんみりうれしく思える。

「あ、ポッキーちょーだい」

ちょっとセンチメンタルになった俺の内心など露知らず、陽は優空《ゆあ》にお菓子をねだっていた。

「はい、どうぞ」

「うっちーあーん」

「はいはい」

優空は手にした箱からポッキーを一本抜き、口許《くちもと》へと運ぶ。

ぽりぽり、ぽりぽり。

陽は親鳥から餌《えさ》をもらう雛みたいな状態で端から食べていく。

うーん、微笑《ほほえ》ましい光景だ。

それを見ていた海人《かいと》が間抜けな顔で口を開けた。

「うっちーうっちー、俺もあーん」

「ええ……」

「ひどくね?!」

まあ、そうなるでしょうね。

海人《かいと》はおばかなので、全然懲りてない様子で続けた。

「じゃあさ、朔《さく》も大人の階段ひとつ上ったことだし、あれやろうぜあれ。王様ゲェーム！　いえーいッ!!」

「「「……」」」

うん、頭に「お」とかつけて気を遣う必要なかったわ。

ただのばかだ、こいつ。

完全に冷え切った空気のなか、嫌々といった様子で夕湖《ゆうこ》が口火を切った。

「海人きもーい」

陽《はる》と優空《ゆあ》が続く。

「ないわ～」

「……はぁ」

だめ押しとばかりに健太《けんた》も言った。

「浅野《あさの》……」

「健太まで!?　朔ぅ～」

知らねえようるうるした目でこっち見んな。

「やだよ蔵《くら》センじゃあるまいしおっさんくせぇ」

当然のように俺が言うと、

「そう？　いいじゃん王様ゲーム」

意外なことに七瀬《なせ》が海人を援護した。

夕湖が驚いた声をあげる。

「えぇーっ!?　だって一歩間違えたら海人とポッキーゲームとかしなきゃいけないんだよ？　どう考えても無理め～」

「し、しどい……」

ぺこんと凹《へこ》んでる海人は無視して七瀬が続けた。

「まぁ、ポッキーゲームぐらいはさておき、もちろん無駄にエッチぃのとかはなしで。ただのゲームなんだから、本気で嫌だったら断ればいいだけだよ」

「それはそうだけどぉ……」

もっともな話ではあったが、夕湖は腹を決めかねているようだ。

和希《かずき》がなにやら含みのありそうな表情で口を挟む。

「逆に言えば、朔とポッキーゲームできるかもしれないよ。ってことだよね、悠月《ゆづき》？」

「さあ？　解釈は人それぞれじゃない？」

七瀬《ななせ》はそれに取り合おうとはせず、さらりと受け流した。

「そっかぁ……朔《さく》はどう思う?」

夕湖《ゆうこ》がこちらを見る。

「まぁ、七瀬が言うように清く正しい高校生の範疇《はんちゅう》なら。そうだな……健太《けんた》、判定係してくれ。これ以上はNGだと思ったら止めてよし」

「ええ、俺っすか!?」

「多分このなかでお前の感覚が一番一般人に近い」

まあおそらく無茶なこと言い出すようなやつはいないだろうが、ばかもいるから一応の安全策ってことで。

それを聞いた優空《ゆあ》がにっこり微笑《ほほえ》む。

「私も賛成だな。海人《かいと》くんたちに任せておくの不安だし」

「優空ちゃん、たちってもしかして俺も入ってる?」

……うん、優しい笑顔で無言の肯定やめて?

健太は隣でぷるぷるふるえていた。

「てか、ほんとにやるんすか。リア充コワイ、リア充コワイ……」

＊

「はい、というわけで。第一回ドキドキ王様ゲェーム！　いぇーい！」

「「……いぇーい」」

ノリノリな海人の号令に、みんながやる気のない声でぱらぱらと応じる。

「二回以降も開催するつもりかよ」

俺が言うと、海人は人数分の割り箸《ばし》が握られた手を輪の中心に突き出した。

「細けぇこたぁいいんだよ！　ほら、みんな割り箸摑《つか》んだ？　やるぜ、せーのっ！」

「「「王様だーれだ？」」」

……。

「よっしゃ俺だぁッ!!」

しばしの沈黙があり、力強くガッツポーズしたのはあろうことか海人だ。

陽《はる》が力いっぱい嫌そうな顔をする。

「げ、いきなりあんた？」

海人は満足げな顔で腕を組み、しばらく考えてから口を開いた。

「ふっふっふ。じゃあそうだな……一番が七番に優しくポッキー食べさせる！」

本当にばかで安心するなあ、と俺はしみじみ思いながら言う。

「それ、お前が一ミリも美味《おい》しくないけどいいのか？」

「……んあぁ！　しまったぁ～!!」

「って、俺七番かよ。一番は……」

すい、と和希《かずき》が手を上げた。

「俺だね」

「おい、誰得だよこれ」

なにが悲しくて野郎にポッキー食わせてもらわにゃならんのだ。

和希は優空《ゆあ》から一本受け取り、俺の隣にしゃがむ。

やたら甘ったるい声で話しかけてきた。

「……朔《さく》、こっち向いて」

「頬撫《ほおな》でんな、顎《あご》くいってすんな」

「大丈夫だよ、優しくするから」

「ポッキーで唇つつーってすんな」

「ほら、あーん」

「顔ちけぇちけぇちけぇっ！」

調子に乗ってる和希と俺を引き離すように健太《けんた》が割って入ってくる。

「──あかーんッ!!　水篠《みずしの》攻め神受けはあかーんッ!!」

それを見た夕湖《ゆうこ》と優空が順に口を開いた。

「えー、健太っちー止めるのはやーい！　いい感じだったのに〜」

「ちょ、ちょっとドキドキしちゃった」

「気軽にそういうカップリングしちゃあかんです！　リア充にはそれがわからんのです！」

なんか俺にもよくわからんが、これはラノベとかアニメを語るときのテンションだ。

「……で、でかした健太」

そう言うと、和希がわざとらしくふっと息を吐く。

「朔って攻められると意外に弱いんだよね」

「気色悪い台詞《せりふ》やめーやボケぇッ！」

和希とひとしきりのドタバタを繰り広げ、それがひと段落したところで海人《かいと》がふたたび割り箸《ばし》を握った。

「はいはいじゃあ次な。せーの」

「「王様だーれだ？」」

口を開いたのは和希だ。

「……俺か。じゃあそうだなぁ、一番が三番に愛の言葉をささやくってのはどう？　もちろんフリでいいからさ」

　さすがに、うまい落としどころを見つけるな。

　エロい命令ってわけじゃないのに、言うほうも言われるほうも、フリだとわかっていながら絶妙にどきどきしそうだ。

「げぇっ、私二番」

「……三番」

　反応したのは陽《はる》と優空《ゆあ》だ。

　けっこう面白い組み合わせだな、と思う。

　男勝りな陽が愛の言葉をささやく側っていうのもいい。

「まぁ、男子連中よりは全然いいか」

　陽はそう言ってぽりぽりと頰《ほお》をかいてから、四つん這《ば》いで優空に近づいていく。

　そして普段とは違うどこか甘えたような、色気のある声を出した。

「……ねぇ、うっちー？」

「……陽、ちゃん？」

　優空はやや引き気味に、どこかおびえたような様子で答える。

　そうしているあいだにも陽がぐいぐいと距離を詰めていく。

　優空の胸元あたりから見上げるように続けた。

「初めてちゃんと話した日のこと、覚えてる？」

「う、うん」

「うっちー、まだ慣れないのにちゃんと私に突っ込んでくれて、すごく優しかったよね？」

「は、陽ちゃん!?」

圧に耐えきれなくなった優空の身体がどんどん後方に崩れていく。

陽はほとんど覆いかぶさるように、

「あのときいっぱい私に注いでくれたこと、忘れてないから」

ぞくぞくする声でささやいた。


「──百合ぃーッ!!　青海《あおみ》さんあんたなにしてくれちゃってやがるんすか！」

そこで健太《けんた》が超絶早口で割り込んだ。

言われた陽はきょとんとしている。

「……え？　だってうっちー初日から私のボケに突っ込んでくれたし、学食で水いっぱい注いでくれたし」

「ギルティだこんちくしょう！　わざとかこんにゃろう！」

「「……ちっ」」

「残念がるな男どもばかたれッ！」

くそ、誰だよこいつに判定係頼んだの。

お前サービスシーンとかラッキースケベのあるラノベ大好きだろうが。

七瀬《ななせ》が口許《くちもと》に手を当てながらぽつりとつぶやく。

「む、無自覚エロおそるべし」

身体を起こした優空《ゆあ》は、ちょっと赤くなった顔で胸をなで下ろしている。

「び……びっくりしたぁ」

うーむ、なかなか眼福だった。

そう思いながら俺は立ち上がる。

「つーかすまん、ちょっと俺トイレ」

すると海人《かいと》が大声で、

「おーい朔《さく》、ナニしに行くんだー？」

「お花摘むんだよッ！」

……ほんとだよ？

＊

「朔くん」

手を洗ってトイレを出たところで突然声をかけられた。

「うお、びっくりした。なんだ、優空もお花摘んでたのか？」

「普通にノーコメントだけどね」

ふたりで並び、屋上に向かって歩き出す。

しばらく進んだところで、隣の優空にとんとんと肩を叩《たた》かれた。

「これ、渡そうと思って。誕生日おめでとう」

少し照れくさそうな微笑《ほほえ》みを浮かべながら、片手に収まるサイズの、向日葵《ひまわり》がプリントされた包みを渡される。

「お、まじで？　ありがと、見てもいいか？」

「うん、気に入るかわかんないけど……」

袋の口を止めていたシールをぺりぺり剥《は》がして、手のひらの上で逆さにする。

とすとすと、長方形状のものがふたつ出てきた。

「おぉ、スマホケースと保護フィルムじゃん！」

テンションの上がった俺が言うと、優空はやさしい表情を浮かべる。

「けっこうボロボロに傷ついてたでしょ？」

「ああ、このあいだ柳下《やなした》とやりあったときにポケットから落ちちゃってさ。よく気づいたな」

なんというか、本当にさすがだなと感心した。

正直なところ、俺も早く買い換えなきゃなと思っていたのだ。

「まぁ、それなりに見てるから。早く忘れてほしいって気持ちもあるしね」

優空《ゆあ》は、ぽつりとそうつぶやく。

「柳下《やなした》のことか？」

「どうだろう、いろいろかな」

いろいろということは、それだけではないということなんだろう。

せっかくのプレゼントだ。

いまはそれ以上深く考えることをやめる。

「なにはともあれ、助かるよ」

「ロゴとかのないシンプルなネイビーの革。手帳型は嫌いそうだから普通のケースで、保護シートは光沢のないタイプ。合ってる？」

「さすが優空ちゃん。俺の好みど真ん中だ」

一年のころからの付き合いとはいえ、よくここまでぴたりと当てられるものだ。

多分、夕湖《ゆうこ》でも難しいんじゃないだろうか。

そもそも夕湖の場合は、自分から見た「俺に似合いそうなケース」をプレゼントしてくれそうな気がする。

優空は胸に手を当て、ほっとした表情を浮かべた。

「ふふ、それならよかった。カバーとシートの交換、私がやろうか？」

「カバーとシーツの交換に聞こえてなんかエロ——嘘《うそ》です頸動脈《けいどうみゃく》きゅいっとしないで」

「まったく朔《さく》くんは」

「交換頼むよ。大切に使う」

俺が言うと、やわらかな微笑《ほほえ》みが返ってくる。

「大事にしなくていいから、当たり前のようにそばに置いてほしいな」

なんとなくその言葉には、言葉以上の意味が含まれている気がした。

優空は俺から視線を外し、どこか涼しげな様子で窓の外に目をやっている。

「そりゃあスマホだからいつでも持ち歩くしな。まぁ、そのうちなじんで、大切にしなきゃなんて気持ちは忘れちゃうかもだ」

「うん、そういうのでいい。そういうのがいい」

しばらくその場に立ち止まったままで、並んだままで、俺たちは長く伸びていく飛行機雲を眺めていた。

＊

「朔《さく》とうっちーも帰ってきたし、続けるぜ〜い！　せーの」

「「「王様だーれだ？」」」

「俺様だい！」

三回目にして、ようやく王様を引き当てた。

すると夕湖《ゆうこ》、優空《ゆあ》、陽《はる》が不満げな声を上げる。

「えー、なんかさっきから男子ばっかじゃない？」

「確かに、ちょっと怪しいかも」

「あんたら、まさかインチキしてないでしょうね」

俺はやれやれとため息をつき、両方の手のひらを上に向けた。

「おいおい、この割り箸《ばし》用意したのが誰か忘れてないか？」

夕湖が不思議そうに答える。

「誰って……海人《かいと》だよね？」

その続きを和希《かずき》が引き継ぐ。

「そゆこと。バレずに小細工できるような頭があるとでも？」

「「「そっか！」」」

「だからひどくね?!」

先ほどの三人が揃《そろ》って納得し、海人ががくんと肩を落とした。

俺はその様子を見ながら少し頭をひねり、命令を告げる。

「誤解もとけたところで、そうだな……じゃあ一番が王様のいいところを十個言うってことで」

まあ、これなら王様の美味《おい》しい役割をもらいつつ、指名されたほうはギャグ方向に振ることもできるだろう。

すいと、上品に手が上げられた。

「はい、私一番」

「七瀬《ななせ》か。苦しゅうない、述べてみよ」

俺が言うと、七瀬は人差し指を口許《くちもと》に当てながら考える。

「そうだなぁ……まず顔」

「お願いだから内面的な魅力も見つけてね？」

「自分が世界一格好いいと思ってるナルシスト、いちいち発言がキザ、ジョークがしょうもない、下ネタが多い、なんでもひとりで解決しようとする、八方美人で浮気性、意地っ張り、意外と不器用」

——おい。

確かにギャグ方向に振れる余地は残したけどぼろくそに貶《けな》せとは言ってないゾ？

「もう許してぇ……なんか俺に恨みでもあんの？」

七瀬は顔を少し傾けてふっと、とびきりきれいな笑みを浮かべる。

「だけど……誰よりも優しくて、そういう全部が千歳《ちとせ》のいいとこ、かな?」

「七瀬《ななせ》……」

思わず言葉に詰まっていると、

「はいはいはーい。私なら百個言えるよ!」

夕湖《ゆうこ》が横入りしてきた。

かちとスイッチを入れ替えた七瀬がそれに応じる。

夕湖の持つ割り箸《ばし》を横目に、

「あれ? いま二番の人はお呼びじゃないよ?」

「むっかちーん。はいそのけんか買いました〜」

「そう言われてもなぁ。千歳が選んだのは一番の私で二番の夕湖じゃないから……」

「二番二番言うなーッ!」

「じゃあ……妾《めかけ》?」

「それはうっちーだもん!」

「あのね……」

優空《ゆあ》が呆《あき》れたような声を上げたところで、健太《けんた》が流れを止めた。

「ラッキースケベ待ちの王様ゲームで胃が痛くなる展開やめてぇーっ! もう次行こう次」

いつものマイペースで和希《かずき》がそれに応じる。

「まぁ、ひととおり雰囲気も味わったし、次がラストでいいんじゃない？」

海人《かいと》も同意した。

「だな。あんまり美味《おい》しい展開にもならないし。じゃあ最後いくぜ、せーのっ」

「「「王様だーれだ？」」」

「……俺です」

おずおずと名乗り出たのは健太だ。

海人と和希がそれを茶化すように言う。

「よっし健太、わかってるな」

「最後にふさわしい盛り上がるやつね」

「えっと、それって、神ぃ……」

「うむ」

俺はこくりと頷《うなず》いた。

「じゃ、じゃあ、四番と五番が、ポッキーゲームで！」

「「うわぁ……」」

「ええっ!?」

全員のドン引きした反応を見て、健太《けんた》がわたわたと慌てる。

追い打ちをかけるように俺は言った。

「地味にきわどいからみんな避けてたのにそこ踏み込むとか勇者だわ。まじリア充」

和希《かずき》がくすくすと笑いながら続く。

「やるかなとは思ってたけど」

「よくやった健太ぁぁあああああ俺五番ぁぁぁん！」

勝利の雄叫びを上げる海人《かいと》を見て、夕湖《ゆうこ》がジト目で健太を見た。

「うわ、私四番だし。健太っちーさいてー」

「く、空気読んだだけなのに」

捨て犬みたいにこっち見たって知らんぞ。

「そんなもん読むなっつったろ。ま、自業自得だな。自分でなんとかしろ」

「ご、ごめん夕湖……」

心から申し訳なさそうに健太がうつむく。

「もういいよ。うっちー、ポッキーちょうだい」

「ほ、ほんとにいいのかよ」

自分で言い出した王様ゲームなのに、海人はこっちが恥ずかしくなるぐらいに慌てていた。

夕湖はポッキーを手にして海人の正面に座る。

「しょうがないじゃん。ゲームはゲームだし。ほら、恥ずかしいから目ぇ瞑《つむ》って」

「で、でもそれじゃどこで止めるかわからないぜ」

「いいから！　こっちで止めるから！　私のキス顔朔《さく》以外に見せるとかありえないもん」

「わ、わかった！」

「いくよ？　口開けて」

海人が目をつむってまぬけに口を開ける。


ぽきぽき、ぽきぽき、ぽきぽき。


ふたりを繫《つな》ぐポッキーはみるみる間に短くなっていき、

「ちょ、ちょっと夕湖！　もうダメだってまじでキスしちま……ん？」

先にギブアップして目を開けた海人がなにかに気づいた。

「てへっ♪」

夕湖がかわいらしく舌を出す。

「俺でした」

「け、健太《けんた》ぁあああああああああああ」

「すまん、すまん。ここで主人公の正妻寝取られ分岐とか、誰にも求められてないんや、堪忍やで」

「そゆことー♪」

「あんまりだよぉおおおおおお」

＊

そんなわけで、ジュースやらお菓子やらのごみを片づけて、俺はみんなに言った。

「じゃあ、俺施錠とかして帰るから。また明日な」

「「お先に～」」

ひとり、またふたりと扉の向こうへ消えていく。

少しの寂しさと、楽しさの余韻が俺を包んだ。

こういうのはいいな、と思う。

小学校低学年のころはクラスのみんなが誕生日パーティーをしてくれていたけど、四年生を過ぎてからはそういうイベントもとんとなくなった。

ふと、遠い昔を思い出していると、

「えへへ、さーくっ」

隣で慣れ親しんだ顔がにこにこしている。

「なんだ、夕湖《ゆうこ》も先行ってていいんだぞ」

ちょっとからかうように、わざとそんなことを口にしてみた。

「むぅっ、まだプレゼント渡してないのわかってるくせに～」

「冗談だよ。さすがにその袋は嫌でも目に入ってくるって」

夕湖はみかん色の袋に包まれたプレゼントをうれしそうに取り出す。

「ねぇねぇ、なんだと思う？」

「うーん、夕湖だから洋服とか？」

「惜しい！　開けて開けてー」

言われるがままにゴールドのリボンをほどいて中を覗《のぞ》いた。

「これは……浴衣《ゆかた》？」

そこには入っていたのは、黒地に小粋なとんぼ柄のあしらわれた浴衣だ。

「ぴんぽんぱんぽーん！　ちなみに『もう持ってるぞ』とか言ったら罰金でーす」

夕湖の元気な声に、思わず笑みがこぼれた。

「そういうことね。じゃあ、夏祭りに行くときはこれ着ていかなきゃだな」

先日のトラブルで、七瀬《ななせ》といっしょに浴衣を着て春祭りに行った写真を見られている。

それで思いついたプレゼントなのだろう。

あのとき着ていたのはシンプルな藍色だったから、あえて趣向を変えたのかもしれない。

夕湖《ゆうこ》はびしっと指を立てた。

「言っておきますけど！　みんなで行くことになったとしても、最初に見るのは私だからね、絶対！」

「約束するよ。けっこう高かっただろうに、ありがとな」

「いいの、半分は私のためだから。今年こそ、いっしょに花火見ようね？」

その言葉にふと一年前の夏を思い出し、懐かしさとほろ苦さを混ぜ合わせたような気持ちで口を開く。

「去年は断って悪かったよ。もう、大丈夫だから」

「知ってるよ。そのおかげで、朔《さく》の魅力に気づく子も増えちゃったけどね〜。他の子たちからはもうプレゼントもらった？」

こちらを覗《のぞ》き込んでくる目を見て、素直に答える。

「野郎たちとはそういうのしないけど、一応七瀬《ななせ》と優空《ゆあ》にはもらったな」

「やっぱり。なーんか帰ってくるの遅いと思ったんだよね」

「なにもらったのか、聞かなくていいのか？」

「そーゆーのはマナー違反なの！」

べえと、夕湖は舌を出した。

「まあ、聞いたからなんだって話だしな」

「そうだよ、私は私の精一杯で朔と向き合えばいいの。他の子は関係ない」

まだ夕暮れには少し早い陽光を受けてきらめく笑顔は、どこまでも澄み渡っている。

なにかを間違えてしまいそうで、俺は軽口を叩《たた》いた。

「七瀬と浴衣《ゆかた》デートしたことはしっかり根に持ってるのに？」

「ばっかちーん！」

＊

夕湖とは屋上で解散し、俺はそのまま帰ることにした。

昇降口でとんとスタンスミスのつま先を叩いて足を押し込んでいると、

「千歳《ちとせ》ーッ！」

陽《はる》が小走り、いや、わりかしダッシュで駆け寄ってくる。

「陽、先に帰ったんじゃなかったのか？」

「いや、あんたへのプレゼント、朝練のとき部室に置きっぱにしちゃっててさ。慌てて取りに行ってたの」

それは意外な言葉だった。

「へぇ？　なんか、陽《はる》はそういう女の子っぽいイベントスルーするタイプかと思ってた」

思わずそう言うと、陽の眉間《みけん》にぴきぴきって感じのしわがよる。

「んー？　こいつはいらないってことかなぁ？」

「嘘《うそ》うそ！　陽ちゃんてがさつな体力馬鹿に見えるけど、意外と繊細で気の利くところもあってびっくりするよね！」

「ち♪と♪せ♪はぁ、けんか売ってるのかな？」

「ごめんごめん。いや、うれしいよほんと。じつは『なにもないのか？』ってちょっと気になったりしてたから」

それはけっこう、本心だった。

みんなプレゼントくれるのかな？

……なんて、子どもじみた思いだとわかっているけれど、陽だけいっさいそういうそぶりが見られなかったのは、正直ちょっと寂しかったのだ。

「〝陽ちゃんの〟プレゼントが欲しかった？」

うりうりって感じで胸をつつかれる。

「まあ、そういうことになるんだろうな」

「ならよし、受け取りたまえ」

たたんと下がった陽が、ばびゅんと腕を振る。

「そこでぶん投げてよこすからがさつって言われるんだぞ」

「陽ちゃんの気持ちはいつでもど真ん中ストレートなんだゾ」

受け取ったスポーツショップの袋を開けると、さすがの俺もまったく予想していなかったものが入っていた。

「これ……野球のグローブ？」

「そだよん」

「なんで……つーか、サイズ小さくないか？」

「だって私用のやつだもん」

陽は当然じゃんという感じで答える。

「……おい待て、混乱してきた。俺にプレゼントくれたんじゃなかったのか？」

「だ、か、ら、私が私のグローブを買うことがプレゼントってわけ」

「……そうか、脳みそに筋肉つけすぎたか」

「どういう意味だこらぁッ！　……だってあんた、退屈してるでしょ？」

しとりと、二歩近づいた陽が俺の顔を見上げてくる。

その瞳《ひとみ》には、どこかこちらの反応を窺《うかが》うような色があった。

「退屈……か」

「野球辞めてからずっと。だから、陽《はる》ちゃんがキャッチボールの相手ぐらいはしてあげましょうってことだよ」

「陽……」

俺が言いよどむと、いつも通りのにかっとした笑みが返ってきた。

「さては旦那《だんな》、意外な一面に惚《ほ》れかけてますな？」

くすりと笑って応じる。

「かもな」

「付き合ってあげるよ。なんせ体力だけが取り柄ですから」

「ありがとう、陽」

「いいってことよ。その代わり、基本教えてよね」

「言っておくけどスパルタだからな？」

「朔《さく》ぅ～♡　や、さ、し、く、してね？」

「――ぶふぅッ」

思わず吹き出すと、陽はわざとらしくしなを作る。

「手取り足取り♪　だぞ？」

「や、やめて。陽のそのネタ弱いから」

俺はけたけたと笑いながら真っ赤なグローブをそっと撫《な》で、陽の手に戻した。

*

せせらと、水音が響く。

なんだかんだで赤く焼けてきた空には薄い雲がたなびき、そろそろ夜に差し掛かることを教えてくれている。

いつもの河川敷は、いつも通りの穏やかさに包まれていた。

そうしていつも通り、手にした本の世界に没頭している人にそっと声をかける。

「明日姉《あすねえ》」

振り向いた表情には、まるでこの瞬間を待っていたように驚きも戸惑いもなかった。

「やっぱり、今日は君と会える気がしてたよ」

「どうして？」

ちょっと子どもっぽいなと思いながらも、そう口にする。

「どうしてだろう。私が君に会いたいって思ってたからかな」

「流れ星にお願いでもした？」

「そんなにたいそうなものじゃないよ。君に会いたいと思うときは、ここでいつもよりゆっくりと本を読んでるの」

会いたい、という言葉に少しだけ心が弾む。

いつだってそんなふうに思うのは俺のほうで、ただ流れのままに受け入れてくれているだけだと思っていたからだ。

もちろん、俺を待っていたことがあるだなんて初めて聞いたけれど、これ以上追求するのは野暮だと思う。

だからありふれた会話を紡いだ。

「今日はなにを?」

「藤田宜永《ふじたよしなが》の『愛さずにはいられない』」

「福井出身作家の自伝的小説だ」

「そう。福井から東京へ、揺らぐ想い」

俺はちりりと軽く唇を噛《か》んでから言う。

「……このあいだはごめん」

「どうして謝るの?」

「俺は多分、あの日明日姉《あすねえ》に幻想を押しつけた」

あの日、とは赤本を手にしている姿を見かけた日のことだ。

七瀬《ななせ》の問題で多少くたびれていたということもあるが、俺はずいぶん身勝手な言葉を吐いた気がする。

「君にとって私は幻の女、だからね」

明日姉は涼しげに、とくになにも気にとめていないように言った。

「それ、自分で言うとけっこうお寒いね」

「かわいくないなぁ。本当はまだぷりぷりしてるのかな？」

「……それはそうと、俺このあいだ誕生日だったんだ」

「つまり？」

「なんかちょーだいっ」

言いながら両手を差し出した。

こんな日は子どもでいてもいいのかな、と思いながら。

明日姉はくつくつと肩を揺らす。

「君がそんなふうに直球なのは珍しい」

「たまには後輩らしいかわいさアピールしてみようかなと思って」

「心境の変化だ？　七瀬さんの影響かな？」

その余裕がつまらなくて、からかうように言葉を返す。

「かもね……って言ったら、明日姉でも少し複雑な気分になったりする？」

「おうちに帰ったらベッドのシーツをきぃーって嚙みしめて悔しがるよ」

「なにその愛らしい生き物」

予想外の反応にけらけらお腹《なか》を抱えていると、明日姉《あすねえ》はがさごそと自分のスクールバッグを探り、淡い水色の包みを取り出した。

「はい、お誕生日おめでとう」

「え、本当にプレゼント用意してくれてたの？　明日姉に誕生日教えたことあったっけ？」

言いながら、そんなことないと思う。

この人と出会ってから、ゆっくり話せる時間は限られていた。

だからこそ、その内容はほとんど記憶している。

そこに俺の誕生日なんて話題は絶対になかった。

明日姉は肯定するでも否定するでもなく、曖昧《あいまい》な笑みを浮かべる。

「さあ？　だけど私は、君が生まれてきてくれたことにとても感謝してるよ」

これ以上聞いても無駄なのだろう。

俺は話を戻した。

「大げさだな。開けても？」

明日姉は、新しいいたずらを思いついた猫みたいな顔になる。

「私がいいって言うまで目を閉じて。とかやってあげようか？」

「それはプロポーズのときだけにしてほしいなぁ」

勘弁してくれ、と思いながら俺は包みを開いた。

「……お、もしかしてイヤホン？」

「うん、前に持ってないって言ってたよね？」

「よく覚えてたね」

「ちなみにちゃっかり私のとお揃《そろ》いになんてしてみました」

うれしそうに、だけど恥ずかしそうにくしゃっと笑う。

「道理でこのターコイズブルーに見覚えあると思った」

「君とイヤホン片っぽずつで音楽聴く時間も嫌いじゃなかったんだけどね。そのうちできなくなるかもしれないから」

「今日は湿っぽいのノーセンキュー。あれ、でも明日姉のって有線じゃなかったっけ？」

「うん。同じメーカーのほとんど同じモデルなんだけど、君のは無線」

「まぁ、いまどきそっちのほうが便利か」

「というよりも、君には繋《つな》がれていないほうがよく似合うと思ったから」

くすぐったい言葉は聞こえないふりをして、俺は箱からイヤホンを取り出した。

「そっか……お、充電されてる。ほら明日姉、片っぽどーぞ」

「どうも」

「こういう時間がなるべく長く続くといいね」

「湿っぽいのはなし、でしょ？」

そうだったね、と思う。

くすぶる寂しさをふさいで、俺はにかっと笑った。

「じゃあ、明日姉《あすねえ》の下手っぴなバースデーソングでも聴かせてよ」

てっきり断られると思っていたのに、明日姉はすうと息を吸った。

「ハッピバースデートゥーユー、ハッピバースデートゥーユー、ハッピバースデーディア……」

つぶやくように、ささやくように、そのままこの人を遠くに連れ去ってしまうように、小さなバースデーソングが薄闇《うすやみ》に溶けていく。

目を閉じ、大好きな声に耳をすませた。

俺が十八歳になる頃、きっとこの歌はもう聞こえない。

やがて消えてしまったメロディを塗りつぶすように、明日姉と何度もいっしょに聞いてきた曲を再生する。

いつかひとりの夜にも、今日という日を思い出せるように。

クス
続々
展開中!!
ドラマCD
ガガガショップオンラインにて、
好評販売中!!
ドラマCD「王様とバースデー」
原作・脚本／裕夢 ジャケットイラスト／raemz
CAST
千歳朔……… CV. 馬場惇平
柊夕湖……… CV. 阿澄佳奈
内田優空…… CV. 上田麗奈
青海陽……… CV. 赤﨑千夏
七瀬悠月…… CV. 天海由梨奈
西野明日風……CV. 奥野香耶
山崎健太………CV. 宮田幸季
水篠和希………CV. 西山宏太朗
浅野海人………CV. 木村隼人
岩波蔵之介……CV. 酒巻光宏

メディアミッ
コミカライズ
千歳くんはラムネ瓶のなか
コミックス1巻、好評発売中!!
マンガUP!にて、好評連載中!!
(スクウェア・エニックス)
漫画／ボブキャ 原作／裕夢
キャラクター原案／raemz

GAGAGA

ガガガ文庫

千歳くんはラムネ瓶のなか3

裕夢

発行　2020年4月22日　初版第1刷発行
2021年3月20日　第5刷発行

発行人　鳥光 裕

編集人　星野博規

編集　岩浅健太郎

発行所　株式会社小学館
〒101-8001 東京都千代田区一ツ橋2-3-1
[編集]03-3230-9343 [販売]03-5281-3556

カバー印刷　株式会社美松堂

印刷・製本　図書印刷株式会社

Printed in Japan ISBN978-4-09-451841-2